Nuova Narrativa Newton
279

Dello stesso autore

La setta degli alchimisti

Prima edizione: settembre 2011

Roma, Casella postale 6214

ISBN 978-88-541-3156-9

www.newtoncompton.com

Stampato nel settembre 2011 presso Puntoweb s.r.l., Ariccia (Roma)
su carta prodotta con cellulose senza cloro gas provenienti
da foreste controllate, nel rispetto delle normative ambientali vigenti

Fabio Delizzos

La cattedrale dell'Anticristo

Newton Compton editori

A Rosa

Molte delle cose qui narrate non sono mai accadute, altre sì, altre devono ancora accadere.

Prologo

Torino, dicembre 1888

Appare l'aura soffice dei lampioni a gas in piazza Castello. Una corona di luce tenue, che a tratti si ritrae e scompare, inghiottita dal biancore intermittente dei fulmini.

I cani corrono via, spaventati dai tuoni che echeggiano.

La pioggia frigge sui tetti delle carrozze, che passano veloci, mentre il vento canta sulle note ovattate delle piccole orchestrine chiuse nei caffè.

Addio, autunno.

«Cosa le porto stasera, Herr Professor?».

Il cliente ci pensò su, muovendo gli occhi come a scorrere il *menu* nel pensiero, poi, con secco accento tedesco, rispose semplicemente che aveva più appetito del solito.

«Ci sono i ravioli di carne appena fatti», suggerì il giovane cameriere, chioma vaporosa e basette che gli colavano lungo le guance.

«I ravioli vanno benissimo».

«Glieli porto subito». Appianò la tovaglia con il palmo della mano vestita di bianco e vi depositò sopra una copia intonsa della «Gazzetta Piemontese».

«Prospero?»

«Sì, professore?»

«Lo sai che il giornale mi annoia. Non hai da raccontare una delle tue storie?».

Il ragazzo gli fece segno di attendere. Portò l'ordinazione alla cucina e fu subito di ritorno. Lanciò un'occhiata dentro per accertarsi che il padrone non lo stesse osservando prima di estrarre un piccolo taccuino dalla tasca e cominciare a scorrerlo. «No», disse voltando la prima pagina. «No», strisciando il dito sulla seconda e infine andando direttamente all'ultima di quelle scritte. «Questa l'ho sentita da un tizio seduto proprio a questo tavolino e sono certo che le piacerà».

«Sentiamo», disse il professore preparandosi all'ascolto con l'espressione gioiosa che aveva in serbo per quando sarebbero arrivati i ravioli.

«"Ogni sera, il prete"», cominciò a leggere il giovane cameriere, con un occhio al suo interlocutore per saggiarne la reazione.

«Il prete?», esclamò il professore tedesco pregustando il seguito.

Il ragazzo sorrise riportando lo sguardo sul taccuino.

Il prete appare ogni sera, con la sua faccia bianca e liscia come burro, l'immutabile espressione radiosa e felice, incorniciato dalle vetrate verdi del suo balcone, e prorompe sollevando una mano e tenendo l'altra sull'abito nero all'altezza del petto, sulla croce: "Dio, ti maledico!". Un urlo possente, furibondo. L'aria tuona. I gatti scappano a nascondersi sotto i calessi. Una nuvola scura di piccioni si leva sul cortile e dirada sopra i tetti lasciando cadere una pioggia di piume, mentre il colletto bianco del prete strozza una voce possente da tenore. "Mi senti, Creatore dell'universo? Io ti maledico!". Rubizzo, fragoroso, ogni vena gonfia. Un terremoto di improperi verso ciò che, invece, un prete dovrebbe adorare.

Il professore rise di gusto. «Sei sicuro di non esserti inventato tutto?»

«Assolutamente, Herr Professor. Come ho detto, l'ho sentito raccontare a questo tavolo e ne ho preso nota».

«Vai avanti».

Il ragazzo riprese a leggere:

Ho avuto la costanza di tenere un computo abbastanza preciso delle sue apparizioni, annotando tutte quelle alle quali mi è capitato di assistere, con i relativi orari. Se ne deduce che il prete indemoniato non desiste mai prima di un'ora buona. Poi rientra in casa. E non si sa come né perché gli venga concesso di abitarvi, nonostante la sua vocazione alla bestemmia. Seduto allo scrittoio, lo sento ogni sera vomitare con tutta quella forza montagne di odio furente verso l'aldilà; un aldilà che, qualche volta, persino a me capita di ringraziare, per aver permesso l'esistenza di una tale musa nel mio cortile. Il prete infuria la più feroce delle rivolte contro l'abisso. Sbraita dal nulla, passando dalla profonda concentrazione o da uno sguardo assente alla foga, in meno di un attimo. Le rare volte in cui gli capita di interrompere la sua messa di bestemmie è perché lui, o qualcuno dentro di lui, decide di dedicarsi a monologhi senza dubbio deliranti, ma non privi di fascino.

Era certo che a quel cliente, il professor Friedrich Nietzsche, tanta blasfemia non sarebbe dispiaciuta, ma non si aspettava di ricevere un applauso.

«Complimenti!», disse battendo le mani, «Eccellente! Questa delle storie rubate ai tavolini è un'idea magnifica, dovresti raccogliere tutto in un volume o trarne un romanzo».

Il ragazzo si inchinò come un attore sul palco.

«Lei dice?»

«Dovresti farlo, ragazzo!».

«Lei mi onora».

«E ora...». Il professor Nietzsche si lisciò i grandi baffi e smise di ridere. «Portami i ravioli».

Prima parte

1

Lunedì 17 dicembre 1888

Il docile scorrere della Dora, che in quel punto scivolava tra due rive di sabbia grigia, sembrava essersi interrotto all'improvviso. Nessuno sentiva più il lieve sciabordio dei flutti, il perpetuo sfrigolare della corrente.

Il fiume sembrava scomparso.

L'attenzione di tutti era concentrata su un piccolo fagotto bianco dal quale spuntava la testa di un neonato. Gli si era fissata sul viso un'espressione contratta di dolore. Sembrava ancora prigioniero di un tremendo incubo.

Come attorno a una culla, gli sguardi increduli dei carabinieri si erano chinati sul bambino che avevano appena ritrovato, ed erano incapaci di ritrarsi. I loro occhi attoniti mandavano lampi di angoscia.

«Sollevalo», ordinò il colonnello Pural al tenente Coretti, il quale si inginocchiò, infilò delicatamente le braccia sotto il corpicino e lo sollevò lasciando a terra il lenzuolo che lo avvolgeva.

Il medico legale, il dottor Ugo Rossini, lo esaminò con molta attenzione.

«Riporta molte ustioni sulla schiena. Lo sollevi di più per favore».

Il tenente eseguì.

«Qui ci sono segni evidenti...». Afferrò con due dita il minuscolo braccio e lo mosse per guardarlo tutt'intorno. «Queste tracce...». Esaminò il collo. «Questi segni...». E continuò così, mormorando pensoso, incerto, esplorando ogni millimetro di pelle del neonato, un maschio, che giaceva nudo e immobile tra le mani di Coretti.

«Segni, tracce, ma di cosa?», domandò brusco il colonnello Pural, scuro in volto e con gli occhi percorsi da rigagnoli di sangue.

Il dottor Rossini lo prese in disparte e tra i sospiri disse: «Il povero è morto in seguito a tremende sevizie».

«Devi essere più chiaro».
«Ha bruciature su tutto il corpo, specialmente sulla schiena e sulla parte posteriore delle gambe. Ci sono segni evidenti di mani adulte impressi sulle braccia, che riportano numerose fratture».
Pural guardò gli arti del bambino che ciondolavano in modo innaturale a confermare quanto stava dicendo Rossini.
«Lo devono avere tenuto troppo stretto».
«Riesci a determinare l'ora e la causa della morte?»
«Appena avrò fatto un'autopsia…».
Pural lo interruppe riformulandogli la domanda. «Da quello che puoi vedere, riesci a ipotizzare qualcosa?».
Il dottore cominciò a scrutare la piccola salma da lontano e meditò a lungo nel difficile tentativo di dare una risposta sensata. «Sembrerebbe che alcune persone adulte lo abbiano strapazzato prima di cercare di arrostirlo sul fuoco. I capelli sono del tutto bruciati anche nella parte frontale del cranio. La parte posteriore è quella più gravemente ustionata». Si prese il mento in mano e scosse la testa. «Non saprei dire con certezza. Non ho mai visto niente di simile. Di certo non è stato un incidente. Se un bambino così piccolo cadesse nel fuoco vi resterebbe fino a carbonizzarsi. E le impronte livide, le tante fratture… Davvero non saprei dire di più».
In quell'istante, dal fiume, tra le fronde che si piegavano sull'acqua, si udì un urlo soffocato. «Colonnello, colonnello!».
Pural si voltò e andò di corsa versò la battigia fendendo la nebbia bassa, che gli vorticava ai lati delle caviglie. «Cosa c'è?», gridò.
«Qui ce n'è un altro!», gli rispose un carabiniere da una delle barche in perlustrazione agitando un remo per segnalare la propria posizione.
Il sangue di Pural smise di scorrere. «Riesci a prenderlo?»
«Credo di sì, colonnello!».
Come se volesse impedire il ritrovamento di un secondo cadavere di neonato, di una seconda vergogna, un secondo smacco all'efficienza di Pural, o quantomeno renderlo più difficile per punizione, il cielo si rannuvolò all'istante, si sollevò un vento pieno di polvere e quel che restava del sole, ormai in parte sotto l'orizzonte, fu celato da un'enorme palpebra plumbea.
Il primo tuono fu così improvviso e vicino che fece levare tutti gli sguardi al cielo.

Cadde una goccia sulla fronte.
Una sulle labbra.
Una in un occhio, che si chiuse di scatto.
Una folata di vento e una cascata di gocce, come perle cadute da una collana rotta.
Poi infuriò il temporale.
Coretti corse a mettere al riparo il corpo del neonato, che teneva ancora in braccio, arrampicandosi senza l'ausilio delle mani sulla sponda viscida, fin dove si trovava la carrozza giunta dall'obitorio.
Si avvicinava il Natale, e il tenente Coretti era cattolico, fervente fino all'ostentazione. Deponendo il bambino sul sedile di legno, e guardando il corpicino avvolto nel lenzuolo gualcito, tristemente immobile e tumefatto, nell'oscurità di quella sorta di grotta che era l'abitacolo del veicolo, vide un presepe di morte.

2

Sulla punta dell'edificio più alto del mondo, la Mole Antonelliana, danzavano le nubi.

In basso, i lampioni tremolavano nella nebbia come brace sotto la cenere. Un'ombra deforme scivolava rapida sui muri.

Lo spettro di un uomo chiuso stretto in un cappotto nero, con il viso quasi completamente avvolto in una sciarpa, la testa abbassata, un cappello a cilindro, si muoveva in fretta, ma a tratti, fermandosi di continuo e minacciando di cadere a ogni passo sulla strada bagnata. Si confondeva con il buio umido, spezzato qua e là da larghe macchie di luce gialla che colavano dall'illuminazione cittadina.

In fondo alla strada, due piccoli cubi luminosi, oscillanti, diventavano sempre più grandi. Con un calcolo lento e faticoso, l'uomo capì che si trattava di lanterne e che diventavano sempre più vicine. Pensò che potesse trattarsi di due guardie urbane. Sentiva un gran bisogno di vomitare, di strapparsi la testa dal collo per far cessare il dolore. Vacillò. Diede una spallata al muro portandosi dietro pezzi di calce marcita. Con uno sforzo estremo riuscì a raddrizzare la schiena. Si scostò la sciarpa nera dalla bocca e prese fiato. Piccoli respiri, i più attendibili annunciatori della morte. Sputò per terra e guardò avanti. Ora i cubi gialli erano di un colore più intenso, quasi si poteva scorgere la fiamma all'interno. Ancora una speranza: forse non erano guardie. Ma le lacrime dense che gli inondavano gli occhi rovinarono l'immagine. Barcollò, urtò l'altra sponda, i detriti si staccarono dal muro come e insieme agli schizzi di vomito che fuoriuscirono dalla sua bocca, sotto la sciarpa. Aveva le labbra livide, la lingua irrorata di saliva fredda e salata. Lo stomaco bruciava e premeva.

Sempre più vicine, le lanterne facevano strada ai passi pesanti di due uomini con stivali: sì, guardie urbane.

Il respiro si fece più corto. Ormai le gambe non rispondevano più alla volontà di camminare, cedevano a ogni passo. Quasi le ginocchia rasentavano il suolo; ancora poco, e avrebbe dovuto trascinarsi con le braccia per riuscire a muoversi. Inciampò. Flebili bagliori si accesero nella coscienza, connessioni stanche nel pensiero; si rese conto che stava per rovinare a terra. O forse no, forse stava cadendo di lato, avrebbe potuto accasciarsi contro il muro in quella parte più buia. Forse, con un po' di fortuna, stava per piombare dritto contro quella parte di muro più scura, un rettangolo nero che sembrava una porta, prima del prossimo lampione.

Lo sperava, perché se avesse oltrepassato quel lampione sarebbe stata la fine.

In quel momento l'unica cosa che contava era evitare di stramazzare al suolo sotto la luce davanti alle guardie. Avrebbero trovato un corpo privo di sensi, avrebbero controllato e visto.

Fece l'ultimo sforzo. Si lasciò cadere con tutto il peso, i piedi gli si intrecciarono, ma riuscì a fare ancora due passi... di lato, per fortuna. Sotto la sciarpa, piena di schiuma giallastra salita dallo stomaco, c'era un debole sorriso: si sarebbe accasciato nell'ombra. Una volta a terra, le guardie lo avrebbero scambiato per un vagabondo, un ubriaco, e forse non lo avrebbero toccato.

Ormai stava cadendo e sapeva che non avrebbe potuto rialzarsi.

Cadeva, e nel momento in cui il suo corpo avrebbe dovuto urtare il muro, continuò a cadere. E continuò anche quando il muro era ormai alle sue spalle, tanto che riuscì a mettere ancora un piede avanti e a prolungare la caduta di qualche metro. Ora vedeva la realtà ribaltata rispetto a un attimo prima. Al posto di una parete chiara con un rettangolo scuro al centro, adesso vedeva una parete nera con un rettangolo chiaro. Capì: stava vedendo uno spicchio del vicolo illuminato dai lampioni. Era entrato in un androne senza luce.

Cadde sbattendo la testa e vomitando materia luminescente. Il cappello rotolò via. Con le ultime forze, si sollevò sul gomito e guardò ancora la strada. Due guardie urbane con le lanterne in mano attraversarono il rettangolo chiaro, ridendo. Non si voltarono. Non si erano accorte di niente. Sembrava una fotografia animata.

L'immagine sbiadì prima di scomparire.

3

Dopo una lunga giornata trascorsa fra i tavoli a trasportare vassoi carichi di bicchieri e respirare fumo di tabacco al Caffè Giardino, e dopo aver consumato quel che restava dei suoi occhi sulle pagine di un vecchio libro di astrologia che aveva acquistato al Balon, Prospero cercava di dormire. Ma la sua vicina di casa, la signora Maria, si era fatta venire in mente ancora una volta che quella fosse l'ora adatta per mettersi a cercare uno dei suoi gatti chiamandolo a squarciagola.

Prospero si voltò dall'altra parte, infilò la testa sotto il cuscino e se lo premette sulle orecchie.

«Iside!».

Non fosse stato per certe stranezze e soprattutto per le notti in cui lo disturbava chiamando i suoi tanti gatti, la signora Maria a Prospero sarebbe stata persino simpatica. Non aveva preso alloggio da molto in quel palazzo, dove Maria viveva da quando era bambina, ma aveva già una discreta conoscenza di tutti gli inquilini, e lei era senza dubbio l'unica con la quale avrebbe scambiato volentieri due parole ogni tanto. Però non glielo concedeva. La evitava, per paura che nella cordialità lei potesse scorgere un benestare alla sua maleducazione, che si sentisse libera di disturbare quanto volesse. Doveva capire che fare chiasso di notte non era da persone civili. Perciò aveva smesso subito di salutarla.

«Iside!».

La sua avversione per quella donna aveva un'origine conosciuta e cause precise, e altrettanto si poteva dire per quel poco di simpatia che provava nei suoi confronti. Un legame doveva pur esserci tra persone che si interessano delle stesse cose, e che magari sono di solito costrette a nasconderle. Per questo, sapere che con lei avrebbe potuto parlare liberamente del libro che stava leggendo, di come si fabbrica un amuleto, di cosa si scrive su un talismano efficace, di come si fa un malocchio o di come lo si annulla, era sufficiente a rendergliela amica.

«Iside!».

Ora, però, la odiava più che mai. Avrebbe voluto dormire. Il pensiero di affrontare un'altra giornata di duro lavoro senza aver fatto un adeguato riposo lo faceva avvampare di rabbia.

Sì. Aveva sempre fatto bene a non darle confidenza.

Fu tentato di alzarsi e affacciarsi per gridargliene quattro, ma premette di più il cuscino sulla testa.

«Iside!».

Davvero non era giusto.

Come se sopportare tutto il giorno le lamentele degli avventori del Caffè e le loro amenità non fosse sufficiente.

«Iside, dove ti sei cacciata?».

Premette ancora il cuscino e si tirò le coperte sulla testa. Cominciò a sudare, sempre più nervoso. Si alzò con uno scatto e si mise a sedere sul letto. Accese un fiammifero e con mano tremante passò la fiamma a quel che restava della candela sul comodino.

«Iside!».

Era furioso.

Sarebbe uscito e l'avrebbe maledetta.

Si stava per alzare. Se Maria avesse chiamato un'altra volta il gatto… Sarebbe stato l'inferno.

Stette ad ascoltare digrignando i denti. Maria non chiamava più Iside? Forse se n'era tornata dentro casa e si era messa a dormire.

Eh no. Ora Prospero avrebbe voluto che gridasse ancora. La frustrazione non gli piaceva e l'idea di tenersi dentro una tale rabbia lo faceva innervosire ancora di più.

Maria, però, sembrava aver smesso. Forse, pensò Prospero, era meglio così. Sospirò, si chiuse nelle spalle e lentamente la stanchezza lo convinse a scivolare un'altra volta sotto le coperte.

Ascoltò ancora. La calma della notte.

Finalmente fuori c'era silenzio.

Spiegò il cuscino e vi adagiò la nuca. Guardò il soffitto illuminato appena dalla candela che moriva, lasciando vagare i pensieri tra le ombre, e attese che il sonno tornasse ad accarezzargli la mente.

Quando sentì le palpebre diventare pesanti, sorrise.

Ormai dormiva quando udì Maria lanciare un grido disperato, e poi un altro, e una serie interminabile di urla strazianti. Maria chiamava aiuto. Era terrorizzata.

«O mio Dio, o mio Dio, aiuto, o mio Dio!...».

Forse Prospero stava già sognando. Per un attimo lo sperò.

Mise la testa sotto il cuscino.

«Aiuto!».

Davvero non era giusto.

4

«Aiuto! Aiuto!».

Maria sembrava impazzita.

«Mio Dio! Mio Dio!».

Doveva aver trovato qualcosa di non troppo pericoloso, visto che le stava permettendo di gridare aiuto da ormai parecchi minuti.

Alla fine Prospero, sbuffando come un cavallo da tiro, decise di alzarsi e andare a vedere. Strappò la coperta dal letto e se la buttò sulle spalle. Uscì.

Percorse il balcone perimetrale su cui si affacciavano gli appartamenti del piano rialzato. Passò davanti alla casa della signora Maria, adiacente alla sua, gettò un'occhiata dentro, oltre la porta aperta, discese i pochi gradini da cui si accedeva al cortile e guardò le finestre in alto. In quel momento molte tende si richiusero. Ma certo, pensò, non doveva esserci niente di così interessante. Molto probabilmente Maria aveva trovato morto uno dei suoi gatti, e poi ormai c'era lui a occuparsi di questa seccatura: i signori potevano tornarsene comodamente a dormire. La stizza gli indurì le labbra.

Maria non strillava più. Gemeva, ritta in un angolo dell'androne del palazzo, con una mano premuta sulla bocca. Indicava un punto per terra, dove il nero era più nero.

«Signora Maria, cosa succede?».

Maria tremava, non riusciva a parlare.

Seguendo il suo dito, Prospero individuò un'ombra sul pavimento, ma era troppo buio.

Si precipitò in casa e tornò con una candela.

Fece scoccare il pollice sulla capocchia al fosforo del fiammifero, passò la fiamma allo stoppino, si fece coraggio e andò vicino alla cosa scura, lentamente, senza respirare; il cuore era corso a nascondersi nel collo. Man mano che si avvicinava, l'oggetto assumeva le forme e le misure di una persona distesa per terra.

«Gesù Signore benedetto», esclamò Maria terrorizzata.

«Torni in casa!», le disse.

Lo toccò con la punta del piede. Nessuna reazione.

«Vada dentro!».

Era morto?

Maria non volle vederlo e corse via.

Prospero sistemò la candela su un muretto, protetta dalle correnti tra i vasi con le piante, perché non si spegnesse. Si fece scudo con la coperta, si piegò sull'uomo e lo strattonò con forza. «Signore?».

Neppure un respiro.

«Signore!».

Non aveva il coraggio necessario per girarlo in modo da poterlo guardare in faccia.

Chiuse i pugni e ci soffiò dentro, si voltò indietro per vedere se i vicini fossero ancora affacciati. Sarebbe stato più prudente condividere con altri testimoni la scoperta di un cadavere nel palazzo. Perché nessuno andava ad aiutarlo?

Un'ultima testa rimasta affacciata si ritrasse. Le luci si spensero.

Si udiva la signora Maria recitare il rosario dentro casa.

Non scendeva nessuno a dargli manforte.

Decise di controllare.

Come un drappo nel vento, la luce emanata dalla candela fluttuava per terra avvolgendo il corpo immobile. Prospero raccolse il cappello a cilindro che era rotolato via, lo guardò, ne carezzò la stoffa. L'uomo era vestito bene. Doveva trattarsi di una persona altolocata. Aveva cappotto e pantaloni di lana molto fine, scarpe nuove. La testa, completamente calva, era cosparsa di un freddo riverbero di luce.

Gli posò una mano sulla spalla e lo tirò verso di sé, pronto a scappare. Aveva una tale paura che quasi stava per invertire le cose: scappare prima di averlo visto in volto. Inspirò, strinse i denti che gli battevano, per interrompere il ticchettio, e tirò a sé con più forza. L'uomo restò in bilico su un fianco, rigido, poi cadde sulla schiena con un tonfo sordo.

Gli tolse la sciarpa che gli copriva quasi tutto il volto.

La candela vacillò, e in quel momento Prospero vide, o credette di vedere, qualcosa che lo fece trasalire e cadere all'indietro.

Si rimise in piedi massaggiandosi le natiche.

Controllò ancora se qualcuno dei vicini fosse affacciato, ma non c'era più nessuno. Erano tutti tornati a dormire. Tutti, tranne lui. E sì che ne aveva bisogno. Cosa avrebbe potuto dire il giorno dopo al padrone del Caffè per giustificarsi?

Niente.

Andò più vicino. Si fermò. Soffiò sulla candela.

Quella era la cosa più incredibile che avesse mai visto. E non stava sognando, perché le natiche gli dolevano realmente, e il cuore bussava contro le costole con una violenza tale che lo avrebbe di sicuro svegliato.

No, era sveglio. E il volto del cadavere, livido, rigido, con la bocca spalancata e gli occhi chiusi, stava emettendo luce. Persino la materia schiumosa che gli fuoriusciva dalla bocca brillava.

Anche il cortile, improvvisamente, si illuminò a giorno. Seguì un tuono e subito cominciò a piovere, l'odore della polvere bagnata e il freddo lo fecero starnutire.

Era al riparo, ma non sapeva cosa fare.

Chiamare i carabinieri?

Sarebbe stata la cosa migliore da farsi. Ma prima decise di optare per la peggiore. Nella sua mente tutto era ingombro di curiosità. Si chinò sull'uomo strofinandosi le mani e alitandoci sopra, si guardò attorno, poi sbottonò il cappotto, il gilet, e cominciò a frugare.

Non stava rubando, non lo avrebbe fatto, qualunque cosa avesse trovato, qualunque valore avesse avuto.

La sua era soltanto legittima curiosità. Dopotutto quell'uomo aveva scelto casa sua per andare a morire e, inoltre, brillava come una lucciola.

Cercò al tatto le asole e i bottoni per ispezionare anche gli strati sottostanti, più in fretta possibile. L'uomo era pelle e ossa. Non respirava, sembrava davvero morto. Prospero invece sembrava un mantice impazzito. Era eccitato e impacciato, perché doveva sbrigarsi, e, inoltre, nessuno doveva vederlo mentre era intento a frugare addosso a un cadavere.

Non aveva mai avuto tanta paura in vita sua, ansimava, il cuore batteva così forte che gli pulsava tutto. Ma doveva guardare.

Non era forse quello il momento giusto per recitare una formula di scongiuro, per invocare l'aiuto di uno spirito amico, per stringere forte un amuleto, per ricorrere a una magia?

Non ne ricordava neppure una.

Quanti soldi aveva speso per i libri al Balon, e quante notti insonni aveva trascorso a leggere e a pensare a cose che ora gli parevano d'un tratto del tutto inutili?

Tuonò.

Sentì un oggetto, che al tatto gli parve un involto di lana con dentro qualcosa di piccolo e duro. Più su, nella tasca interna della giacca, toccò qualcosa che pareva essere una busta per lettere contenente una piastra, o forse dei fogli di carta più spessa.

Prese tutto. Aveva le mani sporche di schiuma luminescente e aveva imbrattato tutti gli abiti del poveruomo.

L'abbottonatura era unta di luce.

Impronte di luce ovunque.

Ora sarebbe stato impossibile nascondere che qualcuno lo aveva perquisito.

Doveva correre a lavarsi, a nascondersi.

Avrebbe negato. Lui non aveva fatto niente.

Come assecondando il suo desiderio d'acqua per cancellare ogni traccia del misfatto, la pioggia prese a cadere più intensa, e i rigagnoli fangosi che correvano tra le fessure del selciato traboccarono all'istante bagnandogli le ginocchia. Provò a lavarsi le mani strofinandole per terra. Poi si mosse carponi fino a una pozzanghera, vi mise sopra la faccia e attese un altro fulmine. Le gocce che gli cadevano dai capelli avrebbero distorto la sua immagine sulla superficie dell'acqua non appena sarebbe apparsa. Li tirò indietro lisciandoseli con i palmi delle mani e attese ancora.

Sussurrò a denti stretti: «Un fulmine, ti prego!».

Dopo qualche istante il cielo obbedì, crepitò e si illuminò.

Riuscì a specchiarsi per un attimo. Poté vedere le tante strisce luminose che gli correvano sulla fronte. Si era sporcato toccandosi e aveva i capelli imbrattati di luce.

Aveva voglia di piangere e ridere allo stesso tempo.

Adesso doveva calmarsi, pensare. Forse era il caso di spingere il morto e farlo rotolare fuori dall'androne, sulla via. La pioggia e la notte avrebbero fatto il resto. Al mattino sarebbe andato al lavoro come sempre. Avrebbe detto che non sapeva niente, non si era accorto di niente: lui stava dormendo.

Qualunque cosa fosse accaduta quella notte, era stata la signora

Maria. Perché era stata lei a trovare qualcosa nel cortile, l'avevano vista e sentita tutti.

Si calmò ripetendosi di respirare profondamente e dicendosi che non erano pensieri vigliacchi i suoi, dal momento che a una vecchia come Maria avrebbero finito per perdonare tutto. Le mani erano perfettamente lavate e se fosse riuscito a spingere il corpo sulla strada, la pioggia, che cadeva furiosa, avrebbe cancellato in breve tempo ogni impronta dai vestiti.

Si piegò sul morto e attese.

Un fulmine.

Alcuni bottoni.

Un secondo fulmine.

Altri bottoni.

Con calma, un fulmine dopo l'altro, riuscì a chiudere anche il cappotto. Poi lavò la sciarpa, e rivoli fosforescenti screziarono il pavimento dell'androne correndo verso la strada. Gliela riavvolse attorno al viso.

In punta di piedi, rasente al muro, si affacciò per controllare fuori. Pioveva a dirotto. La strada era un torrente in piena. Le grondaie gemevano sotto il peso dell'acqua, il vento sbatteva le imposte contro i muri, il cielo crollava fragoroso, e tutte le consonanti del mondo si erano radunate lì per fare rumore.

Quando si voltò, vide o credette di vedere qualcosa che lo fece scappare dentro casa, veloce e senza fiatare.

L'uomo si era mosso?

Il morto era vivo?

5

Come ogni notte, il colonnello dei Carabinieri Reali Giorgio Pural se ne stava seduto alla sua scrivania facendo ballare la gamba nervosamente e fissando il vuoto, in attesa di una nuova brutta notizia. In genere non c'era da aspettare troppo, ma da qualche settimana gli accadimenti si susseguivano a un ritmo particolarmente elevato.

Ripensò ai poveri neonati ripescati nel fiume, i primi di quella che, lo temeva, sarebbe potuta essere una serie molto lunga. Rifletté sul parere confuso del dottor Rossini, rivide nella mente i segni impressi su quei piccoli corpi. Inesorabilmente il suo cervello, la sua anima, ogni fibra dei suoi nervi, tutto il suo essere fu assalito dal ricordo abbacinante di Lidia, la sua bambina.

Un rumore lo richiamò dall'abisso.

Un soldato sull'attenti davanti a lui stringeva nel pugno il lembo della giacca aspettando un cenno per poter parlare.

Pural non sollevò neppure lo sguardo.

«Davvero una strana cosa, signore...».

Lo interruppe e gli ordinò di andare via.

La cartella che gli aveva portato era flaccida per l'umidità. L'aprì sospirando. Scorse il foglio che conteneva, alla ricerca di qualcosa che sapeva dove trovare e poi prese a picchiettarci su con il dito. Per fortuna non si trattava del ritrovamento di altri bambini. Il rapporto riguardava la morte del cardinale Martini. Come aveva immaginato, era davvero lui l'uomo che la mattina era stato ritrovato morto sulle scale della Gran Madre: il riconoscimento era stato effettuato nel pomeriggio dall'arcivescovo di Torino in persona e da qualche ora il corpo era stato portato all'obitorio per essere esaminato dal medico legale.

Secondo il carabiniere che aveva compilato il rapporto, il cadavere del cardinale presentava delle stranezze difficili da spiegare. Nel fascicolo, aveva evidenziato due parole: omicidio, scempio.

«Coretti!».

La maniglia cigolò all'istante. In un attimo, la porta si trovò alle spalle di un soldato slanciato e con l'espressione austera.

«Sì, colonnello».

«Esco. Fai venire Luigi con la carrozza».

6

Il ricordo dilagò improvviso nella sua mente, come una marea. Il suo sguardo divenne fisso e vitreo. Il passo, meccanico. Era notte, Pural era dentro un obitorio ma davanti ai suoi occhi c'era una vigna, in un assolato giorno di vendemmia.

I membri della famiglia erano tutti intenti a tagliare i grappoli e sistemarli con cura nei secchi, a commentare il più grosso, a ridere sui vecchi aneddoti ripetuti ogni anno e tenuti in serbo come il vino per l'occasione, e di tanto in tanto raddrizzavano la schiena indolenzita, non per riposare, ma per controllare la piccola Lidia, che giocava da sola sotto una quercia.

Quel giorno, Pural tolse una pietra da sotto la ruota di un carro, in quel momento senza buoi, con l'intenzione di spostarlo, per permettere a tutti di passare più comodamente con i secchi colmi d'uva e caricarlo.

Subito sentì gridare: «Lidia!».

Il carro cominciò a muoversi. Prima lentamente, poi aiutato dall'enorme peso e dalla pendenza del terreno, superò agevolmente una sporgenza, una depressione, fin quanto bastava. Quindi Pural lo tirò con forza a sé, e con un piede rimise la pietra sotto la ruota.

Forse fu quel gesto, o forse l'essere rimasto troppo a lungo piegato tra i filari a raccogliere l'uva: una lama gli si piantò nella schiena, o così gli parve. Un dolore intenso, crudo.

Il carro, improvvisamente, gli sfuggì di mano e prese velocità.

«Lidia!», gridavano ancora dai filari.

Senza pensare, si aggrappò alla sponda. Sopraffatto dal dolore, disperato. Il mondo sobbalzava violentemente. Le ruote cigolavano sprigionando odore di scintille.

«Lidia, spostati!».

Adesso capiva perché chiamavano Lidia, ma era troppo tardi.

Fu un'eternità che durò un attimo.

Lidia, la sua bambina, unica figlia adorata, con il suo visino pallido inforcato dalle lunghe trecce bionde, la boccuccia rosa sempre in procinto di dire qualcosa di bello e aggraziato, gli passò davanti, inafferrabile.

Pural contemplava il vivido ricordo di quella bellezza inestimabile, che veniva ogni volta resa ancor più radiosa e albeggiante di perfezione dall'imperdonabile rimorso.

Lidia aveva cinque anni e pochi mesi, quel giorno.

E da quel giorno, ogni giorno, Pural riviveva quella tragica mattina di inizio settembre. Ogni volta gli sfuggiva quel carro. E sentendo che tutti gridavano «Lidia», la cercava disperatamente con gli occhi, ma non riusciva a vederla, costretto com'era a sobbalzare, sbattuto con violenza, travolto dall'inarrestabile sconquassamento del mezzo fuori controllo. Aggrappato alla sponda come fosse un'ultima speranza, riusciva a vedere solo filamenti di immagini, confusi come colori mescolati sulla tavolozza di un pittore: vortici di fogliame, lunghe strisce di terra.

«Lidia, no!».

Come sempre, il ricordo finiva lì, in quel punto preciso, proprio dove il carro stava per terminare la sua discesa forsennata urtando contro un possente albero, nel punto in cui oggi si trova la lapide della piccola Lidia.

Quando si riebbe, Pural realizzò che stava camminando nel buio livido dell'obitorio, il luogo in cui l'aveva vista per l'ultima volta, e la vita per lui era diventata un incubo.

Asciugò le lacrime con la manica del cappotto, irrigidì i pugni e gridò dentro di sé.

«Stai attento qui», lo avvisò il dottor Rossini, che gli faceva strada nella penombra.

Il pavimento del vestibolo che dava accesso alla sala in cui venivano effettuate le autopsie e conservati i cadaveri era ingombro di bare scoperchiate e altri arnesi, che la luce fioca della lanterna tenuta alta dal medico rendeva difficile riconoscere.

Nell'aria stantia aleggiava un odore irrespirabile di polvere umida, putredine dolciastra, calce e un tanfo di escremento.

Il dottore guidò Pural verso un tavolo su cui era disteso un piccolo lenzuolo rigonfio. Tenne alta la lanterna e lo sollevò.

«Sono stati uccisi allo stesso modo».

I cadaveri dei due neonati ripescati nella Dora, un maschio e una femmina, giacevano uno accanto all'altro, le braccia lungo i fianchi, la pelle screziata da un'infinità di ecchimosi e cosparsa di bruciature, gli occhi pietosamente chiusi.

«Ora posso dirti qualcosa di più».

«Ti ascolto».

«Non sono morti per annegamento. Non c'è acqua nei polmoni. Inoltre, sono riuscito a stabilire il momento del decesso. È avvenuto non molte ore prima del ritrovamento. Dopo la morte, i corpi perdono all'incirca un grado ogni ora, ma il raffreddamento corporeo in questo caso è stato accelerato dall'acqua gelida del fiume. Ho dunque esaminato la sostanza gelatinosa degli occhi e dal livello di potassio ancora presente posso dirti quasi con certezza che sono morti non più di ventiquattro ore fa. Sono stati uccisi da almeno due persone». Fece luce e invitò Pural a constatare quanto gli stava spiegando. «Come puoi vedere, le prese di due, tre, forse più individui hanno rotto i capillari lasciando impronte abbastanza chiare. Devono aver giocato con i bambini quando erano ancora vivi, in modo violento».

«Cosa intendi?», domandò Pural passando in rassegna i piccoli corpi, con rabbia.

«Sembra come… come…».

Si rivolsero uno sguardo attonito.

«Andiamo Ugo, da quanto ci conosciamo?».

Il dottore alzò le spalle. «Non me lo ricordo».

«E allora! Con me puoi azzardare anche le teorie più strampalate. Non sono mica un tuo collega dell'università!».

«Non è questo, è che non mi sembra di dire cose ragionevoli, tutto qua».

Scossero la testa fissando i neonati. Emisero un lungo sospiro.

«Ormai abbiamo a che fare con criminali incomprensibili», disse languido Pural. «Non facciamo altro che formulare ipotesi ridicole. La verità è che non siamo attrezzati per affrontare questo genere di situazioni. Qui sta succedendo come a Londra con lo Squartatore. Buio. Buio. E solo tanto buio».

Il dottor Rossini gli fece sentire il calore della sua mano sulla spalla. «Ci ho pensato a lungo, e c'è solo una cosa che può spiegare questo tipo di lesioni».

Pural si voltò a guardarlo.

«Devono averlo usato come una palla. Se lo sono lanciato l'un l'altro, capisci?»

«No, non capisco. Perché, tu sei in grado di capire una mostruosità del genere?»

«No, ma è quello che ho pensato mentre esaminavo i poverini».

«E le bruciature come le spieghi?». Pural si chinò per osservarle più da vicino.

«Questo folle gioco deve essere avvenuto sulle fiamme».

Era evidente che formulare ipotesi così poco verosimili procurava al dottore un certo imbarazzo.

Pural lo spronò.

«Mi spiace, la mia capacità di immaginazione si ferma qui», disse il dottor Rossini. «Però...», sollevò la testa di uno dei bambini. «C'è questo».

Gli occhi di Pural volarono verso l'orecchio destro della vittima.

«Un serpente», disse il dottore. «Un serpente marchiato a fuoco». Sollevò la testa del secondo bambino e la voltò dall'altra parte. «Sono stati marchiati entrambi allo stesso modo».

«Vedo». Pural vedeva, ma era come se stesse dirigendo gli occhi in un mare di tenebra. «Cosa può significare?»

«Non ne ho la più pallida idea. Sei tu il carabiniere. Io posso solo dirti che il marchio è lungo un centimetro e largo mezzo, e che è stato impresso con un ferro rovente quando i piccoli erano ancora vivi. Il resto sta a te scoprirlo».

«Grazie. Se ti viene in mente qualcos'altro non farti scrupoli a condividerlo con un vecchio amico».

«Non mancherò». Il dottore tirò il lenzuolo sulle due piccole salme e si voltò. Si diresse verso un altro tavolo incoraggiando la luce molle e scura della lanterna a svelare la presenza di un lenzuolo sotto il quale doveva trovarsi il corpo di un uomo adulto e robusto. Sicuramente quello del cardinale Martini.

«E questo è il tuo uomo». Fece volare via il lenzuolo. «Non ho ancora eseguito l'autopsia. Te l'ho lasciato così com'era».

Pural si tappò la bocca con il braccio e distolse lo sguardo.

«Lo so, è orribile», disse il dottore.

«Puzza di escrementi!».

Il dottor Rossini gli diede un vasetto di crema alla canfora da spalmare sotto le narici. Pural ne mise un po', sporcandosi come sempre i baffi.

«Ti ascolto».

«Non ho molto da dire. Non è necessaria l'autopsia per capire che lo hanno ucciso spezzandogli il collo, e per vedere che lo hanno scavato e svuotato come larve fameliche. Un lavoro fatto in modo accurato, da mani esperte, un lavoro da tassidermista. Il trattamento che gli hanno fatto rende difficile se non impossibile stabilire l'ora del decesso. Però dalla desquamazione della mano, lo chiamiamo sguantamento, sono portato a pensare che sia morto quattro o cinque giorni fa». Immerse un polpastrello nella canfora e se lo passò sotto il naso. «Hai ragione, odora di merda».

Mentre il dottore esaminava il cadavere facendovi scorrere sopra la lanterna, nella mente di Pural affiorò tutto ciò che aveva saputo dai giornali sui delitti del famigerato Jack lo Squartatore. Anche in quei casi si trattava di vittime alle quali l'omicida aveva asportato delle parti, ma qui, nel caso del cardinale Martini, l'assassino o gli assassini si erano spinti oltre: il cadavere era privo di tutti gli organi interni; era vuoto come un pupazzo di cartapesta.

«Non avevo mai visto una cosa simile».

«Neppure io».

«Cosa intendevi dire con lavoro da tassidermista?»

«Al cardinale sono stati asportati gli organi interni, e il cervello gli è stato aspirato dal naso. Non l'ho ancora esaminato, ma è evidente che...», gli soppesò il capo. «È vuoto».

Constatò anche Pural.

«È un trattamento che ricorda la fase preparatoria all'imbalsamazione e alla mummificazione, come era praticata dagli egizi». Il dottore lo guardò con aria perplessa. «Ti sei chiesto anche tu perché mai un uomo così importante viaggiasse senza scorta?»

«Non lo so». Pural si lisciò i baffi arrotandone un'estremità. «Immagino che un uomo così importante possa fare quel che vuole».

«Credo anch'io, ma...».

«Sì, hai ragione. Ci sono dei limiti. Infatti lo controllavamo. E per quel che sappiamo doveva essere di ritorno da un festino notturno quando la carrozza è stata assalita».

«Questo non è lavoro da briganti», osservò il dottore.

«Direi proprio di no». Ora che, grazie alla canfora, l'odore del cadavere era diventato meno intenso e ripugnante, Pural riuscì a chinarsi sul corpo. «Fammi luce».

L'impugnatura della lanterna cigolò più vicino.

Pural prese un occhio del cardinale tra pollice e indice e lo aprì. «Illumina qui, per cortesia».

Appena la lanterna dondolò sulla fronte del cardinale, Pural ebbe un sussulto e tolse di scatto la mano.

«Che cos'è?».

Il dottore si allontanò. «Aspetta».

Pural lo udì rovistare tra gli arnesi e poi lo vide tornare con una pinza in mano.

«Ora lo scopriamo». Il dottore passò la lanterna a Pural e con mano ferma infilò le pinze in ognuna delle orbite oculari. Da quella sinistra estrasse una piccola pergamena arrotolata; da quella destra, un...

Un...

La luce, per quanto vicina, non aiutava: l'oggetto era privo di forma, molle, sfuggente. Istintivamente Pural e il dottore accostarono il naso alla punta delle pinze, ma la canfora annebbiava l'olfatto. Lo toccarono, ne staccarono un pezzo e lo sfregarono tra i polpastrelli, annusarono meglio.

«Ma è merda!».

7

Martedì 18 dicembre 1888

Prospero aspettava con terrore che facesse giorno, la testa sotto la coperta per non vedere le prime luci dell'alba affacciarsi alla finestra.

Da ore rimuginava su quanto aveva fatto e soprattutto su ciò che aveva visto. Non riusciva a trovare una spiegazione plausibile per la luce emessa dalla pelle dell'uomo che aveva trovato nell'androne, e per la materia schiumosa e luccicante che gli colava dalla bocca. Tuttavia continuava imperterrito a cercarla, perché era l'unico modo per allontanare la paura.

Presto sarebbero venuti a bussare alla sua porta. Era pentito per aver ceduto alla curiosità, sicuro che gli avrebbe procurato dei guai. Ma ormai non c'era più niente che potesse fare per rimediare. Aveva deciso che non sarebbe andato al lavoro, non voleva che le guardie lo avvicinassero al Caffè e lo portassero via in manette davanti a tutti, al padrone, ai clienti. Avrebbe perso, oltre alla libertà, anche la reputazione. Non aveva scelta. Seppure si rendesse conto che così avrebbe dato un motivo per sospettare di lui, quella mattina non sarebbe andato a lavorare.

Aveva elaborato un piano: non appena avessero bussato alla porta, si sarebbe colpito la fronte con il bastone che aveva infilato sotto il materasso e poi avrebbe raccontato di essere uscito di casa in seguito alle urla di aiuto della signora Maria, di aver visto un uomo a terra e di essere svenuto per lo spavento. Non ricordava altro. Forse, nell'incoscienza causata dal colpo alla testa era rientrato in casa, non sapeva, non ricordava, aveva dimenticato persino di andare a lavorare, aveva un gran dolore alla testa.

Ebbe la tentazione di alzarsi per vedere se fuori era ancora buio, ma la coperta pesava come un macigno.

Cosa fare ora?

Aveva un segreto che voleva celare anche a se stesso. Non era possibile che avesse sognato tutto? Infilò la mano sotto il materasso. Il bastone era ancora lì. Le sue dita affondarono in un piccolo, morbido involto di lana con qualcosa di duro al centro, seguirono i contorni di una busta di carta rigonfia. Si ricordò di aver visto cosa conteneva: quattro fotografie del cadavere in decomposizione di un uomo con i capelli lunghi.

Era tutto vero.

La sola cosa che gli sembrava sensata da fare, adesso, era aspettare e continuare inutilmente a chiedersi come fosse possibile che un uomo emettesse luce e un altro fosse così stupido da derubarlo sotto gli occhi di tutto il palazzo.

Tre colpi rapidi alla porta lo fecero sobbalzare. Si scoprì un orecchio e ascoltò, ma il sangue gli pulsava sui timpani.

Altri colpi alla porta.

Era il momento che aveva atteso per tutta la notte, era spacciato, rovinato per sempre. Saltò giù dal letto, sfilò il bastone dal materasso, inspirò, lo strinse forte, strizzò gli occhi e si colpì sulla fronte.

Bussarono ancora.

Si toccò. Non sanguinava, doleva poco. Non soddisfatto, si colpì ancora, con più forza, troppa, e si accasciò a terra.

Bussarono.

«Signor Prospero!».

Il sangue gli colava dentro un occhio.

«Signor Prospero!».

Era stordito, il cranio risuonava come una campana caduta dal campanile.

«Lo so che è in casa, non l'ho vista uscire questa mattina».

Riconobbe la voce, era quella della signora Maria. Sorrise e il sangue caldo gli si insinuò tra le labbra.

Si sollevò a fatica, tolse la catena alla porta, ma subito dovette risedersi per terra, perché gli girava la testa.

«Entri pure», disse dolorante.

La luce del giorno riempì la stanza. Maria si chinò su di lui sollevandogli la testa.

«Signor Prospero, ma cosa si è fatto?»

«Sono svenuto stanotte quando ho visto quell'uomo nell'androne».

«E questo?». Gli fece vedere il bastone insanguinato.

Si tirò su lamentandosi e brontolando. «Sono caduto anche su quello».

«Le chiamo un dottore».

La afferrò per un braccio. «No, no, non deve chiamare nessun dottore, io sto bene, è solo una botta, niente di grave». Le tolse il bastone dalle mani e chiuse la porta. «Cosa vuole?»

«Sono venuta per la faccenda di stanotte».

«Quale faccenda?». Prospero scostò le tende e guardò fuori. Non pioveva e, anzi, era una splendida giornata. A giudicare dall'altezza del sole dovevano essere le nove del mattino e lui avrebbe dovuto essere al lavoro da due ore. Si sedette tenendosi la testa. «Di cosa sta parlando?»

«Ma come?», Maria mise le mani sui fianchi e sgranò gli occhi. «Non lo ha visto anche lei? Lo ha appena detto».

«Non so di cosa stia parlando». Prospero immerse una pezza nel catino, la strizzò e se la mise sulla fronte.

«Ma, signor Prospero, è evidente che sta mentendo».

«Arrivi al dunque. Sono in ritardo al lavoro. Perdo la memoria in continuazione».

«Lei lo ha visto quell'uomo, stanotte».

Prospero protestò. «Io non ho visto nessuno. Sono svenuto solamente all'idea».

«Sembrava morto...». Maria indicò fuori rivolgendo a Prospero il suo viso cadente per la vecchiaia e perplesso.

«Non l'ho visto».

«Invece sì».

«E allora me lo mostri. Se c'era un morto stanotte, deve esserci ancora. I morti non camminano».

Maria si immobilizzò. Lo fissò ammutolita. «Come fa a sapere che non c'è più?».

Prospero gemeva lavandosi il sangue dalla fronte e strizzando la pezza dentro al catino. «Come faccio a sapere che cosa?»

«Che il cadavere non c'è più». Maria divenne sospettosa. «Che è scomparso». Arretrò verso la porta fino a toccarla e afferrò la maniglia con le mani che teneva dietro la schiena. «Lo ha fatto sparire lei?»

«Ma cosa dice?». Prospero gettò la pezza nell'acqua e andò alla porta, scostò Maria e aprì. Si riparò gli occhi dalla luce con una mano e tra le dita vide lo stalliere che accudiva i cavalli e un cocchiere che spingeva il suo calesse per posteggiarlo.

Prima di uscire, guardò in alto, sporse la testa per vedere l'androne, poi, nonostante Maria lo stesse guardando con un ghigno soddisfatto e annuendo ripetutamente come se avesse capito qualcosa di grosso, scese le scalette che dalla porta del suo appartamento conducevano al piano del cortile, e fece qualche passo avanti per riuscire a vedere meglio l'androne perennemente buio.

Si voltò indietro stupefatto.

Maria incrociò le braccia e disse: «Visto? È sparito».

Prospero tornò verso di lei a passo svelto, la prese per un gomito e la spinse dentro casa. «Lei e io dobbiamo parlare». La fece sedere sul divanetto gonfio di paglericcio, bitorzoluto, le cui molle arrugginite crocchiarono come ossa rotte.

«Che modi sono?», protestò Maria.

«Ho fretta, devo andare subito al Caffè, altrimenti perdo il posto». Aprì l'armadio staccando un'anta e poggiandola contro il muro. «Non le dispiacerà se mentre discutiamo della faccenda mi cambio».

«Faccia pure».

L'ombra di Prospero sul paravento, in equilibrio su un piede solo, accorciò un calzino riducendolo a un anello e vi infilò la punta del piede. «Allora, ha una spiegazione?». Ripeté di fretta l'operazione con l'altro calzino e si tolse la vestaglia da notte.

«Io speravo ce l'avesse lei, signor Prospero».

«Non ho visto proprio un bel niente, io. Per me era un ubriaco che aveva trovato riparo nell'androne. Non vado certo a cercarmi seccature». Ansimava mentre parlava, e a tratti la sua voce era attutita dai capi di vestiario che gli passavano sulla bocca.

«Il signore del piano di sopra dice di averla vista trattenersi nell'androne».

Prospero reagì categorico. «Ha visto male. Io sono svenuto».

«Sarà». Maria non insistette, tacque, e si guardò in giro, mentre Prospero finiva di vestirsi e di tanto in tanto si controllava la ferita accostando la fronte allo specchio.

«La sua casa è ben tenuta, per essere di uno scapolo».

«Grazie, ma è solo perché non la uso». La ferita era un taglio superficiale, in cima a un rigonfiamento livido. Il dolore era sopportabile. «Mangio sempre al Caffè».

«Dovrebbe sposarsi, un bel giovanotto come lei, cosa aspetta?».

Prospero arretrò per guardarsi tutt'intero allo specchio e dovette constatare che Maria aveva ragione: era un bel giovane, di media altezza e proporzionato, con la fisionomia di una persona affidabile e onesta. Si chiese cosa gli impedisse di dedicarsi all'altro sesso o sognare di mettere su famiglia e gli occhi corsero al libro sotto la candela spenta della notte. Sospirò.

«Ho solo diciassette anni».

«Potrebbe essere mio nipote».

«Le giuro che non lo sono».

Maria rise. Spostò la bugia con la candela poggiata sulla copertina sgualcita del libro di Prospero e ne lesse il titolo: *La magia degli astri*. «Perché non viene a cena a casa mia una di queste sere? Le preparo il coniglio».

Prospero prese la bombetta dall'appendiabiti e raggiunse la porta. Non avrebbe voluto che succedesse, si era impegnato tanto per evitare di darle confidenza, sapeva che non se la sarebbe più tolta di torno. E poi, come avrebbe potuto essere amico di una persona così incivile da urlare a tutte le ore della notte per cercare i suoi gatti? Come litigare per una cosa simile con un amico? Sarebbe stato impossibile. Impossibile come rifiutare il suo invito, perché Maria, che ora lo guardava con aria materna, gli era simpatica, e soprattutto perché sarebbe stato di sicuro meglio tenerla sotto controllo, almeno fino a quando questa faccenda dell'uomo luminescente non si fosse chiarita. Era fiero di sé per la versione che era stato capace di imbastire intrecciando le sue menzogne con quanto aveva detto di sapere Maria riguardo la notte precedente, il che compensava almeno un po' la stupidità che aveva dimostrato colpendosi la testa con un bastone.

Aprì la porta e la sospinse fuori. Chiuse bene a chiave. «Appena avrò un giorno libero verrò a cena da lei», disse cominciando a correre, con la bombetta sul pugno.

«Guardi che ci conto», urlò Maria.

«Promesso!».

8

Dato che non gli era mai accaduto prima di arrivare in ritardo al lavoro, il padrone del Caffè Giardino decise di fare un'eccezione e di perdonarlo, avvisandolo, però, che se fosse successo ancora, anche solo una volta, lo avrebbe licenziato senza dubbio e senza paga. Era furioso e indispettito, ma siccome l'avvicinarsi del Natale portava più lavoro del solito, e il locale era già colmo di avventori, non protrasse troppo a lungo il rimprovero.

«Cos'hai sulla fronte?», gli chiese.

«Niente, ho sbattuto la testa stanotte in casa, al buio».

«Alla svelta tra i tavoli», gli ordinò gettandogli tra le braccia il grembiule bianco, poi se ne tornò alle sue occupazioni di proprietario, offeso, con il naso all'insù. «Dai, dai!».

Prospero, felice e sorridente, chinò il capo e obbedì correndo a prendere le prime ordinazioni della sua giornata, che si prospettava più lunga e faticosa della precedente.

I tavoli fumavano come teiere. Ne individuò uno con i bicchieri vuoti e la conversazione animata, ma tenuta sottovoce.

Si avvicinò.

«I signori gradiscono qualcosa da bere?».

Finse di scrivere "un cognac".

«E per il signore?».

Una grappa.

«Lei, signore, prende qualcosa?».

Un'altra grappa.

Fece qualche passo verso la cucina, per allontanarsi un poco dal tavolo, e non interrompere la conversazione. Si fermò, come per finire di scrivere l'ordinazione e segnare il numero di tavolo sul taccuino. Tese l'orecchio e stette ad ascoltare quello che stavano dicendo i tre. Allenare l'udito in quel modo lo aveva reso capace di sentire bene anche a una distanza considerata sicura da chi non voleva essere ascoltato. I tre stavano parlando di un cadavere che era stato trovato sulle scale della Gran Madre. Non essendo lontano, in linea d'aria, indicavano continuamente il punto del ritrovamento come se si fosse trovato proprio là fuori, in piazza Castello.

Stando a ciò che diceva uno di loro, si trattava di un cardinale. L'uomo che, del gruppo, sembrava essere quello informato, continuò accennando alle condizioni in cui era stato ridotto il corpo del povero e indifeso uomo di Chiesa.

Per guadagnare tempo e continuare ad ascoltare, Prospero finse di sistemare qualcosa lì accanto. Controllò con la coda dell'occhio che il padrone non si stesse accorgendo della sua lentezza... Ma in quell'istante entrò un suonatore di cornamusa augurando a tutti un Santo Natale, e un attimo dopo fu impossibile udire quanto si stava dicendo a quel tavolo.

Deluso, ma deciso a saperne di più su quella strana vicenda, diede inizio al solito andirivieni senza sosta tra la sala e la cucina.

Finalmente il suonatore di cornamusa raccolse le sue monete nel cappello e uscì indietreggiando, chinato in segno di riconoscenza.

La porta del locale non tardò a riaprirsi: niente di interessante.

Dopo qualche minuto si riaprì ancora: niente.

Niente.

Niente.

Niente.

Niente.

Niente.

Poi, due clienti mai visti prima.

«Hai letto sul giornale cos'è successo qualche notte fa?», stava dicendo un giovane signore all'amico più anziano, invitandolo a entrare per primo. Una volta dentro, si interrogarono con lo sguardo per capire quale fosse il tavolino preferito da entrambi.

«Buongiorno, signori. Cosa gradiscono?». Prospero parlava già sottovoce come a non voler sovrastare il prezioso dialogo che i due non avevano ancora cominciato.

«Cioccolata calda, grazie».

«Anche per me».

«Ve le porto subito», disse appuntando sul taccuino. Solo che non stava scrivendo l'ordinazione ma: "È successo l'altra notte".

In un attimo era già di ritorno con le cioccolate fumanti. Le servì lentamente.

«No, io non credo affatto che sia un vaso canopo», diceva uno dei due clienti mostrando all'amico una notizia su un giornale spiegazzato.

Furto al Regio Museo delle antichità egizie.

«Cosa te lo fa pensare?», chiese l'altro afferrando la tazza. «Se le autorità hanno dichiarato che fortunatamente si trattava solo di un vaso canopo, sarà così».

Il più giovane dei due, ma anche il più distinto, soffiò sulla cioccolata e scrutò l'amico da dietro il velo aromatico che saliva dalla tazza bollente. «Sono entrati nel museo e nessuno se n'è accorto. Hanno avuto l'opportunità di prendere quello che volevano e si sono limitati a un vaso canopo?». Scosse la testa con decisione. «Non mi convince».

L'amico sorseggiò con calma. Era evidente che per lui non c'era niente di nuovo nell'atteggiamento deciso e appassionato del suo interlocutore. «Forse erano dei ladri di poco conto». Sorseggiò con l'aria saggia di un monaco che beve il tè. «Forse sono entrati senza sapere cosa cercare e hanno arraffato la prima cosa che hanno trovato prima di darsela a gambe credendo di avere rubato chissà cosa».

Prospero, dopo aver lasciato su quel tavolo le cioccolate e anche le proprie orecchie, si mise a strofinare con flemma il piano del tavolo adiacente.

«Questi...». L'uomo mosse il giornale arrotolato come se i ladri fossero lì dentro, e li avesse in pugno. «Questi erano dei professionisti. Non li ha visti né sentiti nessuno. La porta del museo non è stata violata, non è stato notato alcun movimento sospetto in strada – e dire che uomini che escono con una cassa dal Museo Egizio, di notte, devono farne di rumore e dare nell'occhio. Anche se fosse stato davvero un vaso canopo, doveva avere pur sempre dimensioni considerevoli».

L'amico assentì e si chiuse le labbra con il bordo della tazza.

«Ora, ti pare? Io entro in un museo costretto a scegliere l'oggetto da rubare a caso e molto rapidamente, e che faccio? Prendo una cassa pesante e voluminosa? No, mio caro, non si è trattato di un vaso».

Con un sospiro che tradiva la noia, l'amico lo invitò a rivelare la verità.

«Secondo me potrebbe essere stata rubata una mummia», disse l'uomo abbassando la voce, ma non abbastanza da affievolirsi prima di essere giunta ai timpani di Prospero.

«Una mummia?».

9

La notizia di un furto al Museo Egizio di Torino era entrata nell'ufficio di Pural senza fare rumore. Il rapporto era finito all'istante sul fondo dell'ultimo cassetto della scrivania, e in un attimo era stato dimenticato.

Un caso del tutto irrilevante, se paragonato all'interminabile sequenza di macabri omicidi, suicidi inspiegabili, scomparse, violenze, rapimenti e uccisioni di neonati...

Ora, però, la sua mano tornava lentamente a quel cassetto e cercava sul fondo. Sembrava quasi agire autonomamente, perché l'attenzione di Pural era rivolta al titolo sulla «Gazzetta Piemontese»:

Furto al Regio Museo delle antichità egizie, rubato un vaso canopo.

Come sulla carta fotografica in una camera oscura, nella sua mente apparve l'immagine del cardinale Martini sul tavolo dell'obitorio. Udì ancora le parole del dottor Rossini: "Un lavoro da tassidermista".

Non era esperto di archeologia, ma sapeva che i vasi canopi venivano usati dagli antichi egizi per conservare le viscere dei corpi mummificati.

Non poteva essere una coincidenza.

La mano trovò il rapporto sul furto. Lo estrasse. Lo portò davanti al volto di Pural, che lo lesse con attenzione e non trovò nulla che specificasse cosa fosse stato rubato. Forse, al momento in cui era stato stilato il rapporto, gli esperti del museo non erano ancora in grado di dirlo con certezza.

Ma perché, allora, alla stampa era stata data una notizia così perentoria? Perché non ne era stato subito messo al corrente?

Un vaso canopo…

Richiuse il rapporto nel cassetto, il primo, e uscì.

Aveva alcune domande da fare.

In un'ora riuscì a farsi ricevere da un consigliere comunale, dal professore di archeologia dell'Università, dal fondatore e presidente della Società di Archeologia e Belle Arti, dal direttore della Scuola di Magistero della Facoltà di Lettere e Filosofia, dal presidente dell'Accademia delle Scienze, dal fondatore e presidente della Società per la Cremazione, dal Venerabile Maestro della loggia massonica Dante Alighieri e dal direttore del Museo Egizio.

Tante persone erano un solo individuo: Ariodante Fabretti.

Nato a Perugia, settantadue anni compiuti a ottobre, uomo carismatico, personaggio pittoresco, intellettuale influente, secondo molti era in procinto di divenire senatore del Regno d'Italia.

Nella fotografia allegata al fascicolo in possesso di Pural, il professor Fabretti rivolgeva all'obiettivo un volto olivastro, placido, levigato, simmetrico, chiuso tra una folta barba candida, che gli cadeva sul petto nascondendo la camicia, e un fez nero, che gli torreggiava sulla testa. Il venerabile massone vestiva un cappotto di lana e pantaloni larghi a righe verticali, una grossa catena d'argento curvava sul gilet e spariva in un taschino. Aveva la mano destra posata su un libro e, a guardare bene, l'indice era intenzionalmente rivolto a un simbolo stampato sul dorso. Pural, nell'oscurità della carrozza che lo aveva portato all'appuntamento, non era riuscito a decifrarlo. Aveva però notato che la copertina del libro su cui giaceva la mano del venerabile era stata coperta con un telo bianco per impedire di leggerne il titolo. Un uomo amante dell'occulto.

E con una grande passione: la morte. Il che lo aveva portato a fondare la Società per la Cremazione e lo rendeva perfetto per ricoprire l'incarico di direttore del Museo Egizio di Torino.

Nel complesso, lo si sarebbe scambiato per un egiziano, non fosse stato per l'inconfondibile accento umbro, o piemontese, a seconda delle parole.

«Mi dica, colonnello. Cosa vuole sapere?». Voce tenera, ma autorevole.

Il colonnello smise di guardarsi attorno. Lo studio di Ariodante Fabretti sembrava un prontuario di simboli occulti. «Sono tante le cose che vorrei sapere». Ricevuto l'assenso del padrone di casa, accese un sigaro. «Dico in generale: mi piace imparare».

«Questo ci rende simili, colonnello».

Un fiotto di fumo abbandonò le labbra di Pural.

«Dunque professore. Il furto è avvenuto l'11 dicembre, all'incirca verso le tre del mattino. Giusto?»

«Giusto».
«Qualche ora dopo, il suo assistente, il dottor…», cercò il nome nella memoria. «Il dottor…».
«Francesco Rossi?»
«No, mi pare si chiamasse…».
«Lanzone».
«Ecco, lui». Fumò. «Ha un nome troppo movimentato per la mia memoria».
«Si chiama Ridolfo Vittorio Lanzone, una persona che gode della mia piena fiducia».
«Il suo assistente ha dichiarato di non essere in grado di dire con esattezza cosa fosse stato rubato, perché l'oggetto apparteneva a materiale non ancora catalogato. È corretto?»
«Sì, è corretto». Il venerabile sospirò incrociando le braccia. «Stiamo lavorando alacremente alla stesura di un catalogo completo di tutti i reperti, ma la quantità di materiale che ancora giace sepolto nei magazzini è enorme».
«Dunque, cosa vi ha permesso in così poco tempo di capire cosa era stato rubato e perché lo avete comunicato alla stampa?».
Fabretti assentì alla legittimità della domanda.
«La stampa ci stava addosso».
«Lei è sicuro che si tratti di un vaso canopo?»
«Sì. La cassa rubata apparteneva a un gruppo di vasi canopi. Mi spiego: i singoli imballi non erano stati ancora catalogati, ma il gruppo sì. Quell'ala dei magazzini stava per essere esaminata e numerata, ed era stato fatto un esame preliminare proprio in vista della catalogazione. Non può che essere un vaso».
«Sembrerebbe che i ladri sapessero di questa imminente schedatura del materiale».
«Improbabile, ma non impossibile».
«E che dire della mancanza di effrazione?»
«Forse hanno avuto un complice che ha fornito loro una copia delle chiavi».
«Intende qualcuno che lavora qui al museo?»
«Un guardiano, ad esempio».
«Non credo». Pural ridiede vita al sigaro. «I miei uomini dicono che era tutto in ordine dopo il furto».
«È vero. I ladri non hanno toccato niente».

«Vuole dire nient'altro».

«Esattamente». Fabretti cominciava a sospettare di essere sospettato.

Pural non fece nulla per smentire quella sensazione. «Se, come lei ha dichiarato alla stampa, i ladri avessero arraffato la prima cosa che gli è capitata a portata di mano e poi fossero fuggiti pieni di paura o eccitazione...». Gli indicò l'articolo sul giornale con le sue parole virgolettate. «Lei ha parlato di eccitazione».

«E allora?»

«Mi perdoni, professore, da quel che leggo qui, lei sostiene che possa essere stata l'occasione a tentare i ladri. Dunque, non un furto premeditato, ma il frutto della tentazione. E dice anche che la palese incompetenza archeologica dei criminali è stata una fortuna per il museo».

«Certo, è così», asserì il direttore. «Immagini se le chiavi fossero venute in mano a un intenditore con brutte intenzioni».

«Io sono portato a pensare che i ladri sapessero quel che cercavano e sapessero anche dove trovarlo».

«Come fa a dirlo?»

«Se il ladro fossi stato io, avrei certamente creato un po' di disordine. Avrei aperto molte casse alla ricerca di oro. Pesante, ma occupa poco spazio, e il valore è certo anche per un profano. Invece qui c'è da chiedersi come abbiate fatto ad accorgervi del furto».

«Come le ho già detto l'area dei magazzini in questione era appena stata ispezionata per l'archiviazione. Il guardiano, quella notte, ha udito dei rumori provenire da lì. Ecco come ce ne siamo accorti».

«Capisco». Non c'erano parole più false di quella. «I miei uomini dicono anche che, dallo spazio lasciato vuoto dalla cassa, è impossibile dedurre l'altezza e la profondità della stessa. Poi dicono anche che gli imballi del gruppo di vasi – ripeto quanto detto da lei – avevano forme e dimensioni varie. Dunque, non ci sono solo vasi in quel gruppo di reperti. Mi dica se sbaglio».

«I vasi canopi non sono tutti uguali, colonnello. Sono fiducioso: il reperto sarà ritrovato. Inoltre la informo che la sorveglianza del museo, in seguito all'accaduto, sarà notevolmente rafforzata». Scattò in piedi, fece il giro della scrivania e gli indicò il corridoio. «Una cosa del genere non accadrà mai più. Ora mi dispiace ma devo lasciarla».

Pural soffocò il sigaro nel portacenere e si alzò. «Sì, ora vado, le ho già arrecato troppo disturbo. Grazie per la disponibilità».
«Non c'è di che».
«Solo un'ultima cosa».
«Prego». Il direttore ridacchiò. «Non starà mica sospettando di me, vero?»
«Ah, lei è il principale indiziato!», rispose Pural fingendo di scherzare.
«Allora merito un interrogatorio più lungo. Chieda pure».
«Secondo lei...». Si fermò, come a voler dare il tempo al massone di concentrarsi. «Secondo lei è possibile che la cassa sia stata trafugata per altre vie che non fossero la porta principale?»
«Non la seguo».
«Potrebbe essere stata portata via attraverso i sotterranei della città?».
Ariodante Fabretti si prese il mento fra le dita, guardò in alto, ci pensò. «Questa è una teoria interessante». Fece ballare l'indice. Ci pensò ancora annuendo con crescente convinzione. «La sua idea potrebbe spiegare molte cose, in effetti. Dalle cantine si può accedere alle fognature e da lì all'immensa rete cittadina. Ma chi avrebbe potuto fare una cosa simile? Nessuno ha una mappa completa dei sotterranei. È inevitabile perdersi là sotto. E comunque, se così fosse, non la ritroveremo mai più. Sarebbe impossibile».
Pural si lasciò accompagnare alla porta. Prima che il direttore l'aprisse, si fermò. «Ancora una cosa, per favore».
«La prego».
«Lei è un massone, vero?»
«Certo».
«Conosce per caso il professor Nietzsche?»
«Non di persona, ma so chi è. Perché me lo chiede?»
«Posso domandarle che rapporti corrono tra i massoni e la destra antisemita tedesca?»
«I neopagani *volkisch*?».
Per un attimo, a Pural parve di scorgere un cedimento nella smorfia imperscrutabile del direttore. «Nessun rapporto?»
«Nessuno. Non si lasci trarre in inganno, colonnello: Nietzsche non è un antisemita. Per questo lo hanno isolato. Vive solo come un cane».

«Lo so».

«Comunque tra noi massoni e i sostenitori della superiorità della razza ariana non può esserci amicizia».

«Nessun rapporto culturale dunque?»

«No. Le origini della massoneria risalgono alla costruzione del tempio di Salomone in Gerusalemme, come potremmo andare d'accordo con gli antisemiti?».

«Mi risulta, però, che il professor Nietzsche abbia tenuto dei seminari per i confratelli di non so bene quale loggia».

«Non la mia, altrimenti lo saprei. Ma può anche darsi che sia stato invitato a parlare dal Gran Maestro. Noi siamo culturalmente aperti alle novità tanto quanto siamo legati alla nostra tradizione. Inoltre, le ricordo che Friedrich Nietzsche è tutto fuorché un antisemita, o un volkisch, se preferisce. Se avrà il piacere di incontrarlo, gli domandi della sorella e vedrà cosa pensa dei volkisch. E già che c'è gli porga i saluti di un estimatore». Aprì la porta e lo salutò con un lento inchino facendo oscillare il pendente nero del fez come l'asta di una pendola. Il tempo a disposizione di Pural era scaduto.

10

L'uomo che era appena entrato nel Caffè, un signore distinto e molto riservato, frequentava poco il locale ma con la stessa regolarità che metteva in ogni suo gesto, al punto che Prospero avrebbe potuto indovinare nell'ordine le cose che avrebbe fatto appena varcata la porta.

Era il generale dei Carabinieri Reali.

Forse stavolta era venuto per trarlo in arresto.

Sperò intensamente che lo ignorasse, come sempre. Lo seguì con lo sguardo carico di apprensione mentre si dirigeva a sinistra, preferendo il solito tavolino con il separè su un lato, si sedeva con la consueta malcelata circospezione traendo un lungo respiro di circostanza prima di accavallare le gambe e sparire dietro la cortina di notizie della «Gazzetta Piemontese».

«Vuole ordinare qualcosa, signore?».

Il giornale si abbassò crepitando piano, scoprendo per prima una massa di capelli cromati e, nonostante l'età, sulla cinquantina inoltrata, ancora fitti.

Ora, sperò Prospero, lo avrebbe fissato in quel solito modo strano ed equivoco, come se avesse in mente di dirgli qualcosa e, rinunciando, avrebbe inarcato un sopracciglio facendosi precipitare il monocolo sul palmo della mano.

«Portami...», disse il generale, fingendo indecisione prima di ordinare il solito. «Portami una cioccolata calda e due croissant con la marmellata di castagne».

Come sempre.

Sperare intensamente sembrava essere efficace.

Invece, quando Prospero fu di ritorno con l'ordinazione, il generale fece qualcosa che non aveva mai fatto.

«Dormito bene, ragazzo mio?».

Ragazzo mio? Dunque i carabinieri sapevano... Era spacciato.

Chinò la testa per nascondere il rossore traditore che gli stava tingendo il volto. «Non molto, purtroppo».

«E perché mai?»

«I gatti della mia vicina di casa non fanno altro che miagolare in queste notti». Pensò che mezza verità avrebbe conferito un po' di sincerità al suo tono di voce.

Il generale avvoltolò rapidamente il giornale e si sporse in avanti, incuriosito. «Perché, prima non lo facevano?».

Prospero lanciò un'occhiata al padrone, il quale però gli sorrise. Se perdeva tempo in chiacchiere con Nietzsche aveva da ridire, ma con il generale era diverso.

«Prima miagolavano molto di rado», replicò, «li si udiva giusto nei periodi d'amore. Ma da qualche giorno», si corresse, «da qualche notte, hanno iniziato a miagolare senza tregua».

«Un fenomeno molto interessante».

«Forse lo è per lei, signore, ma per me è una vera calamità».

Il generale sogghignò. «Hai ragione, hai ragione!».

Prospero si espresse in un rapido inchino riprendendo a sperare. «Buon appetito, signore», disse voltandosi e dicendosi dentro: "Fa' che non mi richiami". Lo ripeté con una tale carica di supplica che solo un Dio malvagio avrebbe potuto deluderlo.

«Aspetta, ragazzo!».

Si fermò, espirò e si voltò mesto, con rassegnazione. «Dica, signore».

Gli indicava la sedia libera accanto alla sua.

Come temeva: lo avrebbero arrestato davanti a tutti. Era finito. Camminò lentamente verso la sedia e vi si lasciò cadere, sconfortato.

«Cos'hai visto stanotte?»

«Non ho visto niente, signore».

«Volevo dire: *chi*».

Si sentì mancare. «Un ubriaco si è accasciato nell'androne del mio palazzo. Ha fatto baccano».

«Non erano stati i gatti?».

Il padrone del Caffè lo vide seduto al tavolo con il generale e approvò con una smorfia d'orgoglio misto a stupore.

«Anche i gatti, signore». La voce di Prospero si era d'un tratto ridotta a un filo flebile e sommesso.

«Hai visto da vicino quest'ubriaco di cui parli?»

«No signore, mi sono solo affacciato, poi mi sono rimesso a dormire».
«Dunque hai dormito».
«Un poco».
«Ecco, ragazzo, io mi stavo chiedendo se per caso non avessi visto, invece, qualcosa che mi interessa. Non ho intenzione di procurarti dei guai. Tutt'altro. Sempre che tu sia mio amico».
Cercò d'incrociare il suo sguardo, ma Prospero aveva occhi solo per il piano del tavolino.
«Vuoi essere mio amico?»
«Sissignore».
Il generale attese.
«A una certa ora sono uscito a controllare», iniziò Prospero. «Non riuscivo a prendere sonno e volevo vedere se l'ubriaco era andato via».
«E se n'era andato?», domandò il generale incoraggiandolo a continuare.
«Sì, per fortuna».
«No, non è affatto fortuna: è un peccato». Il generale chiuse un pugno e lo mosse dall'alto in basso. «Davvero un peccato. Io credevo che fosse un delinquente che stiamo cercando e che tu potessi avergli trovato addosso qualcosa...».
«Io?». Strabuzzò gli occhi.
«Un inquilino del tuo palazzo dice di averti visto prestare soccorso a un uomo che doveva essersi sentito male. Dice di averti visto mentre gli slacciavi i bottoni della giacca, sicuramente per consentirgli di respirare con più agio. Così avevo sperato che... ma lasciamo stare». Gli mise una banconota nel palmo e gli serrò il pugno. «Se si fosse trattato dell'uomo che cerchiamo e tu avessi trovato qualcosa ti avrei pagato molto bene». Si alzò. Non aveva neppure toccato i croissant. Ormai la cioccolata non fumava più.
Si mise il giornale sottobraccio e fece per congedarsi.
Ma Prospero lo fermò. «Non so se è l'uomo che state cercando», disse, «ma quando mi sono affacciato, l'ubriaco non c'era più. Il mio vicino ficcanaso è un bugiardo. Però a quell'uomo devono essere cadute queste», disse consegnandogli una busta.
Il generale si risedette piano, come su un barile di esplosivo, aprì la busta e scrutò le fotografie che conteneva con l'accortezza di un giocatore di carte.

«Non ho potuto trattenermi dal guardarle», ammise Prospero. «È un cadavere umano, vero?».

Non gli rispose. Si era fatto assente. Qualcosa negli intricati penetrali del cervello del generale si era come disciolto alla vista di quelle fotografie.

Prospero confidò in una ricompensa immediata, come promesso, quantomeno in una parola rassicurante che lasciasse intravedere un perdono per il reato che aveva commesso.

Invece il generale, senza guardarlo, domandò grave: «Hai mai visto queste fotografie?».

Prospero scosse velocemente il capo: «Quali fotografie?»

«Molto bene», disse il generale lasciando cadere le monete per i croissant e la cioccolata. Poi si alzò meccanicamente e uscì senza aggiungere parola, con lo sguardo perso nel nulla.

Un nulla che, a giudicare dalla sua espressione assorta, doveva essere pieno di cose.

11

L'aria fresca, asciutta, e il cielo punteggiato di efelidi luminose invitavano a camminare, a perdersi per le vie della città. Pural disse al cocchiere di riportare la carrozza alla rimessa della caserma e di andarsene pure a casa. Lui avrebbe proseguito a piedi. Aveva bisogno di pensare, di strapparsi dalla testa l'immagine di quei due bambini martoriati, e del cardinale, conciato in quel modo grottesco.

Camminò a lungo, ma ogni direzione conduceva verso lo sconforto.

Erano trascorsi quindici mesi da quando il generale Linzi gli aveva affidato il comando di una sezione segreta, la DIO (Divisione Indagini sull'Occulto), voluta da re Umberto in seguito a forti pressioni del Vaticano, con l'incarico di investigare sui casi di "strani omicidi che paiono motivati da rituali satanici", "altre devianze di tipo religioso" e "qualunque altro caso di cui si possa ragionevolmente sospettare la matrice esoterica".

Quindici mesi di vano lavoro, quattordici di sventura.

Un mese dopo l'istituzione della DIO, infatti, aveva perso Lidia, in un incidente che lo aveva voluto colpevole. Subito dopo, Matilde, sua moglie, si era spenta come fuoco sotto una pioggia di lacrime, e ora vegetava in una clinica per insani di mente.

La sua vita era andata in frantumi.

Non era superstizioso, non era credente, non era ateo, non era niente. L'unica legge cui dava valore era quella che lui stesso doveva fare rispettare. Eppure, il pensiero che tra le sue indagini e la sfortuna che si era riversata su di lui e su tutto quel che amava ci fosse un nesso, tornava ogni notte a visitare i suoi incubi.

Forse fu questo a guidarlo verso l'eco di una musica lontana fatta di sibili allegri e incantatori. Sembrava un organo Calliope, un circo.

La seguì.

La perse.

La ritrovò.

Si lasciò condurre fino a uno spiazzo, al centro del quale sorgeva un tendone a fasce verticali bianche e rosse, circondato da fiaccole scintillanti.

Il vento, che odorava di sterco, scuoteva due stendardi su cui campeggiava la scritta CIRCO LA FLEUR.

Passò accanto al tendone, costeggiando le lunghe vocali di ammirazione del pubblico all'interno, le grida, ora di paura, ora di entusiasmo liberatorio, la musica inconfondibile ed evocativa dell'organo Calliope. Poi, oltre il tendone vibrante, si ritrovò nell'accampamento dei circensi, dove ribollivano i suoni di una lingua per lui incomprensibile ma familiare: il romanì dei sinti.

C'era vita anche in quelle vie di fango, illuminate appena dalle finestrelle dei carrozzoni in fila: un pagliaccio usciva da un carro, contrariato, e subito si infilava in un altro sbattendo la porta; un acrobata fumava solitario; un nano vinceva una mano a carte contro l'uomo forzuto e guadagnava un bicchierino.

Era un bizzarro paese in miniatura, su ruote, pronto a disfarsi in un attimo e a mettersi in cammino per un altro luogo.

Si spalancò la porta di un carro alle sue spalle, diffondendo sulla via l'aria rappresa che conteneva.

Un flusso di odori sconosciuti gli fece contrarre le narici.

Non si voltò a guardare. Non voleva essere preso per un ficcanaso e discutere con qualcuno per quella sua intrusione in una realtà parallela. Girò su se stesso per andarsene da quel luogo effimero come un miraggio, che presto sarebbe scomparso nel nulla.

«Colonnello Pural!». Una zingara lo chiamava dal carrozzone dietro di lui. Come poteva sapere il suo nome?

Si voltò e la guardò senza darle un cenno di risposta.

La donna aveva una candela accesa in mano. Lo invitava a entrare. «Fatevi leggere la mano. Vi porterà fortuna».

Due stati d'animo molto diversi tra loro, la disperazione e la curiosità, in quel momento si confusero in Pural.

La zingara era rientrata nel carrozzone lasciando la porta aperta. «Prego, colonnello, venga».

L'idea di rivolgersi a una maga, per "provare", gli aveva più volte accarezzato la mente. Spesso il dubbio lo aveva fatto vacillare. Si era sentito in colpa per non aver fatto almeno un tentativo. Forse stava voltando le spalle alla possibilità di sapere di Lidia, sentire la sua voce, parlarle… Ma non se l'era mai sentita.

Diceva a se stesso che se avesse compiuto quel passo si sarebbe sentito folle, al punto da diventarlo per davvero. E se uno perde la ragione, non può più sapere se quel che vede e sente è reale o immaginario.

Adesso, però, la follia aveva fatto la prima mossa, e lui era lì, davanti alla porticina aperta di un carro, da cui baluginavano richiami irresistibili.

Non decise di entrare, lo fece.

Metà dello spazio era occupato da un letto largo quanto il carro, spumeggiante di cuscini e coperte disfatte. Un odore al confine tra lezzo e fragranza impregnava ogni cosa. Mentre la vecchia, minuta, ossa velate dalla pelle, poggiava la candela al centro di un tavolino rotondo, Pural lasciò vagare gli occhi in quel mondo di cianfrusaglie, feticci, sfere di cristallo, mazzi di carte e altri oggetti inclassificabili.

Poi, senza parlare, chiuse la porta e si sedette.

«Io mi chiamo Madame La Fleur», disse la donna, che gli sedeva di fronte, la voce cangiante come le ombre che le danzavano sotto gli zigomi.

«Come fa a sapere il mio nome?».

La zingara rise mostrando due incisivi d'oro, brillanti alla luce della fiamma. «Io aiuterò voi, se voi aiuterete mia gente».

«Come fa a sapere chi sono?».

La donna allargò le mani. «Butyakengo, il nostro spirito protettore. Santa Sara la nera. Gesù Cristo. Loro parlano, io ascolto». Gli prese la mano e gliela strinse.

Lui la lasciò fare. «Quanti soldi mi chiederà dopo?»

«Non voglio soldi».

«E cosa vuole?»

«Io aiuto voi, voi aiutate noi».

«Si spieghi».

Lo fissò a lungo, poi disse: «Noi non abbiamo rubato quei bambini. Noi sinti amiamo i bambini più di noi stessi. Ora però la gente dà a noi la colpa. Sempre a noi la colpa se scompare un bambino. Ma noi non siamo stati».

«Se è così, non avete niente da temere», disse Pural.

Il volto della zingara rimase serio. Aveva capelli lisci e inceneriti dagli anni, un lungo naso adunco, labbra sottili tagliuzzate da una serie di piccole rughe verticali. «Voi, colonnello, siete stato maledetto da uomini molto malvagi».

Per un istante ebbe l'impulso di ritrarre la mano, ma non lo fece.
«Vostra figlia...». Gli occhi della zingara presero a volteggiare sotto le palpebre. «Vostra figlia è molto bella».
Ancora dominò il bisogno di ritrarre la mano.
La vecchia gliela teneva tra le sue, la testa rivolta verso l'alto, gli occhi chiusi, ma agitati, cominciava a respirare in modo irregolare. Il calore della fiamma le ondeggiava davanti. «Io vedo nella vostra vita».
Silenzio, lievi scosse, Pural avvertì un forte calore in tutto il corpo. «Cosa vede?», domandò.
«Ora vedo il vostro spirito protettore. Vostro padre».
«Come si chiama?»
«Capitano dei carabinieri Antonio Pural».
Pural si riprese la mano con decisione e si alzò di scatto. «Come fa a sapere queste cose?»
«Vedo nella vita».
«Non credo in queste sciocchezze», obiettò Pural, come fosse tornato in sé tutto a un tratto. «Può vedere anche dove sono quei bambini?»
«Forse».
«Cosa vuol dire "forse"?»
«Devo toccare qualcosa che appartenga loro». Gli indicò la sedia. «Prego». Chiamò la mano di Pural tra le sue.
Senza sapere perché, le ubbidì. Si risedette e le consegnò il biglietto che aveva estratto dalla cavità oculare del cardinale Martini. Ma a lei questo non lo disse.
La zingara lo prese e se lo strinse al petto. «Oh, questo non è di un bambino...», mormorò. Chiuse gli occhi. Respirò a lungo, fino a sprofondare in un sonno leggero e agitato. E cominciò a vedere. Una strada di campagna, nella collina di Superga, eventi accaduti alcuni giorni prima.
Una carrozza lanciata nella polvere.
Un cardinale sfiorava la mano chiara e affusolata di una donna invitandola a posarla sulla sua. Ripeteva che finché non avesse visto non avrebbe creduto.
Un uomo sul sedile opposto, occhi stretti come lame, ribatteva che dopo aver visto avrebbe creduto ancor meno.
Il cardinale non era tranquillo. Non si fidava. Aveva paura.

L'uomo lo informava che presto la Chiesa avrebbe avuto il santo cadavere che voleva, poi intimava al cocchiere di fermarsi.

Piena campagna.

La carrozza si fermava al centro della carreggiata, in una nuvola di polvere che diradava… lentamente. Saliva verso il cielo, come a volersi riunire alle nuvole cariche di pioggia che si vedevano in lontananza.

La mano lattea della donna sbucava dalla portiera, un lieve fascio di dita.

Scendevano tutti.

Il cocchiere accarezzava il collo sudato dei cavalli.

L'uomo rompeva con uno strattone quello del cardinale.

L'aria era calda, per essere alle porte dell'inverno, e silenziosa.

12

Il veicolo che ondeggiava come una culla, l'effetto di due capsule di polvere di Dover (a quanto pareva, il farmacista non aveva lesinato sull'oppio): una gran voglia di dormire si insinuò nel corpo esausto di Friedrich Nietzsche.

La voce sottile della persona che aveva di fronte gli giunse come da molto lontano. «Come sta, Herr Professor?».

Troppa polvere. E non ne avrebbe avuto alcun bisogno. Ne era certo. Non si era mai sentito così bene. Una capsula sarebbe bastata a fargli passare l'eventuale agitazione, ma come al solito si era lasciato tentare.

Si scosse per restare sveglio.

Spalancò gli occhi cercando avidamente di percepire la forma dell'uomo che aveva davanti.

«Si trova bene a Torino?»

«È l'unica città in cui sono possibile». Sbadigliò.

«Abita in una casa degna di lei?»

«Ho preso alloggio presso una buona famiglia, in un appartamento nel centro». Ci fu il lampo di un fiammifero tra le dita di Friedrich, le pupille gli si ritrassero di scatto. Mosse la fiamma per vedere il suo interlocutore: magro, distinto, il cilindro sulla testa, un po' obliquo, da cui scendevano folte basette fin sotto una mascella ossuta. Portava gli occhiali e il riflesso del fiammifero sulle lenti impediva di vederne lo sguardo. «Il padrone di casa vende i giornali al chiosco all'angolo di piazza Carlo Alberto». Gli porse il fiammifero e una fotografia. «Questa accanto a lui è la moglie». E poi una seconda fotografia con un ritratto di famiglia. «Hanno tre figli».

Esponendo la foto alla luce della fiamma morente, l'uomo fece appena in tempo a constatare che il numero degli aloni scuri, che si poteva intuire essere delle persone, corrispondeva. Il fiammifero si spense. L'odore del fosforo invase l'abitacolo.

«Non rivelo mai a nessuno il mio indirizzo e tanto meno fornisco informazioni sulla gentile famiglia che ha la pazienza di sopportarmi in casa propria, ma con gli amici di mia sorella, posso fare eccezione. Vero? Sono certo che Elisabeth, la quale ha occhi e orecchie in abbondanza, vi abbia già informato di tutto!».

«Non so di cosa parla, Herr Nietzsche», fece l'uomo emettendo un breve soffio dal naso. «Ma sono lieto di apprendere che viene trattato bene».

«Lui si chiama Davide Fino. La moglie, Bianca Gandolfo...».

«I figli?».

Friedrich esitò. «Perché prende nota?»

«Il signore mi ha incaricato di fare avere un regalo alla famiglia che la sta ospitando».

Sapeva che doveva essere stata un'idea di Elisabeth.

«I figli si chiamano Ernesto, Irene e Giulia. Irene, la più grande, eccelle al pianoforte».

L'uomo era pronto ad annotare. «Cosa potrebbe fare piacere a queste brave persone?»

«Niente più di quel che già hanno. Il signor Fino, oltre a vendere giornali davanti all'ufficio postale, ha una piccola attività come editore: propaganda anticlericale, perlopiù, opuscoli e quanto serve alla giusta causa. Trascorriamo ore piacevoli, talvolta, la sera in genere. È un uomo dignitoso con un'intelligenza apprezzabile. Sono sicuro che possa fare a meno dei regali del barone von Hermann».

«Bene». L'uomo col cilindro mise via la penna e il foglio.

«È una famiglia molto riservata, e questo mi piace». Friedrich trasse un respiro profondo. «Spero non manchi molto».

«Il castello del barone è a pochi chilometri dalla città. Tra non molto saremo a destinazione».

Ci fu un lungo silenzio durante il quale Friedrich concesse agli occhi di chiudersi.

Il dondolio della carrozza gli rimestava l'oppio nel sangue.

Si concesse un attimo di riposo agli occhi, il piacere di sentire il bruciore alleviarsi sotto le palpebre umide.

Quando li riaprì aveva la testa reclinata sulla propria spalla e un rivolo di bava che gli pendeva dalle labbra. Imbarazzato per essersi assentato un attimo, ripeté: «Spero non manchi molto».

L'uomo sorrise e non rispose. Le urla del cocchiere erano inequivocabili, i cavalli sbuffavano, la carrozza stava sensibilmente rallentando. Seguirono alcune oscillazioni di assestamento: erano fermi.

Qualcuno da fuori aprì la portiera. L'uomo scese per primo. Friedrich inforcò gli occhiali e d'un tratto molte cose gli apparvero. Un ragazzo in divisa da paggio con alamari e nastrini si stava inchinando all'uomo con il cilindro; adesso riusciva a vederlo meglio, anche perché alle sue spalle si innalzava una montagna di candele accese divisa in due da una scalinata, anch'essa ricoperta di lumi su più file e da torce che correvano vivaci sulle balaustre. Sfregò le lenti degli occhiali con un fazzoletto e se li rimise addosso con avidità.

Le torce erano disposte in modo da formare un'enorme svastica.

L'uomo con la voce sottile, in frac, col cilindro sempre un po' cadente, i guanti di pelle nera lucida, fece un passo di lato per invitarlo a scendere.

«Vi aspettano, Herr Nietzsche».

Mise un piede sul predellino e sporse la testa fuori.

Gli occhi gli si riempirono di fiamme. Due svastiche luminose gli baluginavano al centro delle pupille.

Dove lo avevano portato?

13

Per tutto il tragitto che dalla carrozza lo aveva condotto fino al portone del castello, non aveva smesso di ripetersi che non doveva fidarsi di Elisabeth, lo sapeva bene. Quel che non sapeva, invece, era perché mai avesse accettato di incontrare queste persone. Perché si era lasciato consigliare da lei?

Forse era ancora in tempo per ripensarci.

Bastava richiamare l'attenzione dell'uomo pittoresco che gli stava davanti (mai fidarsi degli uomini pittoreschi!) e sussurrargli sotto la tesa del cilindro che se ne sarebbe andato. Dopotutto l'uomo non aveva ancora suonato il campanello. Di sicuro avrebbe trovato un accordo con lui: per qualche lira, forse, avrebbe accettato di raccontare agli illustri signori che il professor Nietzsche doveva aver avuto un contrattempo.

Se ne sarebbe tornato a Torino.

In quel momento gli sembrò la cosa migliore da fare. Allungò la mano, sfiorò il braccio dell'uomo, il quale stava per afferrare la corda che pendeva dalla piccola campana.

Aveva deciso. Tornare indietro.

L'orologio segnava le ventidue.

Si guardò attorno.

Pensò.

Se fosse entrato se ne sarebbe pentito per tutta la vita. Lo sapeva. Lo credeva. D'un tratto questo pensiero gli lievitò nella mente. Aveva commesso un errore. Non aveva dubbi sul genere di persone che avrebbe trovato nel castello. E il fatto che Elisabeth gli avesse taciuto che si trattava di un castello non poteva che confermare i suoi sospetti.

Volkisch, ecco di che razza di persone stava per fare la conoscenza. Magari amici di Förster, il marito di Elisabeth, il fondatore in Paraguay della colonia antisemita "Nueva Germania".

Zarathustra aveva amici in Paraguay? No.

Allora perché era lì?

Fece per toccare l'uomo col cilindro, che già allungava il braccio verso la cordicella, si voltò rapidamente verso il cocchiere, che stava ancora controllando il morso ai cavalli prima di ripartire, afferrò l'uomo per il braccio e disse: «Non suoni per favore».

Ma in quel momento il portone si aprì, ruotando pesantemente sui cardini con un muggito.

«Zarathustra!».

Davanti a lui, un gruppo di persone con le mani rivolte verso l'alto, inneggiava al suo arrivo.

«Zarathustra! Zarathustra!».

Il cuore gli scoppiettò. Le mani presero a sudargli per l'emozione. Non sapendo come comportarsi, si limitò a tenere alta la testa e salutare con la mano.

Il coro gli rispose: «Zarathustra! Zarathustra! Zarathustra!».

Mentre Friedrich si inchinava in segno di riconoscenza, pensò che chiunque fossero quelle persone, portavano in dono una dolce ebbrezza.

Continuò il mormorio eccitato e nell'istante in cui un uomo si staccò dal gruppo e si fece avanti, fu il silenzio. Persino l'aria gelida divenne immobile. Si udiva solo il crepitare della ghiaia sotto i piedi del barone von Hermann che andava verso Friedrich, e delle torce accese sulle mura del castello, oltre le quali, lontano, il vento strideva sul ghiaccio, ululava tra i crepacci.

Il padrone di casa era un ricco connazionale, ex ambasciatore in Francia e poi in Italia, ora artista e poeta del *Volk*. Alto, robusto, maniere impeccabili. «Benvenuto, divino Zarathustra. Il tuo spirito sia con noi». E presentandolo al gruppo che osservava in silenzio esclamò: «*Princeps Taurinorum*!».

Tutti inneggiarono ancora a Zarathustra.

Friedrich consegnò a un valletto il suo plaid, che portava sempre appeso all'avambraccio, e andò a stringere la mano a ognuno di loro. Era eccitato e perplesso. Irritato e colmo di gioia. Potente come un giovane dio e debole come un prigioniero. Non sapeva cosa dire né cosa pensare. Questa volta Elisabeth era stata capace di sorprenderlo.

Si stavano prostrando sulla sua mano.

«Marchese Antonio Rusceli».

Un tizio pallido e sottile.
«Ubaldo degli Ubaldeschi».
Un uomo pingue, impacciato.
«Madame Adam».
Gote di porcellana, labbra di corallo e capelli in filigrana d'oro.
Gli afferravano, guardavano, baciavano tutti la mano, irrorandola di saliva, e arretravano a capo chino lasciando il posto al prossimo.
Si comportavano come fedeli.
«Brunilde von Hermann».
Zarathustra aveva creato un gregge?

14

Si sentiva come una foglia trasportata dal torrente, sulle spalle di quella moltitudine eccitata, che lo lanciava per aria gridando il suo nome. Stringeva i muscoli e, forse, avrebbe finito con l'orinare sulla testa di qualcuno, ma non era mai stato più felice.

Non si era sbagliato. Elisabeth lo aveva fatto incontrare con fanatici volkisch, razzisti, antisemiti, come lei e suo marito.

C'era qualcosa di strano, qualcosa che non andava.

«Dio è morto! Lunga vita a Friedrich Nietzsche, lunga vita a Zarathustra!».

Eppure era raggiante di felicità. Immerso nell'esultanza, si sentiva l'uomo più vigoroso dell'universo, pieno di ebbrezza, come un guerriero vincitore, di ritorno dalla battaglia, portato in trionfo dalla gente del suo villaggio. Fu tentato di pensare che in quel momento gli sforzi immani, che in soli tre mesi gli avevano permesso di portare a termine opere che avrebbero richiesto anni, stessero ricevendo il giusto premio. Forse si sbagliava. Dopotutto stravedevano per lui, gli avevano riservato un'accoglienza degna di Zarathustra: forse avrebbe dovuto considerarlo per quello che pareva essere, un bel regalo da parte di Elisabeth.

«Zarathustra!».

Ma non era uno stupido. Credere alla buona fede di Elisabeth Förster Nietzsche e dei suoi amici volkisch era troppo anche per un fratello al culmine della soddisfazione.

D'un tratto il barone, che guidava la processione, si fermò e sollevò la mano. «Fratelli, che abbia inizio la festa!», gridò.

E Friedrich fu messo giù, lasciato libero di camminare e di unirsi agli altri per la grande baldoria che gli era stata annunciata.

C'erano musicisti in abiti medievali che iniziavano a suonare una musica dal sapore antico. Cadeva neve di coriandoli neri, mentre un sipario si apriva su una gradinata che divenne subito una cascatella d'acqua gorgogliante e scintillante.

Dioniso, benedetto. La pelle dei tamburi, schiaffeggiata, esultava. Si aprivano le danze. Estasi.

«Venga, professore». Una mano si posò sulla sua spalla. Era di una donna dalla bellezza disarmante, che gli rivolgeva occhi umidi e un lieve sorriso di corallo. Aveva la voce di un piccolo uccellino. «Deve cambiarsi per la festa».

«Cambiarmi?», Friedrich aggrottò le sopracciglia.

«La porto in una toilette». Lo prese per mano e si fece largo tra la folla di ospiti. Ormai la sala era un turbine di persone, fragore, urla e musica, con canti e battiti di mani. C'era uno stuolo di valletti che correva via, carico dei cappotti dei signori e delle signore, che adesso si lanciavano in danze sfrenate con indosso vesti medievali.

Friedrich si lasciò portare via dalla vestale. Il volume della musica si abbassava stanza dopo stanza, diventando via via un brusio sempre più lontano.

«Può ripetermi il suo nome, madame?».

La giovane rispose mentre apriva una cassa e ne estraeva dei vestiti da antico romano e un paio di sandali di cuoio: «Le consiglio di vestirsi in fretta e non perdersi neppure un attimo della festa».

«C'è un motivo per cui tiene segreto il suo nome, madame?»

«Può darsi, ma lo ignoro», disse dandogli la mano per farsela baciare. «Mi chiamo Madame Adam. La aspetterò di là, professore. Vedrà che si divertirà come non mai». E indicando con il mento i vestiti che Friedrich teneva in mano aggiunse: «Questa notte lei sarà Nerone, il fulgido Apollo».

«Un cesare?»

«Il cesare».

15

L'apparire di Friedrich vestito da cesare, fiero come un cesare, che avanzava verso il centro della grande sala, fece voltare molti, e ci furono anche delle risate, che ignorò attribuendole ai suoi occhiali d'oro, un accessorio obiettivamente inadatto al volto di un antico romano.

Il petto in fuori, un piede avanti all'altro, facendo attenzione a non incespicare sui sandali, osservava stupito la messa in scena di un banchetto pagano, dionisiaco. Scintille, verdi come l'assenzio, lampeggiavano nei cervelli infuocando la festa. E alcuni, uomini e donne, erano già lambiti dalle fiamme dell'orgia. Non un crocefisso, non un volto pietoso, ma pietra, legno, aquile di ferro battuto e sculture di divinità nordiche illuminate dal di dentro, svastiche, iscrizioni con le rune.

Il barone von Hermann spuntò alle sue spalle e gli disse: «Questa festa esulta in suo onore, professore, in onore al suo *Così parlò Zarathustra*, la bibbia dei prossimi millenni. Lei è il nostro cesare, il nostro sole, per questo le abbiamo riservato il costume di Nerone, il fulgido Apollo».

«Grazie». Friedrich si inchinò osservandosi i piedi pallidi intrappolati nei sandali di cuoio. «Molte grazie, barone».

Le labbra del barone, che aveva una pelliccia di lupo sulle spalle, con la testa dell'animale poggiata sulla sua, si aprirono in un sorriso. «La lascio alle attenzioni della donna più bella tra tutte le presenti alla festa!», disse, e tornò nel mezzo dei bagordi, eccitato.

Madame Adam lo prese per una mano e lo tirò verso un punto della sala in cui il frastuono della festa si attenuava lasciando spazio al fresco bisbigliare della cascatella.

«Zarathustra non ci vede bene?», domandò guardando gli occhiali appannati di Friedrich.

Lui si voltò verso di lei con un sorriso e dopo una lunga pausa disse:

«Quel che vale la pena di esser visto, lo vedo benissimo. Lei è davvero una splendida vestale, signorina». Fece un'altra pausa, senza distogliere lo sguardo. «O dovrei dire signora?»

«Zarathustra fa il corteggiatore!».

«Non mi fraintenda, io...».

La sua bocca fu in un istante prigioniera delle labbra umide e calde di Madame Adam.

Quando ebbe del tutto dimenticato cosa stava per dire nel momento in cui era stato interrotto, quando ormai le sue vene erano meri canali di desiderio, madame si alzò di scatto, allegra e piena di energia. «Venga con me». Gli porse la mano. «La festa è solo all'inizio e questa notte ci divertiremo!».

«Veramente, io mi stavo già divertendo», osservò Friedrich.

«Vedrà». Gli occhi di madame, scintillanti dei riflessi argentei dell'acqua, si rivolsero al cielo.

Friedrich fu costretto a mettersi in piedi con uno strattone. La seguì nel centro della sala, dove l'attrito tra corpi sudati d'assenzio generava calore. Danzò con lei. Poi con altri. Raccolse cubetti di zucchero verde, li mise in bocca e bevve. Non passò molto e dimenticò di essere in mezzo a degli sconosciuti che lo avevano contattato su suggerimento di Elisabeth, sua sorella, la donna più malvagia dell'universo. Ora lui, la bestia ferita uscita timidamente dalla tana in cui si era nascosta, si sentiva forte. Non aveva domande. Nessuna risposta. Solo un brivido continuo e inarrestabile gli fluiva nel corpo lievitando col passare dei minuti e con le giravolte. Dopo mezzora, danzava a occhi chiusi, mentre la lingua turgida di Madame Adam metteva zucchero imbevuto di assenzio sulla sua.

Socchiuse gli occhi e vide la festa scorrere, stretta tra le ciglia, e madame che danzava davanti a lui, sensuale, imperlata di sudore, grondante di sorrisi, un turbine di capelli biondi.

Bevve acqua fresca. Riaprì dolcemente gli occhi.

Saranno stati pure degli stupidi volkisch, pagani col culto del pangermanesimo, fanatici razzisti, antisemiti, ignoranti, ma...

Ballava avvitandosi sul proprio sorriso, lasciandosi vorticare attorno la baldoria.

«Baldur!».

Saranno stati pure l'accozzaglia che erano: nostalgici frustrati, convinti della superiorità della razza ariana, convinti di appartenervi e di avere il dovere di purificarla dalla contaminazione da cui è afflitta.

«Frigga!», esclamò qualcuno accanto a lui. «Wotan! Thor!».

Erano demoni, erano i suoi peggiori nemici, ma almeno non erano cristiani. Erano capaci di apparire con il volto di Madame Adam.

E lui era in estasi.

16

Il portamento austero, le mani dietro la schiena e i guanti stretti nel pugno, il fisico asciutto ma robusto ed elegantemente avvolto in una giacca nera a code con guarnizioni rosse, l'elmo con il pennacchio rosso e blu trionfante sulla testa tenuta sempre alta, gli alamari d'argento sul petto gonfio, i pantaloni senza una piega di troppo, gli stivali neri da cavallo perfettamente lucidi e aderenti al polpaccio: Pural vestiva la divisa dei Carabinieri Reali con la fierezza e la dignità che aveva acquisito in tanti anni spesi al servizio del re. Lo sguardo sempre triste, il volto tirato, il suo interagire laconico, uniti ai tanti successi professionali, gli conferivano un'aura di rispettabilità che andava ben oltre il suo grado di colonnello.

Il suo generale ne era consapevole. Aveva assistito lui stesso alla crescita del carisma che Pural esercitava sugli uomini ed era a conoscenza di quanto si favoleggiasse sul suo conto nelle altre caserme.

Pural non dorme mai.

Pural non è in vendita.

Pural non sbaglia.

Niente e nessuno sfugge a Pural.

Meritava una promozione. Su questo il generale non nutriva dubbi. Ne nutriva, invece, sulla possibilità che avrebbe avuto un'ennesima promozione di cancellare la tristezza dal suo volto, che adesso vedeva riflesso sul vetro della finestra, mentre fuori infuriava il temporale.

«Colonnello Pural».

Il colonnello si voltò e scattò sull'attenti. «Agli ordini».

L'uomo che avanzava verso di lui, verso la finestra che a tratti si illuminava alle sue spalle, teneva in mano una piccola bugia d'argento sulla quale tremolava la fiamma di una candela che lo faceva apparire spettrale.

Pural gli andò incontro e si fermò nel punto in cui ogni uomo è obbligato a chinarsi al cospetto di un re.

Il generale sollevò la candela per farsi vedere. «Comodo, comodo».

Nel rialzare la testa, il colonnello lo scrutò dai piedi in su. Sempre impeccabile e altero, il generale Pietro Linzi, capelli d'argento, e tanto oro sulla divisa.

Bevve una sorsata d'aria per tenere alto il petto e attese con lo sguardo fisso sul niente.

«Dio deve aver cosparso il cielo di polvere da sparo», commentò il generale sospingendolo amichevolmente verso la finestra.

«Di certo ne ha il colore», disse Pural indicando il cielo con il mento. «Ma il vento lascia presagire che è passeggero».

I rovesci d'acqua si abbattevano come secchiate sui vetri. Le raffiche di vento pettinavano gli alberi. La strada era spopolata e giù, dentro le postierle conficcate nel muro, le guardie opponevano la propria fiera tenacia al freddo e agli agguerriti sciami di gocce che pungevano la pelle.

«Voleva parlarmi?».

Il generale annuì.

«È per i neonati?»

«Immagino che se la stia prendendo particolarmente a cuore».

«Sì, è così».

«Ci sono novità?»

«Poche, purtroppo. Il rapitore sembra interessato esclusivamente ai nati nelle famiglie al servizio di facoltosi signori». Si fermò. Rivolse il suo sguardo mesto, riflesso sul vetro, a quello benevolo del generale che vi si specchiava accanto.

«Dunque, colonnello?».

Pural sospirò. «I due che abbiamo ritrovato nel fiume sono stati seviziati con il fuoco e hanno uno strano simbolo marchiato dietro l'orecchio».

Il generale ascoltava fissando la finestra.

Dopo un lungo, attonito silenzio, Pural continuò: «Ci sono stati altri rapimenti. O per meglio dire: ne abbiamo scoperti altri, perché nessuno dei genitori ha esposto denuncia. È alquanto strano, non trova? Non ci si lascia rubare un figlio senza reagire in qualche modo. Li ho interrogati io stesso. Volti tesi, esangui, bocche cucite, occhi colmi di paura, ma rassegnati. Povera gente, signore. I loro datori di lavoro, i loro padroni, hanno in tutti i casi parlato in loro vece, e...».

Ancora un lungo silenzio, così lungo che costrinse il generale a voltarsi verso di lui.

«La prego, colonnello, non si diverta a tenermi sulle spine».

Pural annuì, gravemente. «Sembra che si siano messi tutti d'accordo, perché ognuno di questi signori ha detto che i bambini erano nati morti e che non sono stati affatto rapiti».

«Ma noi siamo certi che questi signori non stanno dicendo la verità, vero colonnello?». Il generale scoccò un'occhiata, ambigua, un misto di forte sospetto e minaccia.

«Io ne sono certo, signore».

«Da cosa deriva questa sua certezza?»

«Abbiamo ricevuto biglietti anonimi, da parte di qualcuno che ha paura di farsi avanti per dire quello che sa. I primi rapimenti non li avremmo mai scoperti senza queste soffiate. E le informazioni che ci sono state fornite hanno poi trovato riscontro nelle testimonianze oculari di gente per bene, del tutto estranea alle vicende in questione. I bambini sono nati vivi. In troppi giurano di averli sentiti piangere, per diversi giorni. E poi, sarebbero troppi i casi di bambini morti alla nascita nello stesso breve arco di tempo».

Un suono cupo vibrò nel petto del generale.

«Inoltre, signore, ci sono complicazioni nelle indagini, un'infinità di complicazioni. A ogni passo. È come se ci fosse un...». Valutò se fosse il caso di usare la parola che aveva in mente.

«Vuole dire "complotto"?».

Non era quella la parola, ma... «Sì», disse, «è come se ci fosse un complotto fra questi ricchi signori. Voglio vederci chiaro. La notizia dei rapimenti è trapelata. La città intera ne parla, e protesta. Pretende un colpevole».

Il generale si sedette e si misurò le maniche della giacca prima di incrociare le braccia. «La seguo, colonnello, vada avanti».

«I biglietti anonimi che parlano di rapimenti e i genitori dei bambini rapiti che – tutti, deve pur significare qualcosa – non mostrano un adeguato dolore, ma solo tanta paura».

«Ma come potrebbero non provarne?». Più che una domanda nata da una curiosità, sembrò una sfida all'intelligenza di Pural.

«Non lo so». Gli si sedette di fronte e lo guardò a lungo. «Non lo so proprio».

«Secondo me, colonnello, le farebbe bene un po' di riposo. Da quando lei e sua moglie avete subito quella tremenda disgrazia, non si è mai rimesso come si deve. Assegnerò il comando della DIO a qualcun altro. Non mancheranno di certo i pretendenti, vedrà».

Pural scosse la testa con decisione e gli posò una mano sul braccio. «Da quindici mesi, da quando ho cominciato a indagare sui fatti di satanismo, la mia vita non è più la stessa. Ho perso una figlia, e una moglie. Ho smesso di dormire. Non mi faccia questo, generale. Devo essere io a risolvere questi casi».

«Ma cosa dice?». Come a voler prendere le distanze dalle parole di Pural, il generale scattò in piedi e andò alla finestra. «Lei sta farneticando, colonnello».

«Sto solo chiedendo di poter continuare il mio lavoro». Si mise in piedi e rimase fermo accanto alla sedia. «Chiedo fiducia da parte sua».

«Io...». Il generale prese a issarsi sulle punte dei piedi e a lasciarsi ricadere sui tacchi con una cadenza regolare. «Io...». Su, giù. «E va bene, colonnello Pural. Prosegua pure le indagini, se questo è così importante per lei».

«Grazie, generale».

Si udì il colpo di un tacco contro l'altro.

«Ma io avevo in mente altro per lei. Qualcosa di più tranquillo. È sicuro di non volerci pensare? Non vuole prendere in considerazione un incarico che potremmo definire di vitale importanza e allo stesso tempo da diporto?»

«Qualunque cosa sia, me ne occuperò. Chieda e sarà fatto, generale».

«Oh!». Gli diede una pacca sulla schiena. «Così mi piace il mio Pural. Ora la riconosco».

«Di cosa si tratta?»

«Prima vorrei sapere se è davvero il corpo del cardinale Martini quello trovato sulle scale della Gran Madre. So che si è recato all'obitorio».

«Sì, è lui. Lo ha riconosciuto l'arcivescovo in persona. Non so come ci sia riuscito. Il corpo di sua eminenza era in condizioni terribili».

Un tuono urtò contro la caserma. Il pavimento sussultò. Tutti i vetri vibrarono.

«Al cardinale sono stati asportati gli organi interni. È stato svuotato con accuratezza, dissanguato fino all'ultima goccia».

«Come?». Il generale si voltò di scatto verso Pural e lo fissò a lungo.

«Ho trovato questo in una delle cavità orbitali». Gli diede una piccola pergamena arrotolata, sporca di sangue.

Il generale la srotolò e la accostò alla candela.

«Sono segni incomprensibili».

«Sono rune», disse Pural. «Un alfabeto nordico, signore».

«Sì, è vero, si tratta di rune». Il generale guardava le strane lettere vergate sulla pergamena con aria pensosa. «Un nome così altisonante per una grafia tanto grezza».

«È un alfabeto adatto a essere inciso sulla pietra e sul legno», disse Pural riprendendosi la pergamena, «per questo le lettere sono formate da semplici linee rette e appaiono così elementari».

«Dice bene». Lo guardò con ammirazione. «Lei, colonnello, è sempre preparato, sempre attento».

«Grazie, signore, ho solo una buona memoria e l'abitudine di farmi aiutare da persone preparate».

«Sono sicuro che chi ha ucciso il cardinale verrà preso e che lei e i suoi uomini risolverete i casi di cui vi state occupando».

«In effetti, abbiamo molto lavoro ultimamente. È evidente che la buona accoglienza riservata agli eretici qui a Torino quando eravamo in guerra con il Vaticano ora ci sta causando qualche problema collaterale. Nel quadro ancora incompleto che mi sono fatto della situazione, sono certo che l'omicidio del cardinale sia legato ai rapimenti».

«Ma non saprebbe spiegare come e perché».

Pural aveva capito che il generale era deciso ad accontentarlo entro certi limiti. Ma non desistette. Doveva recitare la sua parte. «Scoprirò in quale modo sono collegati».

«Mi sento tranquillo quando so che su un caso ci sta lavorando lei». Lo cinse con un braccio e sospirò. «E ora veniamo al motivo per cui volevo parlarle. Riguarda il professor Nietzsche».

«Lo controlliamo con metodo, signore. Per quanto possa apparire pericoloso, le assicuro che è del tutto innocuo e asociale».

«Lo so, lo so, ma vorrei che lasciasse al più presto la città». Il generale si sollevava sulle punte dei piedi e si lasciava ricadere sui talloni mentre parlava rivolto al buio oltre la finestra.

All'improvviso, il buio sbiancò.

Dopo qualche attimo di vuoto pneumatico e silenzio, tra le nuvole, centinaia di cannoni spararono all'unisono.

«Anche secondo me dovrebbe andarsene subito dall'Italia, e per il suo bene. Ma non possiamo espellerlo, non ha commesso alcun reato».

«Ancora no».

Scoccò un fiammifero. Il fumo corposo e aromatico della pipa del generale vorticò sotto le narici di Pural. Sul suo volto ovale e baffuto era stampata l'espressione di chi cerca di capire qualcosa. Gli occhi sembravano spinti in fuori dall'interno.

«Questo professor Nietzsche», continuò il generale, «sappiamo trattarsi di un individuo alquanto strano, ma, come conferma lei stesso, colonnello, pare essere una persona innocua. Tuttavia, va tenuto d'occhio, colto in fallo ed espulso. Lo dico anch'io per il suo bene». Porse una pila di libri al colonnello. «Tenga». Le mani di Pural si abbassarono sotto il peso mal calcolato dei libri. «Ha mai letto qualcosa di suo?»

«Sì, un paio delle sue prime opere, ma con scarsa attenzione».

«Legga queste più recenti. Nietzsche ha come subito una sorta di trasfigurazione. È diventato improvvisamente un genio, malvagio, ma genio, non c'è dubbio. Si faccia un'idea lei stesso».

«Lo farò, generale».

«Il tedesco nutre un odio viscerale per tutto ciò che è cristiano. Ha passato il segno, e se resta qui in Italia corre gravi pericoli. Lo uccideranno. Lo avveleneranno. Lo chiuderanno in manicomio. Anche se pazzo mi pare che lo sia già: un fanatico, è evidente. Basta leggere qualche passo del *Così parlò Zarathustra*». Picchiò sul dorso del volume. «Superuomini che frustano le donne, fanno guerra a destra e a manca e poi si tolgono la vita come fuchi, questo è il ritratto del suo mondo ideale!». Il generale sbuffò due grandi nuvole di fumo, si sollevò sulle punte dei piedi e si lasciò ricadere sui talloni. «Anche se può sembrarle strano, si tratta di una faccenda della massima importanza. Le chiedo di dedicarsi personalmente a Nietzsche. Siamo intesi?». Gli ricordò quanta stima aveva per lui con uno sguardo intenso.

Pural batté i tacchi e si toccò la fronte con la mano tesa. «La consideri cosa fatta, signore». Girò su se stesso, preciso come un compasso, e si incamminò nel corridoio con i libri sottobraccio.

Così parlò Zarathustra.

Il crepuscolo degli Idoli.

E le bozze dell'ultimo scritto di Friedrich Nietzsche: *L'Anticristo.*

17

Mercoledì 19 dicembre 1888

La lettura lo travolse, *L'Anticristo* gli rimase incollato alle mani fin dall'incipit, e da quel momento le candele si consumarono in fretta, una dopo l'altra, abbassandosi come tanti pistoni di siringhe che iniettavano un ardore sconosciuto nelle sue vene.

Lesse per molte ore senza interruzioni, fatta eccezione per alcune incursioni dello zelante Coretti, che lo informava sugli spostamenti del professor Nietzsche. E quando la luce del giorno spazzò via dalle pagine dell'ultimo libro il debole spettro delle fiammelle, si accorse che lo aveva quasi finito.

Pural non poteva certo essere definito un uomo di lettere, ma neppure uno sprovveduto. E nonostante la notte insonne, seguita a una lunga giornata che era iniziata prima dell'alba, nonostante la prolungata lettura sotto una luce fioca, adesso si sentiva corroborato. Il bruciore agli occhi, in quel momento, gli sapeva di qualcosa di buono, come quello ai muscoli dopo una sana attività fisica.

Si stirò sulla sedia. Guardò il muro davanti a sé, bianco come un'enorme pagina vuota, e richiuse il libro poggiandoselo sul petto. Mancavano ancora poche pagine alla fine, e sentiva il bisogno di pensare. Ora un senso di pace e gratitudine lo ricompensava più del riposo. Per la prima volta in tanti mesi aveva trascorso una notte senza il tormento del rimorso. Aveva dimenticato per qualche ora, e qualcosa dentro si era rigenerato.

Le ultime opere di Nietzsche avevano un che di diverso dalle precedenti, alcune delle quali Pural si era sforzato di leggere: queste erano il sogno di un uomo nuovo, un sogno espresso a cannonate.

La vita è lotta, dunque l'uomo, per essere felice, deve essere forte e guerriero.

Per un militare come lui era tutto più che auspicabile. E per un padre afflitto dalla colpa, era un sostegno per tenere alta la testa. Certo, alcune parole di Zarathustra avevano il sapore del veleno, ma era un veleno fatale e rigeneratore; quella sparsa da Nietzsche nei suoi ultimi scritti era una cattiveria necessaria alla vita, la chiamata al suicidio del mondo intero, come primo passo verso la rinascita.

Riprese a leggere, il tempo a scorrere.

Giunto alla fine, chiuse il libro, si alzò dalla poltrona, fece un giro della stanza lisciandosi i capelli impomatati, e si risedette.

Nietzsche.

Friedrich Nietzsche.

Non c'era angolo della sua testa in cui non stesse risuonando quel nome.

Ripensò agli strani ordini che aveva ricevuto dal generale. Da tempo Pural era venuto a conoscenza del fatto che il professore di Basilea avesse già pronte per la stampa due opere che intendevano attaccare con ferocia il cristianesimo, cosa che aveva fatto finire il nome Nietzsche nel fascicolo della sua indagine sui satanisti. Seguendo Nietzsche aveva scoperto che si era recato più volte al tempio della massoneria per tenervi dei seminari, e che colui che lo aveva ospitato altri non era che lo stesso generale Linzi, Gran Maestro della Gran Loggia del Toro.

Perché ora, dunque, voleva che Nietzsche lasciasse la città?

Davvero voleva proteggerlo?

Dopo tutto non era più in pericolo di tanti altri. Nietzsche era niente se paragonato alla moltitudine di fanatici anticlericali, satanisti, occultisti, maghi e movimenti ereticali che abitavano in città. Un labirinto in cui Pural si era da tempo addentrato e subito perso.

D'ora in poi sarebbe stato prudente diffidare di tutti, anche del generale Linzi. E diffidare del generale significava diffidare di chiunque in caserma, a cominciare da Coretti.

Durante la notte il tenente aveva bussato tre volte alla porta del suo ufficio e gli aveva letto ad alta voce i tre telegrammi inviati dal carabiniere che si era recato al castello del barone von Hermann e che riportava ciò che era riuscito a vedere da fuori: ben poco, in realtà. Più che altro aveva potuto udire, aiutato dal profondo silenzio della notte.

Telegramma:

prof. N. arrivato ore 22 / stop / Castello barone von H. in gran pompa / stop / Molti invitati illustri / stop / Gran festa tema saga nordica / stop /

Quelle poche parole lasciavano immaginare una grande festa organizzata in onore del filosofo tedesco.

Stirò ancora i muscoli rattrappiti e andò a guardare fuori dalla finestra. Il sole faceva evaporare la terra intrisa di pioggia, una brezza leggera agitava le fronde che spruzzavano acqua sui muri.

Decise che avrebbe continuato la lettura più tardi.

Era mercoledì, il giorno più bello e triste della settimana, perché faceva visita a Matilde.

«Coretti!».

La porta si aprì all'istante.

«Agli ordini, signore».

«Vado a casa a farmi un bagno caldo».

«Sissignore».

«Poi andrò a trovare mia moglie».

«Certo, colonnello».

«Prenditi un giorno libero, vai dai tuoi bambini». Pural tirò indietro i capelli impomatati all'ambra e vi fece scivolare su il cappello.

«Grazie, signore».

«Te lo meriti».

Coretti abbassò la testa.

«Saluta la tua famiglia da parte mia».

«Ne saranno felici, signore».

Pural, un alone scuro e umido, lasciò l'ufficio, varcò il cancello della caserma e si avviò sotto il sole.

18

Alle undici e trenta, nella clinica Turina era appena terminato il pranzo. Gli infermieri stavano facendo il consueto giro tra gli ammalati per ritirare i piatti sporchi.

Il professor Turina, fermo sulla porta, scrutava la sala da pranzo per accertarsi che fosse tutto in ordine prima di dare ai parenti il permesso di entrare. I suoi occhi si muovevano sulle teste dei pazienti come la luce di un faro sul mare, alla ricerca di qualunque dettaglio fuori posto. Era solo una precauzione, dovuta non tanto al rischio che uno dei malati potesse sfuggire al controllo degli infermieri – in questa ala della clinica erano ricoverati i casi meno gravi e i temperamenti più mansueti – quanto al fatto che qui erano riuniti gli ospiti socialmente più importanti.

Matilde non aveva mangiato, e il piatto di patate bollite le si era freddato in grembo.

Il professore sospirò accennando un sorriso di rassegnazione.

Matilde faceva sempre così. Non toccava cibo, e mentre gli altri divoravano il pasto rumorosamente, lei se ne stava seduta in silenzio sulla sua sedia a dondolo, cullandosi di fronte alla vetrata del balcone. Lo faceva di giorno, all'ora in cui il sole era da quel lato, la sua immagine non si rifletteva sui vetri e lei poteva vedere l'esterno. Le piaceva seguire con lo sguardo i viali alberati antistanti alla clinica, superare i malati che li percorrevano a piccoli passi, condotti sotto braccio dagli infermieri o dai parenti, inoltrarsi nei campi oltre il boschetto, e raggiungere i vigneti aggrappati al fianco più inclinato della collina.

Nessuno osava distoglierla per ricordarle di mangiare.

Il professor Turina le andò vicino senza fare rumore, si fermò alle sue spalle e le carezzò la testa. Si chinò e le sussurrò nell'orecchio: «C'è Giorgio. È venuto a trovarti».

Matilde non fece neanche un'espressione.

Il professore orientò la sua sedia verso il corridoio. «Guarda, sta arrivando tuo marito. Ti ricordi di lui?».

Matilde non rispose. Non un muscolo della sua faccia si distolse dal sorriso tenue e malinconico con il quale pareva fissare perennemente il nulla.

«Buongiorno, amore mio. Come stai oggi?».

La stessa domanda da un anno. E mai una risposta.

«Come ti senti?»

«Lidia è in campagna oggi. C'è la vendemmia, si divertirà. È con il papà e ci sono tutti gli zii. A lei piace tanto la vendemmia».

Pural ruotò la sedia a dondolo di Matilde verso la finestra e le si sedette accanto. «Ho un regalo per te».

Sempre lo stesso regalo.

Matilde non si voltò neppure questa volta.

«Me lo ha dato Lidia per te». Le fece dondolare un grappolo d'uva davanti agli occhi. Gli acini di vetro tintinnarono e brillarono alla luce del sole. «Lo ha raccolto per la sua mamma».

Con un movimento lento, interminabile, Matilde allungò una mano e cominciò a sfiorare i riflessi colorati con la punta delle dita. Sorrideva, sembrava autentica felicità.

Ma quali erano i suoi pensieri?

Provava emozioni?

Davvero non lo riconosceva?

Il dottor Turina non era mai riuscito a dare risposte convincenti a queste e altre domande che Pural qualche volta gli aveva posto. Tuttavia Pural non se ne rammaricava. Anzi, la considerava una fortuna, perché almeno le teorie fumose, esposte senza convinzione e con un'immancabile levata di spalle dal dottore, lasciavano intatta la sua speranza di vedere Matilde guarita, un giorno.

E senza questa speranza, Pural non avrebbe potuto vivere.

Le tolse il piatto da sopra le gambe e al suo posto mise il grappolo di vetro. Poi le prese una mano e cominciò a cospargerla di carezze, rivolgendo insieme a lei lo sguardo fuori, come sempre, nell'ora e nelle giornate in cui il sole entrava dal balcone e l'assenza del riflesso permetteva di guardare oltre il vetro, oltre gli alberi, oltre il campo brullo, fino al vigneto più lontano.

19

Il barone von Hermann fu il primo a svegliarsi. Si districò dal groviglio di braccia e gambe sotto cui aveva dormito ed emerse stropicciandosi gli occhi.

Poi si svegliò Friedrich. Si divincolò dalla presa di Madame Adam, che ancora gli dormiva addosso, profondamente.

Suonò una tromba.

Una voce bianca annunciò: «I bagni caldi aspettano le signore e i signori nelle loro stanze». La voce ripeté l'annuncio.

La tromba suonò ancora.

«Dopo il bagno, sarà servito il pranzo nella grande sala dell'idromele!». La voce ripeté anche questo annuncio.

Uno alla volta, un po' tramortiti, spaesati, gli invitati si alzarono. Qualcuno era completamente nudo, altri vestivano ancora il loro costume.

Un molle e roseo carnaio lo circondava.

Si trovava al centro di un campo di battaglia disseminato di corpi. E i corpi sembravano resuscitare uno alla volta, finalmente giunti nel Valhalla, tra le braccia di Odino.

Era come se un volkisch avesse voluto realizzare i suoi sogni. Per protesta gridò a squarciagola: «Ave, cesare!».

Alla fine del pranzo, che si era svolto perlopiù in silenzio, tra persone calme e appagate, che preferivano non incrociare gli sguardi, il barone von Hermann si alzò facendo tintinnare l'impugnatura di un coltello d'argento sul bordo di un calice colmo di vino rosso.

«Signore e signori, un attimo di attenzione, prego».

Il mormorio cessò all'istante.

«Propongo un brindisi al professor Nietzsche, per ringraziarlo di avere onorato la nostra festa con la sua presenza».

Si alzarono tutti ad applaudire.

Il barone, i pugni sul tavolo, l'espressione soddisfatta, attese che l'applauso scemasse, poi, vedendo che invece aumentava di intensità in risposta ai profondi inchini di Friedrich, si decise a richiamare l'attenzione di tutti suonando ancora una volta il calice. Lo innalzò. «Miei gentili ospiti, brindiamo alla salute del professor Friedrich Nietzsche, il primo spirito di quest'epoca, e alla morte di Dio».

Si levarono cori di hurrà. Qua e là si sentì gridare: «Al superuomo!».

«Viva Nietzsche!».

«Dio è morto!».

Friedrich storse il naso, ma non protestò. Quella gente ignorava il suo vero pensiero, lo aveva frainteso. In parte, ascriveva la responsabilità di questo alla serrata propaganda antisemita che Elisabeth portava avanti con l'ausilio delle sue opere opportunamente travisate.

Pensò che più tardi, in separata sede, avrebbe detto al barone quel che pensava di quella assurda lettura dei suoi scritti. Prima di partire avrebbe rivolto un saluto a tutti e quello sarebbe stato il momento più adatto per dissociarsi pubblicamente dal movimento volkisch, questa assurda fissazione della preminenza tedesca sugli altri popoli, e dalle opere dei tanti occultisti che stavano cercando di fare rientrare il cristianesimo dalla finestra mentre lui lo stava cacciando fuori dalla porta a calci. Si sarebbe dissociato da tutti i tedeschi. Dai profeti che in futuro avrebbero preteso di parlare in suo nome. Avrebbe detto le cose come stavano ad alta voce, ma non ora: non era il momento giusto.

Qualcuno gli toccò la spalla.

«Professore, permette?».

Il barone gli consegnò un bastone da passeggio infiocchettato. Friedrich capì che si trattava di un regalo per lui e lo accettò con piacere. Lo esaminò, con emozione, dal pomo al puntale, entrambi in oro, restando senza parole. Era identico al bastone che i seguaci regalano a Zarathustra, nel suo libro: il pomo era uno splendente globo solare attorno al quale si inanellava un serpente.

«È un bastone animato. Il sole… lo faccia ruotare».

Facendo come suggerito dal barone, il pomo si staccò dal bastone che si trasformò in un fodero. Con crescente stupore, Friedrich ne estrasse una spada rilucente. «Vi ringrazio, barone». Si specchiò nell'acciaio affilato. «Un regalo splendido». Lo mostrò ai presenti e disse che non sapeva come ringraziarli, poi provò a fare qualche passo aiutandosi col bastone e suscitando l'ilarità generale.

Il barone gli sussurrò nell'orecchio: «Se permette gradirei scambiare due parole in privato con lei, prima che parta, professore». Poi, facendosi sentire da tutti: «So che desidera tornare a Torino. Ho già dato ordine alla carrozza di aspettarla qui fuori».

«Grazie infinite, barone, le sono davvero grato per questa magnifica accoglienza. È stata una festa indimenticabile. Devo andare perché ho molto lavoro da svolgere».

«È stato un immenso piacere. Mi segua».

Lasciarono la sala dell'idromele sfilando davanti alle facce ammirate e ossequiose di tutti, seguiti dagli sguardi come fossero tanti ritratti appesi al muro.

«Prego, da questa parte». Il barone accelerò il passo per qualche metro, prima di fermarsi davanti a una porta chiusa.

Friedrich si era sempre dichiarato scettico, ma non lo era mai stato tanto come adesso, davanti a quella porta.

La stanza era riscaldata dal camino e fissamente piantonata da due armature medievali munite di lancia.

«Si accomodi, Herr Professor». Il barone lo disse in tedesco invitando Friedrich a conversare nella loro comune lingua madre.

Friedrich ringraziò e si lasciò cadere su una poltrona.

«Si è divertito?»

«Sì, molto. Credo di essermi innamorato di quella splendida ragazza».

«Madame Adam?»

«Sì, lei».

«Abita a Torino». Scrisse qualcosa su un foglietto e glielo allungò. «Le consiglio di andare a trovarla».

«Molte grazie», disse Friedrich intascando il foglio con indifferenza. L'atteggiamento del barone lo indusse a pensare che forse madame era una prostituta. Arrossì. Era indignato, ma... la cosa, in fondo, non gli dispiaceva. Abbassò lo sguardo e si mise a giocherellare con il bastone.

Il barone si schiarì la voce. «Caro professore...».

«Mi dica».

«So che quanto sto per dirle potrebbe non ricevere la sua approvazione, ma è giunto per noi il momento di capire una volta per tutte da che parte sta».

«Io?»

«Sì, lei».

«Da che parte sto, in che senso?»
«Lei vuole abbattere il cristianesimo a colpi di martello...».
«Proprio così».
«...E anch'io lo voglio».
«E allora?»
«Allora non potremo mai realizzare un mondo ariano senza prima aver conquistato il potere. E non potremo mai conquistare il potere senza avere l'appoggio politico delle masse. E per ottenerlo dobbiamo presentarci come cristiani, meglio se cattolici. Solo con il cattolicesimo potremo unificare ed espandere la Germania! Le masse tedesche, professore, non le cambieremo certo dall'oggi al domani. Sono cristiane e poco disposte a convertirsi al suo ateismo o al mio amore per l'antica cultura pagana dei sassoni. Mi capisce?».
Lo fissò con espressione minacciosa. «Io non sono ateo, non sono privo di nulla, barone, se non di convinzioni. Le convinzioni possono essere, per la verità, avversarie più pericolose della menzogna. Le convinzioni sono carceri!».
Il barone von Hermann dissentì. «Si tratta di una necessità, un male necessario».
«Non la facevo così vile».
«Non sono vile, sono pragmatico». Il barone prese a scaldarsi. «Se fosse per voi intellettuali, non si caverebbe mai un ragno dal buco!».
«E quale sarebbe la sua idea per guarire prima la Germania e poi la società occidentale dal cristianesimo?». Mise entrambe le mani sul pomo del bastone, vi poggiò il mento e lo guardò. «Quale?».
Il barone fece qualche passo verso Friedrich. «Un altro cristianesimo».
Un velo di stupore si stese sul volto di Friedrich.
«Un cristianesimo gnostico, basato su un vangelo gnostico e altri testi segreti del cristianesimo primitivo, così primitivo da tramandare le autentiche parole del Cristo. In un colpo solo metteremo fuori gioco la Chiesa di Roma, i protestanti e tutta la cultura semitica!».
Friedrich non reagiva.
«Possiamo farlo. Da tempo possediamo un vangelo gnostico appartenuto ai cavalieri Templari». Gli brillavano gli occhi. «E possediamo la prova che Gesù non era Dio».
«Lei sta vaneggiando, barone». Si alzò stancamente, puntellandosi a terra con il bastone. «Se non le dispiace, dovrei andare. Ho molto da fare».

«Ha mai sentito parlare dei Figli della Luce?»

«Sì», sbuffò. «I primi cristiani sostenevano di conoscere i misteri del Regno, la sapienza nascosta che Cristo ha riservato agli apostoli, considerati dal maestro gli unici degni di accedere alla verità».

«"Ci sono tesori nascosti che si possono trasmettere solo ai Figli della Luce", cioè i custodi della tradizione nascosta del Cristianesimo, vale a dire i pochissimi uomini di chiesa che ne sono degni. Il cristianesimo originario non considerava gli uomini tutti uguali, perché Gesù stesso non li considerava tali».

«Non la seguo».

«Il vero cristianesimo divide l'umanità in caste: solo in pochi uomini spirituali vive la luce di Dio. Il vero cristianesimo è gnostico, e in quanto tale antisemita, perché, come lei sa perfettamente, lo gnosticismo ha in avversione il Dio creatore degli ebrei. Lo gnosticismo è per noi eletti, ma esercita un grande fascino anche sul popolo degli esclusi dalla redenzione. Perché ha il potere di una religione più pura, che fa rapidamente presa sulla gente. Pensi al successo che ebbe il catarismo nel medioevo: i Perfetti catari raccolsero un seguito popolare tale da convertire mezza Francia in pochi decenni, e costringere la Chiesa a una crociata contro di essi, l'unica che sia stata mossa verso altri cristiani».

Una cappa di noia era calata su Friedrich, non lo ascoltava più.

Ma il barone non se ne accorse. Guardava lontano. «Abbiamo aderito a una chiesa gnostica, qui a Torino, che ha origini molto antiche», diceva. «Questo, oltre a gettare le basi per un nuovo cattolicesimo anticristiano, ci sta consentendo di entrare in contatto e di collaborare con i Figli della Luce. Esistono ancora in seno alla Chiesa di Roma. Ne fanno parte sacerdoti dei diversi ordini. Lo sapeva questo? Da secoli i veri cristiani attendono il momento di riemergere dall'oblio e rimettere la prua della nave Chiesa nella giusta direzione: la vendetta verso Yahweh. Rinnegano il Dio della Bibbia, la Creazione, l'Antico Testamento, l'idea di peccato, l'uguaglianza tra gli uomini, il privilegio dei più deboli a discapito dei forti… Non le suona come una musica dolce? Ci alleeremo con loro. Creeremo una nuova Chiesa cristiana che annienterà il Dio della Bibbia e i suoi adoratori: gli ebrei. Verrà un nuovo Cristo, con idee che le piaceranno, Herr Nietzsche. Saremo pochi eletti. Attenderemo il Messia. E fonderemo una nuova nazione tedesca, pura, grande quanto la Terra!».

20

Vaticano

Papa Leone XIII aveva convocato a colloquio nel suo appartamento il cardinale Rampolla per parlare di Gesù.

Le idee sulla superiorità della razza indoeuropea su quella semitica si stavano diffondendo a macchia d'olio, e l'odio verso gli ebrei montava inarrestabile come una marea. Non sarebbe mancato molto alla presa del potere da parte dei neopagani in Germania (il cardinale Segretario di Stato era in grado di elaborare scenari verosimili in proposito). E anche in Italia soffiava un vento gelido che portava dal nord notizie poco rassicuranti per la Chiesa di Roma.

Ovunque si sentiva dire che la Bibbia era un testo di mercanti di bestiame e mezzani ebrei.

E che Gesù era un giudeo.

Sì, ma quale Gesù?

Era stata proprio questa la domanda posta dal papa al cardinale Rampolla: «A quale interpretazione di Gesù vi riferite? Noi sappiamo che ce ne sono molte».

Il Segretario rispose. «Era proprio qui che volevo arrivare. Il Gesù dei vangeli canonici, Santità».

«Per cui, anche secondo voi, tra qualche anno, una chiesa che voglia essere davvero popolare dovrà tenere conto di queste idee antisemite...».

«Vostra eccellenza», lo interruppe il cardinale, «non c'è alternativa. Il Gesù che la Chiesa dovrà predicare d'ora in avanti non dovrà avere connotati ebraici, o vedremo pericolosamente ridursi la nostra sfera di influenza».

«Ma come si può fare una cosa simile? Gesù era un ebreo, non lo si può nascondere se non nascondendo Gesù stesso».

«Gli antisemiti si stanno appassionando allo gnosticismo per aggirare il problema».

«Questa...». Sua Santità alzò le mani come a voler sorreggere l'intera volta celeste. Aveva lo sguardo rabbioso e la voce paurosamente pacata. «Questa è la santa Chiesa Cattolica Apostolica di Roma, non una congrega di eretici!».

«Non abbiamo alternativa, Santità. L'estrema destra tedesca non tarderà a prendere il potere e a quel punto dovremo farci trovare pronti. O lo faranno i protestanti».

«Abbiamo notizie di quel Nietzsche?»

«Non da qualche giorno».

Il papa sospirò congiungendo i polpastrelli. «Ho considerato la questione da ogni punto di vista e devo dirvi che questo *Anticristo* potrà tornarci utile un giorno».

«Cosa intendete dire?»

«Parlo della sua filosofia. Forse un giorno saremo grati per l'influenza che quest'uomo esercita sulla destra tedesca».

«Mi piacerebbe sapere cosa ve lo fa pensare».

«Nietzsche si è dissociato da Richard Wagner e dal suo circolo pangermanista e antisemita. Questo non è piaciuto al movimento volkisch. Persino la sorella del filosofo non fa che dirsi indignata dagli ultimi scritti del fratello e da quanto va scrivendo a destra e a manca nelle sue lettere». Fece una parentesi con tono di complicità: «È un vero grafomane. Ha addirittura preso alloggio davanti all'ufficio postale».

«Lo so», mormorò il cardinale.

«Comunque sia», continuò il papa facendo rimbalzare i polpastrelli di una mano su quelli dell'altra, «avete ragione: presto gli antisemiti arriveranno al potere in molte nazioni. A giudicare dal vento che tira, la Germania sarà certamente la prima. Nonostante i volkisch si dicano pagani, non potranno rinunciare al cristianesimo, perché le masse tedesche sono cristiane. Giusto?»

«Giusto».

«Dunque, questo ipotetico governo non potrà essere di fede protestante». Elencò disgustato: «I protestanti sono molto legati all'Antico Testamento. Leggono le Sacre Scritture, sono troppo frammentati in tante piccole confessioni. Non hanno una lunga tradizione...».

Il cardinale assentì.

«Il fasto medievale della nostra Chiesa cattolica, invece, esercita una forte attrazione sugli ideologi del *Volk*. Inoltre, noi cattolici possiamo riesumare dai millenni interpretazioni e teologie dimenticate per modellare la nostra fede sulle aspirazioni dei volkisch e aiutarli nel loro disegno nazional-patriottico. Possiamo mutare e adeguarci ai tempi, attendendone di migliori...».

Il cardinale continuò ad assentire.

«Oppure rischiare di essere annientati dal capitalismo o, ancor peggio, dalle teorie marxiste, che stanno infiammando gli animi dei lavoratori di mezzo mondo». Il papa si chiuse il volto tra le mani. «Sto prendendo in seria considerazione l'emanazione di un'enciclica contro il socialismo».

«Dovreste, in effetti». Il tono di voce del cardinale fu così innaturale da tradire i pensieri che si nascondevano dietro quel commento laconico. Il fatto era che le encicliche emanate da Sua Santità ammontavano ormai a un numero consistente, e questo suscitava una certa ilarità nei corridoi della Santa Sede.

Il papa non recriminò. «Con i materialisti di estrazione marxista non può esserci dialogo. Ovunque le loro idee arrivassero al governo, la Chiesa sarebbe annientata. Sono il nostro peggior nemico».

«Dobbiamo trovare riparo anche dai venti democratici che soffiano da ovest», disse il cardinale, «e fare di tutto, qui in Italia, per tenerci la monarchia che abbiamo, anche se non ci piace. A est...», distese il braccio destro, «avremo i socialisti. A ovest...», distese il braccio sinistro, «i capitalisti massoni, liberali, ebrei. Non ci resta che il nord: i volkisch sono sempre meglio dei materialisti o – Dio ce ne liberi! – dei massoni. Con gli antisemiti possiamo dialogare. In fondo, neppure noi cattolici amiamo gli ebrei. I Figli della Luce hanno già preso contatti con gli antisemiti tedeschi nel tentativo di ritagliarsi un ruolo nel Reich che verrà. Ho il sospetto che a Torino stia avvenendo un sodalizio. Se la Curia romana non prende delle misure resterà indietro, tanto vale giocare d'anticipo. Potremmo indire un grande concilio ecumenico per una profonda revisione teologica».

«Non credo che la presa del potere da parte degli antisemiti tedeschi sia così imminente», disse il papa. «Certo, non c'è tanto da stare tranquilli, ma non è il caso di essere precipitosi».

Il cardinale assentì. «Abbiamo tutto il tempo per farci trovare pronti».

«Certo, certo». Il papa fece ballare le sue enormi orecchie. «Sono il primo papa senza potere temporale, devo far lavorare il cervello!».

Si toccò la fronte sconfinata e invitò il cardinale a ridacchiare insieme, cordialmente.

Fecero venire uno degli ultimi cantanti evirati viventi, un pallido ricordo, stonato e stridulo, di quel che fu un tempo l'arte canora degli eunuchi ecclesiastici. Si chiamava Alessandro Moreschi, solista del coro della Cappella Sistina, e il suo aspetto, unto e pingue, nonostante il trucco agli occhi, non aveva più niente di angelico, così come la sua voce. Il castrato arrivò senza farsi attendere, raggiunse il pianoforte in punta di piedi, si sedette e cominciò a cantare l'Ave Maria.

Su quei guaiti, il cardinale offrì al Santo Padre dei biscotti che gli erano stati spediti da Vienna. Li mangiarono tenendo una mano a conca sul petto per raccogliere le briciole, che cadevano copiosamente sul crocifisso d'argento, e si concentrarono sui reciproci sguardi sorridenti come a volervi trovare tutte le risposte senza dover parlare.

Rampolla si lisciò i folti capelli scuri e abbassò il capo. Guardò il papa di sottecchi pensando a come si sarebbe comportato se fosse stato al suo posto. Forse avrebbe aperto all'ala radicale cui afferivano i membri del clero antisemiti che professavano in gran riserbo un cristianesimo delle origini di matrice gnostica e antiebraica, i cosiddetti Figli della Luce. Era una tradizione antica quanto la Chiesa, che in un frangente storico come quello che si prospettava avrebbe potuto salvare l'istituzione ecclesiastica dalla catastrofe, fornendo ai futuri regimi antisemiti un catechismo epurato dalla cosiddetta "menzogna ebraica", di cui avvalersi per poter governare con il consenso delle masse contadine. Cosa impossibile, altrimenti, con il neopaganesimo dei volkisch. La gente non lo avrebbe capito, non lo avrebbe accettato. E senza il popolo il movimento volkisch sarebbe un mero paradosso.

Intanto il papa lo fissava con uno sguardo molle e assorto, masticando il secondo biscotto viennese e pensando a cosa stesse tramando il Segretario di Stato.

«Se fosse vostra intenzione fare qualche passo indietro circa la severità nei confronti del Nietzsche, Santità, non avete di che preoccuparvi: tutto quello che è stato capace di fare re Umberto è mettere alle calcagna del filosofo un colonnello dei carabinieri spento e malinconico».

«Un colonnello, addirittura!».

«Si chiama Pural».

«Forse ha i suoi metodi. Come facciamo noi a giudicare da qui?»

«Forse, ma ho motivi per non essere così ottimista. Il colonnello è lo stesso che da più di un anno conduce indagini sui satanisti e il mondo occulto di Torino senza conseguire alcun risultato. E come se non bastasse non è pienamente in sé da quando ha involontariamente ucciso sua figlia».

Il papa si fece il segno della croce.

«La moglie è ricoverata in una clinica psichiatrica. Non ha mai accettato la perdita della bambina».

«Si capisce, poverina».

«Ciò non toglie che questo colonnello Pural non sia affatto la persona più adatta per occuparsi di un caso così delicato».

Il papa si lisciò il mento glabro. «Credo invece che dovremmo lasciarlo fare».

«So per certo che Nietzsche ha intenzione di allearsi con la comunità ebraica di Torino. Pare ambisca al denaro necessario per una massiccia divulgazione dei suoi scritti a livello internazionale. È stato visto introdursi nel tempio della massoneria».

«Questo rafforza la mia idea». Il papa si fregò le mani gelate. «Non disturbate dal suo sonno quel colonnello, per carità! Proseguendo su questa linea anti-antisemita il Nietzsche creerà un fastidio notevole ai volkisch. Potrà esserci utile un giorno dire che lo abbiamo lasciato lavorare in pace».

L'astuzia del pontefice ricevette l'assenso ammirato del Segretario di Stato Vaticano. «Stasera incontrerò re Umberto. Riferirò». Senza aggiungere altro si congedò.

21

Torino

Con impareggiabile grazia, cadeva la prima neve.

In abiti civili, un piede appoggiato al muro, Pural si calò il berretto sulla fronte e fece finta di leggere il giornale.

Orrori accanto alle solite cose:

Il re Umberto I e la regina Margherita...

È ancora mistero sui casi di bambini scomparsi. Proteste della gente per l'inconcludenza delle indagini.

E ancora non sapevano del ritrovamento di due bambini morti... E neppure del cardinale Martini: anche la Chiesa temporeggiava con la stampa.

Crispi vara la legge...

Il vaso rubato al Museo delle antichità egizie potrebbe aver già lasciato l'Italia.

La stampa insisteva sul vaso.

Gli zingari abbandonano la città.

Ancora senza volto Jack lo Squartatore, l'assassino di Londra...

L'uomo che stava aspettando finalmente uscì dal Caffè Giardino.

Non si trattava di un arresto. Voleva solo fargli qualche domanda. Piegò il giornale, lo infilò sotto il braccio, con indifferenza, le mani in tasca, staccò il piede dal muro e si mosse fischiettando, intenzionato a seguirlo.

Troppe cose gli stavano sfuggendo di mano, la volontà gli si intorpidiva ogni giorno di più.

Il dottor Turina glielo ripeteva di continuo: ci voleva un lungo periodo di riposo.

Anche i suoi uomini dovevano aver notato la sua malinconia, il suo totale disinteresse verso la vita e, forse, questo aveva favorito in loro un po' di disattenzione. Non li biasimava, si rimproverava di aver sperato nel loro supporto. Era stato un ingenuo. Gli uomini dipendevano da lui, il loro umore dal suo, la loro efficienza dalla sua presenza. Lo sapeva, ma aveva la mente invischiata nella tristezza. La sua coscienza portava un peso insopportabile. Pural non riusciva a togliersi la sofferenza di Matilde dagli occhi. Pensava continuamente a Lidia, la uccideva ogni giorno, ogni notte.

Lo sferragliare veloce di una carrozza lo fece tornare alla realtà.

Il ragazzo svoltò a destra, sotto i portici di via Po. Superò alcune traverse, girò a sinistra. Camminò a passo sostenuto fino alla Mole Antonelliana, prese a sinistra, imbucò una via stretta, la seguì per un tratto e puntò verso un passo carraio, sparendo in un androne buio.

Pural si appoggiò al muro e sporse la testa. Lo vide, tra i fiocchi di neve che si facevano più fitti e corposi, accedere al cortile interno, sul quale davano le stalle; salire una piccola gradinata che portava al balcone perimetrale del piano rialzato; cercare la chiave; guardarsi attorno circospetto, prima di aprire la porta. Poi lo vide ripensarci e tornare indietro. Il ragazzo si fermò davanti alla porta dell'appartamento adiacente e, dopo essersi guardato attorno, bussò. «Signora Maria! È in casa?».

Facendo attenzione a non farsi vedere, Pural saltò dentro l'androne e si nascose nell'ombra fitta contro la parete.

Il ragazzo bussò con più decisione. «Signora Maria! È in casa?». Sembrava preoccupato. Si stava innervosendo. Era circospetto, indeciso su qualcosa. Controllò le finestre in alto e bussò ancora. «Signora Maria!». Non avendo ricevuto risposta, accostò l'orecchio alla porta e si mise a origliare.

Pural si schiarì la voce e gli bussò sulla schiena. «Posso sapere cosa sta facendo?».

Prospero si voltò di scatto, e nel vedere la sagoma imponente di Pural che lo sovrastava, cadde per terra, schiacciando la schiena contro la porta. «Io, io...», biascicò. Era terrorizzato, un braccio sugli occhi come a voler tenere lontano un incubo.

Pural gli offrì una mano. «Perché si agita tanto?».

Prospero si fece coraggio e lo guardò. «Chi è lei?», chiese aggrappandosi e tirandosi su. Si spolverò il fondo schiena. «Mi ha spaventato».

«Le chiedo scusa».

«Non fa niente. Ma posso sapere con chi sto parlando?»

«Sono il colonnello dei carabinieri Giorgio Pural. Vorrei scambiare due chiacchiere con lei, se permette».

Tutto di Prospero si fermò e tacque. Il suo volto divenne bianco e tirato come un foglio di carta sul tavolo. Cominciò a balbettare frasi incompiute e a prolungare vocali.

«Possiamo accomodarci a casa sua, se permette».

«Casa mia?». Il ragazzo scosse il capo e accennò un ghigno. «Io non abito qui».

Pural sollevò un sopracciglio e gli mise davanti una mano aperta. «Davvero? Vuole darmi le chiavi, per favore?».

Prospero rilasciò di colpo ogni muscolo e sospirò a testa bassa. «Volevo dire che abito qui a fianco». Fece due passi, infilò la chiave nella toppa e fece scattare la serratura.

Pural guardò dentro, ma non entrò. «Non vogliamo prima controllare se la signora Maria è in casa?»

«Perché?». Prospero corrugò la fronte.

«Questo me lo deve dire lei, signor…».

«Mi chiamo Prospero». Guardò in alto sperando che non ci fossero i soliti ficcanaso affacciati. «Allora vuole entrare o no?».

Pural varcò la porta.

«Il suo cognome?»

«Non ho un cognome».

«Non ha un cognome», ripeté Pural, pescando un quaderno e una matita dalla tasca e cominciando ad annotare. «Dove lavora?». Appuntò la risposta. «Dove vive la sua famiglia?».

Prospero si sedette, improvvisamente sgonfio, avvilito. «Non ho famiglia».

A quella risposta, in un istante, Pural si svestì del piglio da colonnello. «Hai perso i genitori?». Chiuse il quaderno e si sedette guardando Prospero dritto negli occhi.

«No. Non li ho mai conosciuti».

«Mi dispiace».

«Sono stato abbandonato sull'uscio di una casa quando avevo pochi giorni di vita». Leggendo sul volto del colonnello un sollievo ingiustificato, Prospero aggiunse: «Era la casa di un uomo anziano e, a quel tempo, già malato. È morto un anno dopo».

«E tu dove sei cresciuto?»

«L'uomo che non ho mai conosciuto mi ha lasciato in eredità la sua casa. Qualcuno, non so chi, l'ha venduta per assicurarmi un posto in un orfanotrofio come si deve, prima, e in un collegio, dopo». Prospero abbassò lo sguardo e chiuse gli occhi sperando che il colonnello avesse dimenticato il motivo per cui era venuto. Tormentandosi le mani tra le ginocchia, attese che Pural dicesse qualcosa. Pensò a Maria che stranamente non era in casa. Aprì timidamente gli occhi, sollevando la testa lentamente, come chi si attende un'esplosione, e vide Pural, assente, gli occhi iniettati di sangue. Una tristezza grigia aleggiava sul suo viso. Il riflesso diafano del pavimento colpito dalla luce che filtrava dalla finestra giocava tra i suoi zigomi pronunciati, scivolava sulle sue guance tese, fino alle orecchie troppo lontane dal volto, tra i suoi occhi vicini e scuri.

Prospero non osò distoglierlo. Avrebbe desiderato, anzi, che non si risvegliasse mai, che non si ricordasse niente del perché era lì, a casa sua.

Nientemeno che un generale e un colonnello si stavano occupando di lui. Quel che aveva visto nell'androne doveva essere proprio roba grossa.

Non si mosse. Non respirò, quasi. Rimase a guardare Pural, domandandosi cosa potesse rendere un uomo così infelice. La sua malinconia era straziante. Quasi Prospero gli avrebbe raccontato spontaneamente dell'uomo luminescente, pur di vederlo sorridere.

Dopo qualche minuto, Pural mosse gli occhi lucidi verso di lui. «Quanti anni hai?».

Prospero si toccò il petto. «Io?».

Pural annuì.

«Diciassette».

«Come fai a essere amico del professor Nietzsche?»

«Viene molto spesso al Caffè dove lavoro. Perché me lo chiede?»

«Vi ho visti intrattenervi insieme». Pural parlava mollemente con tono invariato, lo sguardo ancora perso. «Non puoi negare di avere confidenza con lui».

«Non so...». Prospero si alzò dalla sedia e prese a camminare per la stanza. «Ma lei mi stava seguendo?».

Pural, inespressivo, rispose di sì.

«Un colonnello che segue uno come me?».

Non ricevette risposta.

«E va bene». Prospero soffiò con le guance gonfie, stufo. Era stanco di nascondere qualcosa che, in fondo, non sapeva neppure cosa fosse. E, soprattutto, non vedeva l'ora di condividere con qualcuno la sua incredibile esperienza. Tutto sommato, Pural in quel momento sembrava la persona più adatta.

Da come iniziò a raccontare tutto d'un fiato quel che non gli era stato chiesto, Pural capì subito che Prospero non vedeva l'ora di scaricarsi un peso dalla coscienza. Se solo avesse potuto farlo anche lui, così, in quel modo semplice, che aveva potuto vedere molte altre volte in chi confessa le proprie colpe.

Lui, a chi avrebbe potuto confessare le sue?

Lo ascoltò senza interromperlo: dalla dura giornata di lavoro, al libro di astrologia acquistato al Balon, alle ore trascorse a leggerlo a lume di candela, alla stanchezza che ne era conseguita, alla signora Maria che cercava il gatto, gridando Iside a squarciagola impedendogli di dormire, fino all'uomo luminescente.

«Luminescente?», Pural arricciò le palpebre e portò avanti il busto. «Ho sentito bene?»

«Non mi crede?»

Ora due espressioni attonite si fronteggiavano.

«Lei non ne sa niente? Io avevo creduto che fosse al corrente e che mi stesse cercando per questo».

La faccenda, a Pural, cominciava a divertire.

«Gli hai frugato nelle tasche?».

Il rossore traditore si diffuse nuovamente sulle guance di Prospero.

«Cos'hai trovato?»

«Niente», disse. «Proprio niente».

Pural ripeté la domanda.

«Non andrò in prigione per aver derubato uno che sembrava morto?», chiese mesto, il collo piegato in avanti come fosse sul patibolo pronto a ricevere la giusta decapitazione.

«Non andrai in prigione», lo rassicurò Pural. «Cos'hai trovato?»

«L'ho qui con me», disse frugandosi in una tasca. «Non credo abbia molto valore». Sfilò un involtino di lana e lo consegnò al colonnello. «Credo sia oro, ma non è per il valore che l'ho tenuto». Si grattò la nuca per l'imbarazzo, mentre Pural infilava le dita in un piccolo tubo di lana e ne estraeva un oggetto che sulle prime poteva sembrare un piccolo timbro per sigilli in ceralacca. «Non volevo rubare, solo avevo paura di dire che lo avevo trovato e dunque...».

Pural gli intimò di tacere. La sua attenzione rabbiosa era concentrata su quel che teneva in mano, pareva volesse incendiarlo con lo sguardo. «L'uomo aveva solo questo con sé?»

«Sissignore», rispose Prospero. «Un calzino di neonato con dentro quello strano timbro. Nient'altro, lo giuro, l'ho frugato dappertutto. Andrò in prigione?»

«No, se farai ciò che ti chiedo».

«Tutto quello che vuole, colonnello».

«Dovrai presentarmi al professor Nietzsche».

Prospero finse di soppesare la proposta e rispose: «Va bene. Ma non creda che riuscirò di sicuro, perché io non sono suo amico come pensa lei, sono solo il suo cameriere, e anche se talvolta gli gira di darmi confidenza, questo non significa che abbia intenzione di cominciare a frequentarmi. Oltretutto, le confesso che ultimamente mi è parso alquanto strano. Spesso ha, non saprei come dire... Ha lampi di follia che gli balenano negli occhi».

«Ho intenzione di parlargli».

«So che fa sempre una lunga passeggiata dopo pranzo. Va al parco Valentino, o al Michelotti. E spesso lo si vede camminare sotto i portici, qui in via Po».

«Ho bisogno di vederlo in modo riservato e vorrei evitare di spaventarlo presentandomi come carabiniere».

«Perché non va a casa sua? Abita...». Prospero si interruppe e sorrise. «Lei lo sa dove abita».

«Non voglio arrecare disturbo al signor Fino e alla sua famiglia. Ci incontreremo per caso. Gli dirai che sono un tuo cugino, e che sono militare dell'esercito».

Prospero ci pensò e decise. «Domani pomeriggio. Proviamo al Valentino. Se ci andrà, non mancherà di passare per il borgo medievale».

«Potrò fare affidamento su di te? Si tratta di una missione molto importante. Stai aiutando un colonnello dei Carabinieri Reali. Stai servendo il tuo re. Sei consapevole di questo?»

«Certo, colonnello. Di me si può fidare».

«Allora, affare fatto». Gli prese la mano e la fece dondolare su e giù. «Se collaborerai non te ne pentirai». Strinse forte la presa. «Se invece lo dirai a qualcuno, ti farò impiccare».

Prospero deglutì e si riprese indietro la mano livida.

«E adesso dimmi perché stavi origliando alla porta della signora Maria».

«Le avevo promesso che sarei andato a cena a casa sua».

«Andiamo a vedere se è tornata a casa, allora. Altrimenti dovremo cercare di capire dove si è cacciata».

22

Non nevicava più. Il cielo si era fatto grigio e metallico, basso e minaccioso come una pressa. La luce giungeva stremata, sopraffatta dall'aria secca, tra le forme arrotondate dalla neve candida, che attutiva i suoni e dava al cortile un aspetto surreale.

Pural bussò alla porta di Maria e ascoltò. «Non risponde».

«È strano», disse Prospero. «Non si allontana mai da casa, se non per andare a fare un po' di spesa al mercato, la mattina...».

«Diamo un'occhiata».

Era chiuso a chiave. Pural diede una leggera spallata e fu sufficiente; il legno screpolato, all'altezza della serratura, scricchiolò come un osso rotto. L'uscio restò socchiuso, trattenuto da una catenella. «È chiuso dall'interno. Forse non si è sentita bene... Manderò subito qualcuno a riparare la porta», disse dando un'altra spallata. La catena si ruppe. L'ambiente s'illuminò all'istante. «Signora Maria, è in casa?».

Prospero lo seguì dentro strofinandosi le mani. «Sono spariti anche i gatti».

«I gatti?». Pural aprì una porta che dava su un piccolo ripostiglio ingombro di chincaglierie e subito la richiuse.

«Sì, ne ha sei». Prospero aprì l'altra porta, che dava sulla stanza da letto di Maria.

«E come fanno a sparire sei gatti?», chiese Pural osservando un altarino carico di candele, simboli e strumenti esoterici. «I gatti non si separano mai dalla propria casa».

Prospero era ancora ritto con la porta in mano, immobile, gli tremavano le gambe. «Colonnello...», provò a dire, ma la sua voce era fuggita.

Visione impossibile, irragionevole.

I gatti erano tutti lì, sul cadavere di Maria, che era supino per terra, gli occhi spalancati dal terrore, la testa aureolata di sangue e il viso striato di graffi.

Gli animali, famelici, nervosi come impazziti, strappavano brandelli di carne dal suo collo. Feroci, soffiavano contro Prospero che provava a scacciarli con una scopa. Avevano gli occhi infuocati e i musi lucidi, brillanti di sangue.

23

C'era stato un tempo, a Torino, in cui la scomparsa di un solo bambino avrebbe paralizzato l'intera città; un tempo in cui il semplice attentato a un cardinale, benché donnaiolo e vizioso, avrebbe suscitato tanto scalpore da oscurare ogni altra notizia; un tempo in cui gli oggetti antichi entravano nei musei e non ne uscivano; un tempo in cui i gatti non uccidevano le anziane padrone, e le persone non emanavano tenebrosi bagliori dalla pelle.

Non era così distante quel tempo, a vedere il calendario: un'avara manciata di mesi. Tuttavia, considerando i profondi mutamenti che erano avvenuti in lui, in tutto ciò che lo circondava, quei mesi erano come anni.

Eppure, nonostante la sua vita fosse stata devastata da un destino crudele, Pural conservava ancora un'eco di memoria su com'era il mondo allora, quando ancora aveva una famiglia.

Allora conduceva le operazioni impartendo ordini da un ufficio, con il distacco di un colonnello. Ora, invece, dopo essersi macchiato l'anima, doveva sporcarsi le mani, sperando di non perdere quel poco che gli restava: fondamentalmente, la speranza che Matilde tornasse in sé, e poi a casa.

Continuò a percorrere il marciapiede, le mani in tasca, e avviò faticosamente il macchinario per i pensieri. Funzionava male. Faceva rumore. Forniva soluzioni difettose.

Forse la signora Maria si era sentita male, era caduta sbattendo la testa… il che avrebbe spiegato l'aureola di sangue… Ma no: aveva visto lui stesso il volto della donna dilaniato dagli artigli.

Forse i gatti l'avevano graffiata nel tentativo di rianimarla… Assurdo.

Pensare senza capire gli procurava torpore nelle membra. Ogni sforzo di formulare un'ipotesi e l'immancabile frustrazione che ne seguiva aveva su di lui l'effetto di una boccata d'oppio. Pensare era come insufflare fiotti di droga nelle vene. Tutto in lui bramava la resa. Una forte volontà di cedere si impossessò del suo corpo stanco, il desiderio di abbandonarsi, accasciarsi a terra, e non risollevarsi più.

Ma qualcosa gli pulsò nella gola, gli riscaldò gli occhi ricordandogli che non aveva nessuna intenzione di arrendersi.

Era disposto a fallire ancora.

I pensieri tornarono ad aleggiargli davanti come miraggi, riverberi ondeggianti di immagini che si confondevano tra loro: il cadavere della signora Maria galleggiava sulla Dora, impigliato tra le fronde. Due neonati avevano la pelle avvizzita dall'età. Gatti egizi, svuotati degli organi interni e imbalsamati, miagolavano di notte. Serpenti soffocavano il collo di un cardinale, sibilavano sull'altare e si avvinghiavano alla croce.

Il cervello di Pural arrancava come una vecchia locomotiva in salita, contro un buio fitto da galleria.

Invasa di fumo e vapore.

Lunga.

Perché i due poveri neonati erano stati gettati nel fiume? Gli assassini avrebbero potuto agevolmente seppellire le loro vittime con un'alta probabilità che nessuno le avrebbe mai trovate. Il fatto, invece, che i cadaveri dei neonati fossero stati ritrovati in un fiume, poteva solo significare che qualcuno aveva voluto così, forse proprio per favorire le indagini.

Tutto lasciava pensare che i bambini fossero stati uccisi in un rituale praticato da persone luminescenti, sottoterra, attorno a un fuoco. La sua mente era inadatta a visualizzare una tale assurdità. Però poteva immaginare la setta oltre le sue stravaganze: i segreti inconfessabili, le angherie, la crudeltà del gruppo, l'impossibilità, pena la morte, di distaccarsene; e il singolo che allora si ribella, gettando i piccoli corpi nel fiume con la speranza che finalmente tutto si scopra, si sappia.

Idee, supposizioni sterili, interrotte da un cavallo al galoppo che attraversava la strada pavimentata producendo il rumore di quattro martelli indemoniati.

Il cavaliere lo raggiunse e tirò a sé le briglie, l'animale protestò. «Il colonnello Pural?»

«Sono io».

L'uomo ansimava come se avesse corso a piedi. «Le chiedo scusa, la cerco da questa mattina».

«Chi è lei?»

«Sono a servizio dai signori Rusceli. Mi staranno già cercando e mi fustigheranno, se non peggio, con il pretesto che ho preso il cavallo senza permesso. Ma sono fuggito. Adesso basta!».

Gli allungò una mano. «Le dispiace?».

L'uomo fu felice di consegnargli le briglie e sedersi più indietro sulla sella.

Pural montò agilmente ritraendo la gamba, spronò il cavallo. «Cosa è successo?».

Nessuna risposta.

«Cosa è successo?», ripeté più forte.

Lo sentì singhiozzare. «Mia moglie», provò a dire, «mia moglie...». Piangeva.

«È successo qualcosa a sua moglie?», urlò Pural contro il vento.

La risposta non giunse subito: «Si è uccisa questa notte».

L'uomo aveva preso dalla scuderia dei suoi padroni un cavallo giovane e poderoso. In pochi minuti, si trovarono nell'ufficio di Pural. L'ambiente militare lo faceva sentire protetto, un bicchierino di liquore gli sciolse la lingua.

«Mi chiamo Lucio Lanfranchi». Pausa. «Mia moglie si chiamava Caterina». Pausa. «L'hanno costretta». Pausa. «I signori l'hanno obbligata a partecipare». Una pausa più lunga. «Non so nulla delle loro strane riunioni». Bevve. «Si vocifera...».

«E perché sua moglie sarebbe stata indotta a partecipare a questi incontri tra signori?»

«Perché era molto bella».

«Questo quando è accaduto?»

«Accadeva spesso. Io non capisco di queste cose, ma credo che le date avessero a che fare con...». Indicò il soffitto. «Non so, credo che dipendesse dal cielo, dal sole, dalla luna... Dal calendario, insomma».

«L'ultima volta?».

Abbassò lo sguardo. «Non lo so. Io non venivo messo al corrente quando accadeva».

«Continui».

«Resisteva. Sopportava. Ma poi, dopo il parto...».

A quella parola, Pural si rizzò come un felino sulla preda.

«Dopo il parto», continuò Lucio, «Caterina si è spenta». Scoccò un'occhiata al bicchierino vuoto. «Io ero contento che le avessero tolto il bambino. Non era mio figlio, non era il frutto del nostro amore, ma dell'abuso. Lei, invece, ha reagito molto male, si è ribellata. Minacciava di parlare e dire tutto al colonnello Pural. Ha fatto il suo nome, per questo l'ho cercata dopo che ho scoperto la tragedia. I signori si erano già adoperati per sistemare la faccenda. Caterina si è gettata dalla finestra, questa notte. È morta sul colpo. Le hanno messo uno strofinaccio in mano e hanno detto che è scivolata mentre puliva i vetri, ma io non ci credo. Nessuno della servitù ci crede, fatta eccezione per la fedele Rosalia».

Pural gli colò altro liquore e gli mostrò il calzino che Prospero aveva trovato addosso all'uomo luminescente.

L'uomo scosse la testa. «Non saprei. Non ho mai visto il bambino da vicino. Potrebbe essere di chiunque».

«Com'è possibile che non lo abbia mai visto, mai preso in braccio?»

«Io...». Pausa. «Io lo odiavo».

24

Vaticano

Al tramonto, l'ombra dell'obelisco di piazza San Pietro, come un'immensa meridiana, lambiva la fine del colonnato che, uscendo dalla basilica, si trova a sinistra. Sotto il colonnato opposto il re d'Italia, Umberto di Savoia, in abiti borghesi, e il cardinale Rampolla passeggiavano con andatura grave ed espressione raccolta. L'uno con le mani dietro la schiena, l'altro con le mani giunte appoggiate sul ventre liscio.

«Sua Santità gradirebbe», diceva il cardinale, «un impegno maggiore da parte vostra nella repressione di logge anticristiane e quant'altro sta proliferando a Torino».

Il re si schiarì la voce. «Il nostro impegno a questo riguardo è massimo, eminenza».

«Permettetemi di nutrire qualche dubbio. Se il vostro impegno fosse massimo come dite, maestà, la cronaca di Torino non parlerebbe di neonati rapiti, e il cardinale Martini sarebbe ancora vivo. Invece, non solo è stato barbaramente ucciso, ma vittima di anticattolici, anticristiani...». Fece dondolare la mano esangue. «Torino accoglie e nutre una gran quantità di questi esaltati. È trascorso del tempo dalla breccia di Porta Pia. Non vi pare sia venuto il momento di un repulisti?».

Il re si fermò. «Aspettate un attimo, eminenza». Gesticolò facendo avanti e indietro con un grappolo di polpastrelli.

«Parlate...». La voce del cardinale era simile a un rantolo di perfidia continuamente cangiante in timidezza. «Ma vi prego, camminiamo».

Re Umberto si aggiustò la giacca e mugugnò rimettendosi al passo con il cardinale. «Siete venuto a questo incontro soltanto per riferirmi la solita sgridata da parte del pontefice?»

«No». Il cardinale guardò l'obelisco, ne seguì l'ombra fino al punto in cui lambiva il bordo della piazza e fece un respiro profondo. «Ecco... quel Nietzsche, il filosofo che ha scelto Torino per portare a termine il suo lavoro...». Lasciò in sospeso le parole e annusò i profumi invernali portati dalla tramontana.

«Ebbene?»

«Non è stato ancora allontanato».

«E non lo sarà. È costantemente sorvegliato. Niente conferma le vostre paure. Non capisco perché vi preoccupi tanto quel pover'uomo».

«Forse avete ragione voi, maestà».

«Il professor Nietzsche conduce vita da solitario, ve lo posso garantire. È un uomo umile che lavora tutto il giorno. Inoltre ha entrature importanti nell'aristocrazia cittadina e non solo. Non si può certo farlo radiare senza motivo».

«Importanti entrature?». Il cardinale sogghignò coprendosi la bocca con le dita scheletriche. «Massoni! Massoni, e ancora massoni! ecco quali sono le entrature di quella bestia. Sapete come intitolerà il suo ultimo scritto?». Si lisciò di lato la folta capigliatura.

Il re ci pensò un attimo. «L'ho dimenticato».

Rampolla lo guardò a lungo, e dopo averlo fatto attendere quanto bastava disse: «Lo intitolerà: *L'Anticristo. Maledizione del Cristianesimo*».

C'era qualcosa in quel titolo che faceva impallidire il re ogni volta che lo sentiva, e qualcos'altro che glielo faceva piacere e gli suscitava un lieve movimento all'insù delle labbra. Lo nascose accarezzandosi il mento, fingendo di riflettere.

«Nietzsche intende farsi tradurre un'opera dal Carducci, da quella vipera», insistette il cardinale.

«Suvvia! Non ve la sarete presa per una poesia qui in Vaticano?».

Sua eminenza si fermò e affondò uno sguardo severo nelle pupille di re Umberto. «Una poesia la definite voi? *L'inno a Satana* del Carducci?». Scrollò le spalle, furioso. «Una poesia? Ecco spiegato il motivo per cui Torino pullula di diavoli».

Il re attenuò il tono della voce. «Non so cosa si possa fare di più, eminenza, ma vi garantisco che Nietzsche è tenuto sotto stretta sorveglianza». Raccolse le mani pallide di Rampolla. «Non lo perdiamo mai di vista fin da quando è andato a Torino la prima volta, in aprile. Non dovete preoccuparvi».

«Sono sempre più persuaso che abbiate ragione, maestà. Forse Nietzsche potrà addirittura rivelarsi un bene per la Chiesa, se le sue opere avranno un'eco lontana, un domani. Dopotutto parla di noi!». Ridacchiò. «Lasciamolo in pace. Per il momento ci sono cose più gravi a cui pensare».

«Dite pure al pontefice che il tremendo omicidio del cardinale Martini non resterà impunito, che quanto accaduto sarà spiegato e non si ripeterà. Avete la mia parola».

Sua eminenza rispose alitando un filo di voce candida: «Sua Santità ve ne sarà riconoscente».

«Porgetegli i miei saluti».

«Lo farò. Il Santo Padre ora starà certamente pregando per l'anima di quei poveri bambini».

«Questo sì che è degno delle preoccupazioni di un uomo di chiesa», disse il re sollevando il mento, «non certo la vita grama di un professore tedesco in villeggiatura in Italia. Comunque non sono così ingenuo. Il Santo Padre non si degna neppure di venire personalmente ai nostri appuntamenti». Si toccò i bottoni della giacca, come per volerli chiudere ulteriormente, e annuì con un gesto secco.

L'incontro era terminato.

Si lasciarono all'ombra dell'obelisco, sparendo al reciproco sguardo tra le colonne. Un attimo dopo la carrozza reale, scortata dai carabinieri a cavallo, partì, mossa dallo schiocco della frusta.

25

Torino

Madame La Fleur prese dalle mani di Pural il calzino di un neonato. Se lo strinse al petto. Chiuse gli occhi. E vide.

Dentro un ricco palazzo.

Vicino a piazza Castello.

Qualcosa che doveva essere accaduto pochi giorni addietro.

Vide la bellezza di una giovane donna, pari solo all'immensa tristezza che le adombrava il viso, alla sua infinita sfortuna di serva costretta a subire in silenzio l'indicibile e a vivere nella vergogna. Alla domanda se si chiamasse Caterina, non seppe rispondere.

Suo marito (impossibile stabilirne il nome) dischiudeva appena la porta della sua stanza per rivolgerle un saluto silenzioso: uno sguardo inespressivo al suo ventre.

La giovane stava per partorire.

Erano tutti in fremente attesa che dal suo bel volto svanisse la tristezza e, finalmente, sopraggiungesse il dolore.

Mezzanotte tra gli ingranaggi del pendolo.

La campanella nella mano esagitata di un'anziana serva suonava tra i rintocchi dell'orologio.

Le facce contorte dal sonno delle altre serve, che si affacciavano sulle scale ancora intente a sistemarsi i vestiti, si cercavano a vicenda in attesa di sapere a che punto fosse il travaglio, per decidere quanto velocemente precipitarsi nella stanza del parto.

Posata la campanella, la prima serva cominciava col ravvivare il fuoco, che era stato tenuto acceso per l'evenienza, poi vi metteva a scaldare dell'acqua, preparava dei teli puliti, stringeva la mano della giovane donna. Aveva già avvisato il signore che il parto era imminente.

La partoriente deglutiva le proprie grida di sofferenza. Sapeva che il dolore dava piacere al signore.

26

Giovedì 20 dicembre 1888

Il suo incedere fiero nei viali del parco Valentino era vento forte che faceva volare via i cappelli dalle teste e piegare tutti al suo passaggio.

«Buongiorno, professore».

«I miei rispetti, professor Nietzsche».

«Un onore incontrarla», gli dicevano mentre lui continuava a camminare pieno di contegno e orgoglio, scivolando leggero su un paio di stivali neri consumati, avvolto in un paletot di lana scuro, con le mani nascoste dentro guanti inglesi e lo sguardo di chi davanti a sé vede qualcosa che gli altri non riescono a vedere.

Solo un impercettibile movimento dei suoi enormi baffi alla Vercingetorige tradiva l'immenso piacere che provava a essere riverito in quel modo, mentre passeggiava canticchiando un tema da un'operetta francese.

Un paio di folti e lunghi baffi pettinati in avanti sulla bocca comporta qualche disagio, è innegabile. A volte però, questo inconveniente viene generosamente ripagato. Ora, ad esempio, i baffi gli vellicavano le labbra, alzati dal vento ogni volta che volgeva lo sguardo a quel dipinto perfetto che era il cielo di Torino.

Passeggiava e, come sempre, nella sua mente i pensieri erano palle di cannone sparate in ogni direzione.

"Dio è morto! Kaput! Non ha avuto volontà di potenza quanta sarebbe stata necessaria per essere Dio. E io? Oh, io. Avrei potuto certamente restarmene a Basilea a fare il professore, anziché qui a Torino a cercare di rifare il mondo come un novello demiurgo. Avrei potuto. Oppure no? Non sceglie l'uomo, piuttosto, tra due desideri, quello più impellente?".

«Friedrich!».

"Questa è la voce della mia adorata madre. O magari quella di mia sorella: mi capita di confonderle".

«Dimmi, madre. Sei tu?»

«Certo, figlio mio. Stai bene, Friedrich caro?»

«Vedi come tuo figlio incede pieno di orgoglio sotto gli sguardi ammirati di questa meravigliosa città? Ho un paletot nuovo, foderato di seta, e un paio di occhiali dorati... ma questo tu lo sai. Quel che non sai è che ho anche un nuovo, magnifico bastone da passeggio con il pomo e il puntale d'oro massiccio. Se tu potessi vedere, mamma!».

«Friedrich».

«Sì, madre».

«Non dovresti lavorare così tanto e startene tutto solo. Ti farebbe bene un po' di pausa ogni tanto, vedere degli amici. Non sai parlare l'italiano, a Torino non frequenti anima viva e questo non è un bene, figlio mio».

«Mamma cara ti sbagli. Ora so parlare l'italiano correttamente».

«Non è possibile, Friedrich, stai sragionando, torna a casa. Elisabeth mi ha scritto che presto tornerà dal Paraguay; ha tanta voglia di vederti».

«Mente! È una serpe, interessata unicamente ai miei scritti».

«Non dire così, ti vuole bene. Certo che è interessata ai tuoi scritti. Lo è come lo siamo tutti noi che ti amiamo».

«La fama mi sorride, mamma!».

«Torna a casa, figlio mio».

«Non sono più tuo figlio. Quel tuo figlio non esiste più. Al suo posto ora aleggia volontà, vorace volontà di potenza. Tuo figlio, mamma, è come la cera di una candela: apparentemente essa è tutto, ma in realtà è solo cibo per la fiamma. E la mia fiamma si è accesa da tempo».

«Professore!».

Friedrich stentò a capire se quella voce proveniva dal suo interno o dall'esterno, nel parco. Non si voltò. Lo osservavano tutti, non era il caso di apparire strano voltandosi senza motivo.

Quando intercettava qualche sguardo dei tanti che si posavano su di lui, veniva ricambiato con un cenno del capo e un sorriso aperto quanto basta.

Che città straordinaria. Ancora nessuno che avesse cercato di imbrogliarlo o derubarlo. A Nizza era un problema quotidiano, qui tutti gentili. La fruttivendola gli metteva da parte i grappoli più dolci, Prospero lo serviva come un re, il re stesso doveva avere dato disposizioni perché lo si riverisse.

Colmo di soddisfazione, chiuse gli occhi e annusò l'aria umida che saliva dal Po.

«Professore!».

Di nuovo quella voce, ma adesso più vicina. Gli pareva di conoscerla e non riverberava dentro la testa come i pensieri. Friedrich si voltò strizzando gli occhi.

«Professore!». Prospero si avvicinava a grandi falcate agitando il braccio.

«Chiedo scusa, ma ero soprappensiero».

«Chissà quanto in alto stava volando, allora!». Lo raggiunse e si mise al passo. Camminava impettito, respirando a pieni polmoni, e aveva una strana espressione stampata sul volto. Sembrava pieno di sé nel passeggiare accanto all'illustre professore, ma era evidente che qualcosa lo metteva a disagio.

«Cosa ti rende tanto ambiguo, Prospero?»

«La piacevole sorpresa di incontrarla in questo splendido parco, Herr Professor».

«Splendido specialmente nel primo pomeriggio».

«Sa, di giorno sono sempre al lavoro, era da un po' che non venivo al parco a quest'ora». Prospero si strofinò le mani e se le mise in tasca. Era sempre stupito dall'illustre professore tedesco, che preferiva i concerti delle bande comunali piemontesi alla grande musica contemporanea, un piccolo albero a un qualunque monumento, la compagnia di un giovane e insignificante cameriere a quella di un intellettuale rinomato quanto lui. Sospirò, pieno di ammirazione. «La vedo in forma, Herr Professor».

«Mai stato meglio, mio caro Prospero. Perfetta bonaccia dell'anima. Digerisco come un dio, dormo come un bambino, faccio splendide camminate, e la gente qui mi piace».

«Torino è una gran bella città», ammise Prospero, «solo è un po' troppo turbolenta».

«Questa è vita», rispose Friedrich. «Devi essere fiero di essere nato qui. È l'unica città al mondo ad avere dichiarato e mosso guerra allo Stato della Chiesa, lo sai questo?»

«Certo che lo so. Fu nel 1870, non ero ancora nato, ma...». La mano di Friedrich gli si posò sul petto e lo fermò.

«Conosci quell'uomo?».

Prospero guardò dove gli indicava Friedrich e vide il colonnello Pural che camminava verso di loro con le braccia aperte. «Lo conosco molto bene», disse preparandosi a recitare la sua parte. «Quell'uomo è mio cugino». Avrebbe dovuto sapere come si chiamava, ma non si erano messi d'accordo.

27

«Come stai, Prospero?», chiese Pural sorridendo alla volta di Friedrich e sfilandosi il guanto per presentarsi: «Mi chiamo Giorgio Pural, molto lieto». Si tolse anche il cappello e mandò un effluvio di pomata all'ambra per capelli.

Friedrich non gli allungò la mano e lo scrutò con sospetto.

«Lui è un militare dell'esercito», informò Prospero.

«Sono un sottoufficiale».

«Un sottoufficiale?»

«Esattamente», rispose Pural scattando sull'attenti.

«Lei ha piuttosto l'aria di un ufficiale», obiettò Friedrich, e per prendere meglio le distanze, riprese a camminare.

«Lo considero un gran complimento».

«Lo è, signore, lei ha il portamento dell'uomo nato per comandare».

«Lei dice?»

«Mi intendo di queste cose». Friedrich sollevò il mento e lo guardò di sbieco. «Sono stato anch'io un militare. E dato che lei non ha più l'età per doverlo ancora diventare...». Fece una lunga sospensione.

«Diventare cosa?», chiese Prospero.

«Diventare un ufficiale». Friedrich si fermò e si voltò per averli entrambi di fronte. «Prospero, quest'uomo non è tuo cugino».

«Ma...».

«E non è un sottoufficiale».

Pural divenne serio in un istante. «Ragazzo, grazie di tutto, ora puoi andare».

Prospero fece un rapido cenno di assenso e corse via.

Temendo che Friedrich potesse fare qualche scenata che avrebbe attirato l'attenzione, Pural lo afferrò per un braccio e lo sospinse fuori dal sentiero, più vicino al fiume. «Professore, non si agiti, la prego».

«Che modi sono questi!», protestò Friedrich.

«È un onore fare la sua conoscenza, Herr Professor, sono un grande estimatore della sua opera».

«Lei...». Gli rivolse un sorriso sprezzante. «Lei non è un sottoufficiale».

«Ha ragione. Non lo sono. La prego di scusarmi».

«Chi è lei?». Friedrich si lisciò i baffi mugugnando di soddisfazione. «In effetti, mi era parsa una scenetta poco credibile il suo incontro con Prospero».

«Le va di fare due passi?»

«Sono venuto al parco apposta, signore, non fosse per l'inopportuna interruzione da parte di estranei insolenti, io...». In poche falcate, Friedrich riprese la sua andatura a testa alta, divenuta abituale in quei giorni di straordinario benessere. Non si sentiva così da quando era ragazzo. Riusciva perfino a soprassedere e a ridimensionare con lucidità un inconveniente come quello. «Però non mancherò di rimproverare Prospero. Non beneficerà più della mia fiducia».

«Prospero non ha nessuna colpa, professore. Ha solo eseguito un mio ordine».

«Lo dicevo io che ha l'aria di chi è abituato a comandare!».

«Posso chiederle di sederci su quella panchina?».

Friedrich andò di nuovo su di giri. «Sederci, sederci, ma chi è? Io non la conosco». Accelerò il passo. «E ora le chiedo di lasciarmi in pace, signore, ho da fare».

«La prego, aspetti».

«Chi la manda? Mia sorella, eh? È uno dei suoi bizzarri amici? Ma che dico? Lei ha la pelle troppo scura per i gusti di quella canaglia».

«Perché parla così di sua sorella?»

«Se la conoscesse...». Un soffio di disgusto fu sufficiente a riassumere ciò che ne sarebbe conseguito.

Quel dandy un po' troppo serioso per il clichè, l'uomo che Pural aveva sempre visto come un oggetto marginale del suo lavoro, da vicino sembrava una brava persona, un individuo innocuo e anche molto ingenuo.

Indubbiamente, un personaggio fuori dal comune.

Lo si capiva subito che non era del tutto a posto. Uno strano riflesso gli veniva dal fondo buio delle cavità oculari, che sembravano gli antri impenetrabili di due belve feroci, due animali lucenti al posto delle pupille.

Il suo nome era apparso nei fascicoli della DIO nel mese di aprile, quando era giunto a Torino per la prima volta. Poi vi era riapparso a settembre, quando Friedrich aveva deciso di tornare e stabilirsi in città definitivamente. La cartella contenente le informazioni su di lui, i suoi spostamenti, le sue amicizie, era stata intitolata *L'Anticristo*.

«Non mi ha ancora detto con chi ho il piacere di passeggiare».

Il pugno davanti alla bocca per bon ton, Pural si schiarì la voce. «È vero, non sono il cugino di quel ragazzo. Inoltre, sono un colonnello». Lo guardò e, sapendo di colpire nel segno, disse: «So che lei è stato un artigliere a cavallo».

Come previsto, Friedrich ebbe un sussulto prima di esclamare con orgoglio: «Lo sono stato!». Lo abbracciò, felice. «Ma io ero solo un capitano». In un attimo, sul fossato che lo separava da Pural era sceso un ponte levatoio. «Allora lei è un amico!».

«Sono un suo grande ammiratore, Herr Professor. Ho appena finito di leggere *L'Anticristo* e *Crepuscolo degli Idoli,* e ho iniziato *Così parlò Zarathustra*».

«No!». Il volto di Friedrich si gonfiò di stupore. «No!», batté le mani. «Davvero?»

«Sì, professore».

Come se le mani non gli servissero più, avendo la situazione preso la piega giusta, Pural se le mise dietro la schiena e rallentò il passo. «So che conosce Prospero e così gli ho chiesto che mi procurasse l'occasione di incontrarla. L'ho spaventato dicendogli che ero un colonnello, sa… il ragazzo non ha colpa… Sono mortificato per averle dato delle noie, professore».

«Oh, basta con le scuse!». Smise di camminare, inspirò profondamente e ripartì. «Si consideri perdonato».

«Ne avrà già abbastanza di seccature», disse Pural.

«A cosa allude?».

Ci pensò ancora una volta. Si chiese se non stesse commettendo un grave errore, ma aveva bisogno di Nietzsche, quasi quanto questi aveva bisogno di lui. «Professore, ebbene, non so come dirglielo…».

«Lo dica e basta», disse Friedrich mostrando di aver ripreso il suo abituale tono di voce, mite, senza fragore.

«Sono dei carabinieri e ho ragione di temere per la sua incolumità».

Friedrich si arrestò di colpo e lo guardò con occhi tondi. «Un carabiniere? La mia incolumità?»

«Proprio così».
«Cosa va farneticando?».
Pural gli si accostò e parlò sottovoce. «Deve guardarsi le spalle, professore. È il momento di fare tesoro di quanto ha appreso sotto le armi».
«Ma insomma!». Seccato, si scostò da Pural. Ma subito fece un passo avanti e sussurrò: «Cosa glielo fa pensare?»
«Oh, niente in particolare, non si allarmi troppo. Sono logiche deduzioni le mie. Siamo nella troppo giovane Italia, nella città che diciotto anni fa ha dichiarato guerra al papa, e lei va scrivendo col pennino intinto nel veleno contro il cristianesimo. Anche solo questo la espone all'odio di molti. Io al posto suo non mi fiderei di nessuno».
«Seguirò il suo consiglio e inizierò da lei, colonnello».
Pural lo incalzò. «Sono l'unica persona di cui può fidarsi ciecamente».
Un lungo muggito fu la risposta.
«Conosce questi?». Pural gli mostrò un bastoncino di legno con un'estremità gialla e rugosa.
«Un fiammifero», disse Friedrich con sufficienza.
«Un fiammifero Lucifero, per l'esattezza».
«Sono della stessa marca che uso io». Friedrich aggrottò le sopracciglia. «Dove vuole andare a parare, colonnello?».
Pural seguì in silenzio due foglie spinte dal vento che parevano rincorrersi mentre si avvitavano in volo ai lati del sentiero. «I fiammiferi Lucifero sono fatti con fosforo bianco. È un prodotto molto in voga perché sono gli unici a non avere bisogno di una scatola con superficie apposita per essere sfregati e accesi».
«Quindi?»
«Degli ottimi fiammiferi, Herr Professor. Ma il fosforo bianco è estremamente tossico. Ho sentito di operai che confezionano questi fiammiferi...». Pural ne fece brillare uno con uno schiocco di dita ottenendo che Friedrich si voltasse verso di lui. «Ho sentito dire che questi sciagurati vanno incontro a disturbi e pene indicibili. Necrosi delle ossa, degenerazione e perdita della mascella. Alcuni arrivano a stare così male da preferire il suicidio. Ne muoiono Dio solo sa quanti ogni anno».
«Mi state pedinando?»
«È così». Pural si fermò e si guardò attorno per accertarsi di non

essere udito. «Ma sono realmente un suo estimatore, e ho bisogno del suo aiuto, della sua cultura e della sua intelligenza. Se accetterà di aiutarmi, le spiegherò tutto, ma in un posto più riservato. Non mi chieda altro per ora e si fidi di me: lei ha molti nemici».

Assentì. «Mia sorella in primo luogo».

«Perché dovrebbe desiderare il male di suo fratello?»

«Perché tra qualche anno i miei libri si venderanno a milioni!».

«Sono tra coloro che non deve persuadere. Ma è sua sorella, è più probabile che la ami».

«Mi ama, certo. Io l'amo. Ma ciò nonostante la odio e so di essere a mia volta odiato. Anche se fa di tutto per blandirmi».

«Non sapevo che parlasse l'italiano».

«L'ho imparato in questi mesi, ma fingo di non conoscere che il tedesco. Agevola di molto la mia solitudine».

«Lo parla molto bene, Herr Professor».

Il piccolo borgo medievale del Valentino era ormai alle loro spalle e si allontanava in fretta insieme alle voci che rimbalzavano tra le sue mura, e Friedrich aveva già dimenticato da quanto poco tempo conoscesse il sedicente colonnello dei carabinieri.

«Mi presento come si deve», disse tendendogli una mano. «Piacere. Voglia scusare la mia maleducazione».

«Giorgio Pural». Gli strinse la mano con la formalità di chi sigilla un affare fatto. «Mi aiuterà?»

«Se posso, ne sarò ben lieto».

«Le persone che ha incontrato l'altra notte, nel castello…».

«Era una festa organizzata in mio onore».

«Persone della cerchia di sua sorella?»

«Diciamo più precisamente conoscenze, vaghe affinità, comunità d'intenti, amicizie modellate dall'interesse, circoli, club, partiti politici… tutto fuorché persone».

«Non l'hanno trattata bene?»

«Certo. Molto bene. Troppo».

«Mi risulta che l'organizzatore della festa, il padrone di casa, sia niente meno che un ex ambasciatore, il barone von Hermann».

Friedrich assunse una posa da fotografia. «Precisamente».

«Deve esserci qualcosa di più attraente del disprezzo verso costoro per averla spinta ad accettare l'invito», osservò Pural.

«Colonnello, vedo che sa proprio tutto su di me».

Pural non rispose.
«Sì», disse Friedrich estraendo gli occhiali dalla tasca del paletot e controllando il grado di nettezza delle lenti, «sono stato raggirato». Vi alitò sopra e strofinò con un fazzoletto bianco. «Le sorelle hanno l'arma della sorpresa. Di fronte a una sorella che dice "fidati, è una sorpresa", non si possono esigere spiegazioni».
«Le consiglio vivamente di lasciare Torino al più presto, ma prima forse lei potrà aiutarmi a capire alcune cose».
Friedrich trasalì. «E perché mai dovrei andarmene? Sto bene qui. Sto bene solo qui!».
Pural sospirò. «Perché qui non è al sicuro».
«Lei non sa cosa sta dicendo».
«Le chiedo di poterla incontrare questa notte».
«Notte?»
«So che soffre di insonnia. Sbaglio?»
«Non sbaglia».
«Allora, accetta?»
«Chi mi dice che lei sia davvero un carabiniere e non un approfittatore di poveri intellettuali tedeschi?».
Gli fece vedere i documenti.
«Va bene, colonnello Pural. Non potevo sperare in un invito più gradito».
«Molto bene. Le manderò una carrozza dopo cena. Ho alcune cose da farle vedere e spero proprio che lei mi possa aiutare».
«Non posso sapere di cosa si tratta?»
«Non ora, professore. È una cosa che richiede la massima riservatezza».
Si fermarono scambiandosi un'espressione solenne che intendeva sigillare l'accordo e si strinsero ancora una volta la mano.
Lì il parco si apriva sul viale cittadino e finiva la quiete.

28

La famiglia Fino era stata così gentile da sistemare nella camera di Friedrich uno dei due pianoforti che possedeva, perché potesse suonarlo e dedicarsi alla composizione in qualunque momento, anche quando in casa era presente qualcuno dei ben selezionati ospiti. Una delle due figlie, la signorina Irene, studiava con profitto e sperava di poter diventare insegnante di musica, non avendo interesse per l'attività concertistica, con l'estenuante girovagare che comportava. Talvolta Friedrich e la signorina Irene suonavano a quattro mani, ma questo non accadeva più da alcune settimane, da quando il lavoro era divenuto più intenso e lui aveva smesso di contare le ore che trascorreva chino sui fogli.

Sollevò il coperchio della tastiera, sfiorò la nota più acuta e si sedette al pianoforte voltando le spalle ai tasti. Tutto doveva accadere prima possibile. Non c'era tempo, o musica, da mettere tra la distruzione del cristianesimo – del mondo intero – e la volontà.

Presto si sarebbero contati gli anni in un modo nuovo, presto sarebbe scoccato l'anno zero.

Andò allo scrittoio e si sedette. Guardò con diffidenza la propria mano, con terrore.

Ora tutto gli riusciva facile.

Era a Torino da soli quattro mesi e aveva steso non una, ma tre, quattro, cinque opere. Il lavoro di una vita da studioso portato a termine in pochi mesi.

Tutto gli risultava semplice.

Prese il manoscritto di *Ecce Homo*, il suo ultimo lavoro, la sua autobiografia, l'essenza di quarantaquattro anni di vita scritta in venti giorni di furore, e se lo rigirò tra le mani. Lo soppesò immaginando il fausto e vicino giorno della sua pubblicazione. Quel giorno avrebbe spaccato in due l'umanità, sarebbe stato il primo giorno della nuova cronologia, e Friedrich Nietzsche il primo uomo di una nuova storia.

Maneggiò il manoscritto con la prudenza che si presta alla dinamite e lo mise sotto chiave nello scrittoio.

Il suo nuovo editore aveva osservato: «Un uomo normale troverebbe quantomeno di cattivo gusto l'idea di scrivere la propria autobiografia nel fiore dei suoi anni».

«Bisogna vivere ogni giorno come se fosse l'ultimo», fu la risposta che gli fece pervenire Friedrich a mezzo posta.

Estrasse una candela da un cassetto e un fiammifero. Prima di accenderlo pensò al colonnello Pural e a quanto gli aveva detto sul fosforo e sui pericoli che correva a restare in Italia.

Si guardò nello specchio, gonfio di orgoglio.

"Io sono un cesare!".

Accese un altro fiammifero e ne inalò il fumo velenoso mentre osservava se stesso accarezzandosi la testa con la punta del dito come se stesse seguendo il corso di un pensiero che, infine, gli si materializzò sulle labbra: «Avvelenato come un cesare».

D'un tratto cacciò via con rabbia la propria immagine riflessa e si lasciò cadere sul divano.

Non sarebbe dovuto andare alla festa dei volkisch. Perché era stato così ingenuo e sprovveduto?

La sua testa... sempre tra le carte... la distrazione... la mal riposta buona fede in una sorella e nelle sue amicizie... la non curanza di sé...

Bussarono alla porta.

«Avanti!».

«Professore...». La voce timida della signorina Irene si affacciò nella stanza. «Giù al portone, c'è una carrozza che vi attende».

Fece un passo verso di lei e diede un colpo di tosse prima di dire sommessamente. «Gli dica che sarò giù in un attimo».

«Va bene», rispose Irene senza ritrarre la testa dallo spiraglio della porta.

«Cosa c'è signorina, qualcosa che non va?», chiese Friedrich senza guardarla.

«Non uscite mai a quest'ora».

Il suo tono, imbarazzato e sfrontato allo stesso tempo, era chiaramente dettato dalla preoccupazione per la sua incolumità. Friedrich disse subito che non c'era niente di cui preoccuparsi, che aveva ricevuto un invito da persone di passaggio a Torino e che, nonostante la sua repulsione per questo genere di cose, stavolta aveva deciso di soggiacere alla volontà degli eventi e di trascorrere una serata in compagnia di vecchi amici di famiglia, come tutte le persone normali.

La signorina Irene ne fu a malapena sollevata. «Oh, mi fa molto piacere!», disse mentre le guance le si imporporavano. «Spero proprio che vi divertiate!».

Con fare sbrigativo, Friedrich infilò il paletot, fece scivolare gli occhiali nella tasca, raccolse il suo nuovo bastone da passeggio e uscì dalla stanza. «Mi divertirò di sicuro, *madamin*, ma grazie lo stesso per la cara apprensione, lo apprezzo molto».

Irene lo accompagnò alla porta. Era molto preoccupata, però non poteva certo impedirgli di uscire. Non disse più una parola, per evitare di piangere, e lo salutò con un abbraccio rapido, ma stretto.

29

Spalle al muro, immobile nella perenne oscurità dell'androne, Prospero tremava guardando ora la porta di casa della signora Maria, ora il punto in cui aveva trovato l'uomo luminescente.

In preda al panico, terrorizzato al pensiero di mettere piede dentro casa, non riusciva a fare altro che schiacciarsi contro il muro umido e, ciò nonostante, guardarsi le spalle in continuazione.

E se dentro ci fosse stato un assassino ad attenderlo?

Scoccò un'occhiata ai sigilli che i carabinieri avevano apposto all'appartamento di Maria. Chiuse gli occhi e gli si presentò la scena di quel corpo martoriato dagli artigli dei gatti, che ne laceravano la pelle del collo.

Inorridito, si inginocchiò e singhiozzando continuò a guardare la porta di casa.

Non aveva il coraggio di entrare. Proprio non se ne parlava. Aveva pensato di introdursi alla svelta per prendere qualcosa di essenziale – un pezzo di formaggio, un salame, un libro – e scappare sotto un ponte o al parco a trascorrere la seconda notte su una panchina. Non pioveva. Sarebbe stata un'esperienza sicuramente sgradevole, ma sempre meglio che rischiare la fine della signora Maria.

Ma perché doveva andare a pensare a un assassino? Perché, poi, avevano apposto i sigilli se la porta era stata trovata chiusa dall'interno? Tutto lasciava pensare che la signora Maria fosse caduta da sola, in casa, e avesse battuto la testa. L'assassino non sarebbe potuto uscire se non dalla porta, perché l'appartamento di Maria era come il suo: non aveva finestre sul retro, ma solo una sulla facciata, proprio accanto all'ingresso, ed era chiusa da dentro anche quella.

Tese l'orecchio al cortile e non udì un solo gatto miagolare. Forse li avevano portati via i carabinieri.

E il corpo della signora Maria, dove si trovava adesso? Chi avrebbe pagato per le sue esequie?

Possedeva denaro?

Magari era una di quelle vecchie col materasso imbottito di soldi; di quelle che fanno la vita delle straccione, ma, proprio per questo, posseggono ricchezze immense.

Pensò per un istante di introdursi piuttosto in casa di Maria, anziché nella propria. Lì di sicuro non poteva esserci nessuno. I sigilli intatti ne erano la prova. Avrebbe potuto controllare nel materasso e magari trovarvi davvero del denaro.

Ci pensò per un po' e con una tale convinzione che già gli batteva il cuore in gola. Guardò le finestre in alto alla ricerca dei soliti ficcanaso. Provò a farsi coraggio.

Stava per farlo.

Bastava comandare alle gambe di camminare.

Ai piedi di staccarsi dal suolo.

Alle mani di lasciare la parete alle sue spalle.

Però rimase fermo, pensando che l'appartamento doveva essere stato ripulito e che non solo non vi avrebbe trovato denaro, ma neppure nulla da mettere nello stomaco o un buon libro da leggere sotto un lampione.

La stanchezza ebbe la meglio sull'indecisione, le gambe cedettero pian piano e finì col ritrovarsi accucciato nell'androne. Lentamente il sonno vinse la paura.

30

«Non si vede niente», protestò Friedrich muovendo la testa nell'oscurità, come un periscopio.
«Spiacente, ora arriva. Ma continui, la prego».
«Dicevo: per il cristianesimo, Dio si è fatto uomo; per me, invece, è l'uomo che deve farsi dio. Per il cristianesimo, c'è il divino nella persona malata, debole, sofferente; per me c'è il divino nella persona sana, forte, gaudente. C'è chi mi dice: "Tu non fai altro che critiche e considerazioni, osservi la vita, ma non sai aiutare l'uomo a capirne il senso"».
La maniglia si abbassò cigolando e lo interruppe.
«Chiedo scusa, colonnello». Coretti entrò ansimando con una lanterna accesa in mano. La sistemò al centro del tavolo. Le ombre cominciarono a danzare sulle pareti e i volti dei tre apparvero sui vetri della finestra.
«Grazie, tenente».
Coretti batté i tacchi e uscì.
«Un bravo ragazzo», disse Friedrich.
«Lo è persino troppo».
«Cos'è successo, non avete lampade a gas qui?»
«C'è stato un guasto. L'impianto sarà riparato al più presto».
«Allora, colonnello...». Friedrich spostò una sedia e si sedette accanto al tavolo. «Cos'ha di tanto interessante da farmi vedere?».
Si guardarono oltre la lanterna, i volti deformati dal bagliore caldo che fluttuava mollemente.
«Prima l'ho interrotta, professore. Stava dicendo qualcosa a proposito del cristianesimo».
«Non importa. Mi faccia vedere».
Pural prese qualcosa da un cassetto della scrivania e lo mise sul tavolo.
Friedrich provò inutilmente a mettere a fuoco l'oggetto. «Sono cieco per tre quarti, sa?»

«Sì, lo so». Pural si adagiò sulla sedia e cominciò ad attorcigliarsi l'estremità dei baffi. «So tutto su di lei».

«No, non è possibile», disse Friedrich da dietro un ghigno. «La maggior parte di me deve ancora accadere». Mise i gomiti sul tavolo e si sporse in avanti. «Ma veniamo al dunque. Cos'ha tra le mani?».

Pural tolse il coperchio a una scatola di legno quadrata e ne estrasse un pezzo di pergamena. «Questo foglietto». Lo aprì e lo fece scivolare sul piano del tavolo verso Friedrich.

Era troppo distante. Friedrich lo prese con una mano e con l'altra cercò gli occhiali tastandosi sul petto.

Ma li aveva già addosso. Si avvicinò la lampada e provò a leggere.

«Conosce questa scrittura?», chiese Pural alzandosi e andandogli alle spalle.

«Sì», rispose Friedrich. «Queste lettere si chiamano rune».

«Rune». Per invitare Friedrich a dire di più, Pural pronunciò quella parola come fosse la prima volta.

«Un alfabeto nordico, colonnello».

«Sa capire cosa ci sia scritto?»

«Be'... Non sono un esperto in materia, ma...». Toccò ogni lettera con la punta dell'indice. «E...».

Pural afferrò la lampada e illuminò meglio.

«C...».

«Un'altra C», disse Pural che leggeva alle spalle di Friedrich, il quale annuì mentre continuava a scorrere le lettere.

«E...». Non vedeva bene. Gli occhiali erano sporchi, poca luce, sbavature sulla pergamena.

«H», lo aiutò Pural.

«Ma se sa leggerlo», si lamentò Friedrich, «perché chiede a me di farlo?»

«C'è scritto Ecce Homo, professore».

Friedrich sobbalzò, quasi cadde dalla sedia. «Ecce Homo?», esclamò attonito. Il foglietto che guizzava tra le sue dita era una raggelante conferma: c'era scritto proprio Ecce Homo.

«Le dice niente, professore?»

«Mi dice niente?». Lasciò cadere il pezzo di pergamena, inchiostro e sangue. «*Ecce Homo* è il titolo del mio ultimo libro!», esclamò Friedrich a bassa voce, monotono, la mente distante. «La mia autobiografia».

«Un'autobiografia a quarantaquattro anni?»

«Libero di eccepire, ma le garantisco che quando lo avrà letto niente le apparirà più come prima».

«Giovanni 19,5», disse Pural. «Ecce Homo, Ecco l'Uomo. Sono le parole pronunciate da Ponzio Pilato mostrando ai giudei Gesù dopo il flagello. Significava che lui aveva fatto come essi avevano voluto».

Friedrich annuì. «I Vangeli raccontano che Pilato lo fece flagellare anche se lo reputava innocente, per insistenza dei giudei. E dopo averlo fatto flagellare lo mostrò dicendo queste due parole». Scostò la lampada che pendeva dal pugno di Pural e lo guardò in volto. «Ecco l'uomo! Guardatelo. L'ho punito come avete chiesto».

«Ma ai giudei non bastò il flagello», chiosò Pural.

«Lo volevano morto».

«E Pilato lo fece crocifiggere».

Sul muro dell'ufficio, illuminato di arancione e drappeggiato dal buio, l'ombra informe di Friedrich si alzò di scatto muovendo le mani per aria. «Dove lo ha trovato?»

«Un cardinale è stato assassinato e il suo corpo è stato macabramente scempiato». Tacque. Andò alla finestra ed espirò stancamente.

«Sì, ma questo dov'era?». Friedrich lo raggiunse alla finestra e gli restituì il foglietto. «Che attinenza ha con questa storia del cardinale?».

Pural assunse un tono grave. «L'ho estratto io personalmente da una delle cavità oculari del cadavere di Sua Eminenza».

Un brivido infuocato percorse i muscoli di Friedrich. Non sapeva cosa dire. Non sapeva cosa pensare. Cominciò a formulare ipotesi e a scartarle ancor prima di metterle al vaglio, a camminare nervosamente attorno al tavolo, soffiando e balbettando strane interiezioni.

«L'altra cavità oculare», proseguì Pural, «era stata riempita con escrementi».

Testa bassa e mani dietro la schiena, Friedrich seguitava a camminare attorno al tavolo farfugliando.

«Lo hanno svuotato, come per imbalsamarlo».

«Colonnello Pural!». La voce di Friedrich vibrò nel buio ai limiti della stanza. «Non vorrei che lei pensasse che io c'entri qualcosa con questa orribile faccenda solo perché ho in odio i preti e ho scritto un libro dal titolo *Ecce Homo*». La sua figura apparve curva sul globo di luce generato dalla lampada, anelli di oscurità gli cingevano gli occhi sbarrati.

«No». Pural sospirò e gli andò vicino per invitarlo a sedersi. «Stia tranquillo, professore. Non lo credo affatto».

Un suono profondo vibrò oltre le labbra chiuse di Friedrich.

«La tengo d'occhio da quando ha messo piede a Torino la prima volta, e nessuno più di me sa quanto lei sia innocuo e innocente. Persino le sue idee mi paiono ragionevoli e considero alcune delle sue opere dei veri capolavori».

«Alcune?», protestò Friedrich. Ma quel che aveva davvero importanza adesso era dare una spiegazione al fatto che il titolo del suo ultimo libro era stato infilato nell'occhio di un cadavere. Un cardinale.

Tremenda situazione.

S'incupì. Cominciò a ragionare. «Le parole Ecce Homo sono da sempre al centro dell'odio dei cristiani verso gli ebrei. Essi non hanno creduto, essi hanno ucciso Dio».

«La ascolto», disse Pural. «Continui».

«Chi ha ucciso il cardinale ha firmato con questo biglietto il suo omicidio. Potrebbe essere un messaggio per qualcuno, forse da parte di un fondamentalista ebreo alla chiesa di Roma». Prese il rotolo di pergamena con due dita e lo rilesse con attenzione. «Ma perché un giudeo avrebbe scelto di scrivere con le rune, l'alfabeto prediletto dagli antisemiti tedeschi, i volkisch?». Mugugnò a lungo, mentre Pural lo guardava fiducioso.

«Se la vittima fosse un ebreo, sarei propenso a credere che l'assassino sia un integralista cristiano, ma in questo caso la vittima, mi pare evidente, non è un ebreo. Le rune mi avrebbero fatto pensare all'opera di un fanatico cristiano di estrema destra, ispirato dalle idee di cui si nutre mia sorella: la superiorità della razza bianca indoeuropea, l'impurità di quella semitica e via dicendo». Lo guardò dritto negli occhi. «Ha mai sentito parlare di quelle idee bizzarre, dell'antroposofia, della mitica Thule, Agharti...?»

«Sì, certo», disse Pural.

«E se le dico gnosticismo, le si illumina qualcosa nella mente?»

«Ho cercato di documentarmi il più possibile, ma confesso che per me resta una materia del tutto oscura».

Friedrich si prese la testa fra le mani e poggiò i gomiti sulle ginocchia. «Niente di più coerente, niente di più incoerente, colonnello Pural. Potrebbe trattarsi di un sodalizio tra antisemiti tedeschi e fondamentalisti cristiani, talmente radicali da essere eretici. Dei primi ho una discreta conoscenza diretta, purtroppo. Comunque, anche se assume continuamente forme diverse, siamo di fronte a un'antica battaglia. Una battaglia cosmica, oserei dire».

«Sono convinto che lei, professor Nietzsche, sia consapevole di essere al centro di questo conflitto. Il suo nome inizia a essere tirato in causa da più parti. E il suo pensiero è salutato come vangelo negli ambienti antisemiti».

«Io mi sono dissociato».

«Se lo ha fatto, professore, non è stato abbastanza chiaro».

«Loro hanno paura proprio di questo, colonnello. Tremano all'idea che io possa vanificare tutto. Ma io lo dirò chiaramente quel che penso dei tedeschi, quanto li disprezzi, e quanto invece sia riconoscente nei confronti della comunità ebraica: molto gentile con me, non c'è che dire». Fece una lunga pausa, poi raccolse nuovamente il foglietto e cominciò a riflettere.

Tacquero. Li avvolse il silenzio.

Poi si udirono i lunghi ululati dei cani e i versi di uccelli rapaci tra i rami scricchiolanti nel vento. La notte approfittava del loro assorto mutismo per lasciar cantare le voci delle tenebre.

«Forse la spiegazione è altrove», disse Friedrich smettendo di fissare il piano del tavolo. «Il cristianesimo è un caleidoscopio di stupidaggini, colonnello. È una religione che brulica di credo differenti, che si hanno in odio reciproco. Il cattolicesimo stesso non è un blocco unico e uniforme».

«Il cardinale Martini», lo informò Pural, «era un uomo molto chiacchierato, un donnaiolo, un peccatore incallito. Era influente e molto ricco».

«Questo potrebbe spiegare il suo assassinio da parte di un altro cristiano, un estremista cattolico. Ma perché avrebbe dovuto scrivere Ecce Homo?».

Pural ipotizzò: «Forse per ricordare che la condotta di vita del povero cardinale non era degna della passione di Cristo».

«Potrebbe anche darsi», rispose Friedrich senza troppa convinzione. «Ha detto che nell'altro occhio il cardinale aveva escrementi?»

«Sì», rispose Pural. «Non c'è dubbio che si tratti di un oltraggio. Un gesto di estremo disprezzo».

«Vorrei potermi arrendere, colonnello». Friedrich sospirò alzandosi lentamente in piedi. «Ma non posso cedere. Vede, se a un sapiente viene rivolto un enigma, egli deve trovare la soluzione. Ne va della sua vita. Questa è la legge di Apollo. Omero morì di crepacuore per non aver saputo sciogliere un enigma». Friedrich dipinse la scena nell'aria con le dita. «Non aveva saputo capire di cosa stessero parlando quei fanciulli che si spulciavano quando gli dissero: "Quel che abbiamo preso lo lasciamo, quel che abbiamo lasciato, lo portiamo"».

«Cosa vuol dire?», chiese Pural dopo averci pensato, bramoso di conoscere la soluzione di quel rompicapo.

«Vuol dire che se non risolverò l'enigma che mi ha posto questa notte, colonnello, io morirò o impazzirò a tal punto da essere peggio che morto».

«Non è un enigma posto solo a lei, professore». Si indicò e allargò le braccia. «È stato posto in primo luogo a me, ai carabinieri, a tutti».

«*Ecce Homo* è il titolo della mia autobiografia. In qualche modo, è un messaggio rivolto a me. Da parte di chi sia e perché, questo non ha alcuna importanza, la verità coincide con i fatti, mio caro colonnello».

Il sorriso abbandonò il volto di Pural, come un'onda del mare spumeggiante lascia la battigia, scoprendo un'espressione triste. «L'omicidio del cardinale», disse, «non è l'unico fatto di cui volevo parlarle. Sono accadute molte cose in questi ultimi mesi, la maggior parte delle quali non ha ancora una spiegazione accettabile. Cose strane, professore».

Una civetta cominciò a cantare.

«Che genere di cose strane?»

«Molti neonati sono scomparsi dalle loro culle. Per ora la gente ipotizza che si tratti di rapimenti da parte di zingari, ipotesi che avrebbe una conferma nella loro fuga in massa dalla città. Ma io so per certo che gli zingari non c'entrano». Pural si passò le mani sul capo. «Insomma, non sappiamo ancora che fine abbiano fatto questi bambini».

Vedeva Lidia in ciascuna di quelle piccole vittime. Si sentì chiamare dall'antro del suo incubo. Continuò a parlare dei bambini scomparsi con lo sguardo assente e le labbra pallide, a raccontare di quanto avrebbe voluto poter fare qualcosa per trovarli, per salvarli, e infine le lacrime si aprirono un varco tra le sue palpebre indurite.

Friedrich lo guardò provando sincera compassione. «Qualcosa la turba, colonnello?»

«Non è niente». Si tormentò il naso con un fazzoletto. «Una vecchia storia, non ci faccia caso», disse archiviando l'argomento. «E poi c'è un bizzarro personaggio che si aggira nel sottosuolo».

«Questa mi piace», disse Friedrich battendo un colpo con le mani. «Questa mi piace». Si voltò di scatto verso Pural mostrandogli la luce che improvvisamente si era accesa nel suo sguardo. «Il barone von Hermann e la sua cerchia di volkisch...». Rifiatò battendo ancora le mani e ondeggiando con il busto. «Sono il genere di persone convinte che ci siano i superstiti di una razza superiore nel sottosuolo. Fa tutto parte della loro strana teoria». Puntò il dito sul piano del tavolo. «Credono che la Terra all'interno sia percorsa da un'infinità di canali che collegano tutte le parti del globo, e che nel sottosuolo viva il Re del Mondo. Inoltre, essi scrivono con le rune e rievocano gli dèi degli antichi germani. Certamente, colonnello, non ha indiziato migliore del barone von Hermann. Oltretutto mi ha fatto certi discorsi...».

«Che genere di discorsi?»

«Circa il futuro della Germania e un nuovo cristianesimo di matrice gnostica con cui governare le masse: farneticazioni di un folle. È lui il folle che cercate, non ho dubbi. Lui e quella vipera di mia sorella. Mi dica piuttosto di questo individuo che viene dal sottosuolo».

«Sto facendo perlustrare i canali, le fogne e tutta la rete sotterranea della città, ma per ora non è stato trovato niente».

«Cosa sa su questa strana persona?»

«Che riluce».

Gli occhi di Friedrich erano due bolle bianche sul punto di scoppiare.

«Ha sentito bene. C'è un testimone che sostiene di aver visto un uomo che brillava nel buio. Dice di averlo toccato, persino».

Friedrich, il mento in pugno, annuiva con molto interesse.

«Ma non è tutto. Questo me lo ha dato il testimone». Pural prelevò un piccolo oggetto dal cassetto della scrivania e glielo diede.

«Cos'è?», domandò Friedrich impaziente.

«Un calzino per neonato», rispose Pural, mentre l'altro era già intento ad analizzarne il contenuto.

Lo soppesò. «Non sembra oro...».

«No, infatti: è bronzo. Un piccolo timbro senza il manico, simile a quelli usati per i sigilli di ceralacca, con un minuscolo serpente in altorilievo. Immagino che l'impugnatura necessaria per usarlo si avviti in quel foro».

Friedrich confermò che la forma in altorilievo era quella di un serpente. «Forse è un simbolo...».

«Lei ha un bastone che raffigura un serpente avvolto attorno a un sole d'oro, non è vero?»

«Vero», confermò Friedrich, allibito e affascinato dalla complicatezza dell'enigma che gli veniva rivolto.

«E come se tutto ciò non bastasse, il testimone, l'unico che sia riuscito a vedere uno di questi uomini luminescenti da vicino e per di più a toccarlo, è una sua conoscenza, Herr Professor. Lo incontra ogni giorno. Una delle rare persone con cui parla quando va al Caffè Giardino».

Ci pensò su per pochi secondi, poi esterrefatto esclamò: «Prospero?»

«Prospero», confermò Pural. «Non me lo so spiegare». Camminò in giro per la stanza gesticolando. «La faccio tenere d'occhio giorno e notte, ogni suo spostamento viene registrato. Ma soprattutto so come trascorre le sue giornate qui a Torino: tutte uguali, riservate, quasi interamente dedicate al lavoro e alle sue immancabili passeggiate. E non riesco proprio a capire come lei possa essere implicato in faccende del genere. Eppure devo riconoscere che ci sono delle belle coincidenze».

«Lo riconosco anch'io», disse Friedrich.

«E non è tutto».

«Che altro ancora?»

«Abbiamo ritrovato due dei bambini rapiti».

Friedrich si rizzò pieno di gioia. «Quando?», esclamò impaziente. «Dove?»

«Alcuni giorni fa, sul fiume. Sono stati uccisi in modo orribile».

«No». Friedrich scosse la testa con rabbia. «Non può essere, non può!». Picchiò i piedi per terra.

«Il medico legale ha riscontrato molte stranezze su quei piccoli corpi martoriati. Hanno impresse sulla pelle le dita di persone adulte che devono averli stretti troppo e per troppo tempo. Sono stati tenuti sul fuoco: riportano gravi ustioni, specialmente sulla parte posteriore del corpo». Pural sospirò guardando Friedrich negli occhi. «Spero che lei sia in grado di dare un senso anche a questo». Gli diede un pezzo di carta. «È il disegno fatto dal medico legale del simbolo che i bambini hanno dietro il lobo dell'orecchio destro. Ancora un serpente».

«Un serpente», mormorò Friedrich accostando il disegno alla luce. «Dietro il lobo destro ha detto?», se lo toccò.

«Esattamente. È stato prodotto con un ferro rovente. Lo avevano entrambi i cadaveri. Ma sono stati certamente marchiati quando erano ancora vivi».

«Terribile, tremendo...». Friedrich continuò a elencare tutti i possibili sinonimi.

«L'impronta del timbro che Prospero ha trovato in tasca a quell'uomo corrisponde perfettamente. Le dice qualcosa un serpente marchiato dietro l'orecchio?»

«Non saprei», rispose Friedrich indignato, come se quella domanda fosse inopportuna di fronte a tanto orrore.

«Ci pensi bene: un serpente come quello che gira attorno al pomo del suo bastone».

«I carpocraziani», pensò ad alta voce. «Un'antica setta gnostica... Gli adepti portavano un serpente marchiato con ferro rovente dietro il lobo dell'orecchio».

«Un marchio come quello dei bambini?»

«Nessuno può dirlo, ma suppongo di sì. Molte sette cristiane delle origini segnavano col fuoco le orecchie dei battezzati, sostenendo di seguire in tal modo il vero esempio di Cristo, come dimostrato dalle parole di Giovanni Battista: "Io vi battezzo con l'acqua, ma viene dopo di me chi vi battezza nello spirito e nel fuoco"».

Per un istante a Pural si fermò il cuore. «Cos'altro sa? Prima ha detto che il barone von Hermann le ha parlato di un cristianesimo di matrice gnostica».

«I volkisch vanno parlando di un cristianesimo delle origini... Lo sa che il fu Richard Wagner, il grande compositore e mio intimo amico, era un Rosa Croce? Capisce adesso perché me ne sto qui a Torino, da solo?». Gli toccò il braccio e sussurrò: «Se vuole un consiglio, indaghi sul barone e sui volkisch che stanno tramando qui in Italia. Magari la sua indagine finirà con un mandato d'arresto anche per mia sorella e la sua vittima prediletta, suo marito Bernhard».

«Vedrò cosa si può fare. Il barone von Hermann è uno straniero, una persona molto in alto, non sarà facile». Sospirò guardando l'orologio. «L'ho trattenuta fin troppo. Lei mi è stato di grande aiuto, professore. Le sono molto grato. Ci rivedremo ancora?»

«Volentieri», rispose Friedrich mettendosi in piedi. «Nel frattempo cercherò di far lavorare il cervello». Si infilò il cappotto e attese che Pural gli aprisse la porta.

«Le chiedo la massima riservatezza».

Annuì con gli occhi solennemente chiusi.

«Le farò sapere quando ci incontreremo. Le manderò una carrozza, alla stessa ora di oggi».

Rispose che andava bene, ma che avrebbe preferito farsi trovare sotto i portici di via Po.

Pural gli afferrò la mano. «Quei bambini sono la mia priorità, professore. Il resto mi interessa solo perché potrebbe esservi connesso. Voglio mettere le mani sui rapitori, gli assassini, li voglio vedere pendere dalla forca. E non rinuncio all'idea che forse si possa ancora fare qualcosa per trovare gli altri, vivi, magari».

«Sono d'accordo».

«Coretti!».

La maniglia cigolò prontamente.

«Sì, colonnello».

«Fai accompagnare a casa il signore».

31

Il carabiniere gli toccò la spalla con la punta del piede. «Tu!».

L'ammasso scuro schiacciato contro il muro dell'androne non reagì.

«Ehi, tu!».

Come risposta, arrivò un mugolio lamentoso, poi quello che aveva tutta l'aria di essere un barbone si voltò dall'altra parte e continuò a russare pesantemente.

«Alzati, ragazzo!». Gli piantò uno stivale nel costato, producendo un rumore attutito. «Sveglia!».

Prospero spalancò gli occhi e arretrò di scatto strisciando sul fondoschiena. «Chi siete?». Sbottò, spingendosi indietro con i talloni. «Cosa volete? Io non ho fatto niente», balbettò terrorizzato, ancora non del tutto sicuro di essere sveglio.

«Siamo carabinieri», gli rispose una delle due sagome d'uomo che lo sovrastavano. «Cosa ci fai qua?»

«Abito qui», rispose Prospero timidamente, indicando la porta di casa sua, separata solo da una finestra dall'appartamento sigillato di Maria. «Proprio lì».

Uno dei due carabinieri si abbassò e gli tese la mano. «Vai a dormire dentro, qui fa freddo». Si alitò sui grossi guanti di pelle e li strofinò.

«Di notte ho paura a entrare», disse Prospero guardando verso casa. «Hanno ucciso la mia vicina». Afferrò la mano del carabiniere e si lasciò aiutare a mettersi in piedi.

«Entra pure, ci siamo noi».

Prospero lanciò un'occhiata all'altro carabiniere che, in disparte, si limitava a cambiare gamba d'appoggio a intervalli regolari facendo tintinnare il metallo che portava addosso.

«Non c'è nessuno dentro casa, ragazzo».

Prima di infilare la chiave nella serratura si voltò. Uno dei due, all'improvviso, gli fece: «Bu!», battendo forte il piede per terra. E rise.

32

Caro Signor Federico, questa lettera deve esserle caduta fuori dall'ufficio postale. L'ha trovata un buonuomo e l'ha consegnata a papà alla rivendita di giornali.

Buona notte
Irene

Non ricordava di aver ritirato una lettera in più di quelle portate a casa e lette con il solito piacere. Tuttavia il rettangolo di carta che stava tenendo tra le mani era più concreto della sua memoria; e la curiosità di leggere una lettera inaspettata, in un orario in cui solitamente questo è un evento impossibile, era più urgente di badare alle stranezze.

Non lesse il mittente per amore della sorpresa, ma il sorriso gli morì sui denti non appena l'ebbe aperta.

Carissimo fratello mio,

Spero con tutto il cuore che questa lettera ti giunga in tempo dal Paraguay per recarti i miei più cari auguri di un felice Natale.

Non passa giorno, fratello mio, in cui io non levi gli occhi al cielo ed esprima per te il desiderio che le tue giornate continuino a essere per sempre come le hai descritte nella tua ultima lettera. Ti ho visto, sai, mentre ti descrivevi: roseo, elegante, pieno di consapevolezza, il tuo portamento aristocratico...

Stai diventando un uomo famoso e io sono fiera di te!

Sono certa che la compagnia del barone von Hermann sia stata onorata della tua presenza alla festa. Te ne sarò riconoscente: abbiamo bisogno dell'appoggio di quelle persone. Sono molto speciali, Friedrich, e spero che tu ti sia trovato bene con loro, perché potranno essere molto utili anche a te. Vedrai quanto saranno determinanti nel portare in alto il tuo nome, il nostro nome, le tue idee, quelle di tutti noi!

Devi riguardarti. È importante che tu sia in salute, così che nessuno possa dubitare della lucidità del divino Zarathustra. Ricorda, Fritz, che sei il profeta della volontà di potenza: non sarebbe degno per un ariano del tuo rango non tenere fede alle aspettative. Abbi cura di te. Fammi avere il tuo indirizzo. Nessuno sa dove abiti, ma se ti conosco bene come credo, avrai di sicuro preso alloggio nei pressi di un ufficio postale. Ho chiesto ai tuoi amici Overbeck e Gasti, e neppure loro sanno dove abiti.

Un'altra cosa, Fritz, a proposito di amicizie: Gasti mi ha riferito alcune cose a suo dire scritte da te, che mi hanno lasciata a dir poco interdetta. Infatti, il signor Gasti sostiene di aver ricevuto una tua lettera nella quale lo informavi circa la tua intenzione di rivolgerti alla comunità ebraica (scrivo questa parola con lo stesso disgusto che provi tu a leggerla)!

Una mia cara amica, inoltre, dice di aver sentito che Zarathustra a Torino frequenta i massoni.

Non le rivolgo più la parola: ora so che è una mentitrice. In quanto a Gasti, consideralo un traditore.

Anche se sa quanto tu lo disprezzi, Bernhard mi ha chiesto di scriverti che ti saluta e che ti vorrebbe tanto vedere in Paraguay. È orgoglioso del lavoro che stiamo svolgendo qui nella colonia, anche se a volte è molto stanco e preoccupato per il denaro. Nueva Germania non prospera a causa della natura del terreno di qui, che non si adatta alle nostre tecniche di coltura; inoltre i collegamenti sono lenti, difficoltosi, e le malattie non danno tregua ai contadini.

Vieni a trovarci, Friedrich. Nonostante le difficoltà, abbiamo comunque creato un paradiso ariano, e sono certa che ti piacerà.

Qui non si fa altro che ripetere: Dio è morto! Il superuomo sta per nascere!

Ti amo, Friedrich

Tua sorella
Elisabeth

Distrusse la busta perché non ne restasse traccia. Poi, anche la lettera divenne pioggia di coriandoli, macchie di carta che si confondevano con le chiazze bianche e nere del pavimento in graniglia di marmo.

Forse con l'ausilio di una capsula di Polvere di Dover sarebbe riuscito a dormire un po'; senza, avrebbe trascorso la notte a pensare a quel Pural e al suo strano enigma.

Ne mandò giù due: liquirizia, oppio…

Un senso di quiete si posò su tutte le cose.

Si annunciava imminente l'aurora.

33

Venerdì 21 dicembre 1888

Passi?

Prospero spalancò gli occhi e non si mosse di un millimetro. Fissò il soffitto rimproverandosi di essersi addormentato. Come aveva potuto essere così imprudente? Si mise seduto sul letto e ascoltò con attenzione; aveva tutta l'anima nelle orecchie. Il cuore gli era già arrivato in gola, la testa gli pulsava al punto da non permettergli di sentire come avrebbe voluto. Ma non c'era di che dubitare: quel crepitare proveniva da fuori, erano passi, terriccio stritolato sotto suole di cuoio.

Ascoltò ancora. Vide la notte andare via dalla stanza, la prima luce del giorno che ne prendeva il posto filtrando dalle imposte della finestra e iniziando a definire i contorni degli oggetti.

Ancora passi. Si facevano sempre più vicini.

Strinse la coperta nel pugno mentre sentiva che qualcuno saliva i pochi gradini che conducevano al pianerottolo sul cortile.

Ora qualcosa stava scorrendo davanti alla finestra.

Una nuvola?

Un'ombra oltre il vetro.

Si alzò senza fare rumore, trattenendo il respiro, camminò in punta di piedi fino alla cucina, tirò a sé un pesante cassetto cercando di non fare tintinnare le posate che conteneva, e prese un coltello per la carne. Senza richiudere il cassetto tornò nell'altra, unica, stanza della sua casa.

Il coltello gli faceva strada nella penombra. Vide chiaramente una figura scura che si stagliava davanti alla finestra e poteva distinguerne con nitidezza i contorni.

Non era una nuvola.

«Chi è là!», gridò.

Lo spettro scuro si scostò senza rispondere; tutto, intorno a Prospero, si illuminò.

«Chi c'è?», disse schiacciandosi contro lo stipite della porta e poggiando l'orecchio al legno. «O Dio», sussurrò vedendo la lama del coltello che gli tremava davanti e udendo i passi sempre più vicini a lui. «Chi è?», strillò con una rabbia che, lungi dall'incutere timore in chiunque, tradiva tutta la sua paura.

Silenzio e ancora piedi che strisciavano per terra.

Respirò profondamente cercando di mantenere la calma.

Doveva pensare, ma non aveva pensieri adatti a scacciare dalla mente l'idea che si trattasse dell'assassino della signora Maria venuto per lui. Inspirare ed espirare lentamente non bastava. Pensare che la signora Maria non era proprio stata uccisa da nessuno, neppure. Poteva essere stato uno spirito maligno. Si convinse che solo una possessione demoniaca poteva spiegare la pelle luminescente di quello strano individuo, la catena alla porta, i sigilli...

E se il diavolo fosse passato dal suo corpo a quello di Maria?

Non era morto come gli era sembrato dapprincipio, si era mosso davvero, non era stata un'illusione suscitata dalla paura. Il che spiegava l'assenza del corpo al mattino: l'uomo era solo svenuto, si era ripreso e se ne era andato.

Eccolo. Era tornato per riprendersi le cose. Era lì fuori. Era il diavolo in persona.

Ora poteva sentire un rantolo maligno quasi alitargli sull'orecchio. Rabbrividì. Era come se dall'altra parte l'uomo stesse accostando la testa alla porta. Si convinse che solo lo spessore di quel legno tarlato lo stesse separando dalla morte.

Avvinghiò le dita legnose al manico del coltello cercando una preghiera da dire. Il momento era propizio al pentimento.

Vide la maniglia fare mezzo giro.

Scivolò con la schiena lungo lo stipite e si accovacciò a terra, a tremare. Comandò alle labbra di dire ancora una volta: «Chi è là?», ma era afono per la paura.

«Padre nostro», cominciò, «che sei nei cieli...». Strinse gli occhi. «Sia santificato il tuo nome».

D'un tratto il rantolo si scostò dalla porta. Poteva essere tanto efficace una preghiera? Udì i passi che si allontanavano.

Più efficace di una magia?

Aprì gli occhi sbalordito. Si scosse e afferrò alla svelta la maniglia, aprì. Fortunatamente era troppo tardi: riuscì a scorgere solo il lembo di una giacca scura di panno che veniva risucchiato dall'angolo di muro dell'androne. Si precipitò fino alla strada, guardò a destra, a sinistra, ma non vide nessuno. Chiunque fosse, si era come volatilizzato nel nulla.

Tornò indietro scuotendo la testa e ansimando. Non sapeva se essere più stupito dall'efficacia della preghiera o dal vedersi ancora tutto intero e vivo.

Guardò le finestre in alto.

Di sicuro qualcuno lo stava osservando e stava chiamando gli altri perché si affacciassero presto a guardare quel matto che si aggirava scalzo in cortile, in braghe da notte, brandendo un lungo coltello.

34

Giorni bui a Torino.

Morte in risposta alla morte. La pena capitale non era mai stata eseguita con una tale frequenza. Squartamenti, impiccagioni, ghigliottinamenti, mutilazioni, torture si susseguivano senza sosta. Era quanto di meglio si riuscisse a fare per placare l'ira dei cittadini nei confronti delle autorità, incapaci di trovare il colpevole dei rapimenti di chissà quanti neonati, oltre che di un'innumerevole sequenza di altri fatti di violenza. Fra i quali la morte del cardinale Martini, che nonostante la riservatezza della Curia non era sfuggita a lungo all'occhio sempre aperto della stampa.

La popolazione era indignata da quanto era riuscita ad apprendere. I giornali avevano dato eco a voci rabbiose. Si rimaneva sul sagrato dopo la messa, a discutere di cacce all'uomo.

Giorno dopo giorno era chiaro a tutti perché mai non fosse rimasto un solo zingaro in città: dopo aver fatto incetta di neonati erano fuggiti per evitare il linciaggio.

Erano in molti ad avere paura: le madri, i padri, gli uomini di chiesa. E anche gli altri non stavano tranquilli.

Ogni mattina, come prima cosa, da qualche mese, la gente correva a informarsi su quale fosse l'ultimo fatto, e nell'apprenderlo ammutoliva.

Cosa si poteva dire?

Era l'inferno.

Ma di tanto chiasso, solo un bagliore sonoro, una leggera eco giungeva nell'immenso salotto di Madame Adam, dove l'aria era alleggerita dalla musica.

Madame suonava il pianoforte accarezzando i tasti dolcemente, come se le note fossero bolle di sapone da non rompere perché restassero sospese nel vuoto più a lungo possibile.

«Avete una visita, contessa», annunciò con tenerezza una cameriera.

Impettito, mano infilata tra i bottoni del cappotto, Friedrich ritrasse l'orecchio con il quale stava origliando dall'anticamera in cui si trovava.

Una contessa?

«Prego, potete entrare», gli disse la cameriera aprendo una grande porta a vetri.

Al centro dell'ampia stanza, accanto a un pianoforte a coda nero, lo attendeva il dorso della mano di Madame Adam. «Cosa ci fa lei qui?».

Friedrich raccolse le sue dita ancora pulsanti per l'aver suonato, ancora profumate di musica, con uno sfuggente aroma di vaniglia. «Sono lieto, madame. Non ho saputo resistere alla tentazione di rivederla». Fece per accarezzarsi i baffi, ma era una scusa per restare un po' nascosto dietro la propria mano. «Quel che è successo fra noi alla festa...», disse, «spero non sia motivo di imbarazzo per lei».

Madame si risedette e arpeggiò. «Imbarazzo? Ma che dice? Solo non ricordo di averle dato il mio indirizzo».

«Posso?». Friedrich le si sedette accanto e suonò anche lui. «Non me lo ha dato, infatti».

«Chi glielo ha dato, allora?».

Ignorò la domanda. «Mi sono divertito molto al castello del barone».

«I partecipanti a certe feste hanno il dovere di tenere il massimo riserbo».

Friedrich tolse le dita dai tasti. Stette ad ammirare il suo profilo soave, seducente, illuminato in controluce dalla finestra e si convinse una volta di più che era suo dovere metterla in guardia. «Non dovrebbe frequentare certa gente».

«Non è stato accolto come si deve?», chiese madame spargendo note sulla tastiera a occhi chiusi. «Ha detto che si è divertito».

«Sì, ma solo grazie a lei».

«Io faccio parte delle persone che lei disprezza tanto».

«Io non credo, madame. I volkisch sono dei pazzi. Va bene, non nego che si sappiano divertire. È stata una bella festa. Non nego neppure che le loro idee abbiano molto di buono, non per niente mi considerano un loro mentore. Ma essi mi hanno frainteso. Io sono dalla parte della scienza e del sapere, non della magia. Non mi considero superiore per il solo fatto di essere un tedesco! Che follia! Chiunque, anche un ariano, ammesso e non concesso che esista una tale razza, può essere stupido, vile e decadente. La storia della Germania lo dimostra, Lutero lo dimostra, lo stupido Reich che abbiamo da diciotto anni lo dimostra. I tedeschi non sono migliori di nessuno. Nelle mie opere parlo di idee da abbattere e di uomini da cambiare e da migliorare, non di razze da sterminare e di sangue da purificare. Io sono uno scettico che esercita il suo sarcasmo e che intende annientare una religione e una civiltà, non un messia del Volk. Stia attenta, madame, perché lei non è tedesca e, anche se i suoi tratti sono vagamente ariani, non ha nulla della donna nordica. Quando sarà il momento, la loro stupida megalomania si accanirà anche contro di lei».

Madame andò sulle note più acute costringendo Friedrich a lasciarle tutto il sedile. «E dunque?», disse con fare altezzoso e distaccato.

«Le conclusioni le lascio trarre a lei. Volevo solo che sapesse chi si cela dietro le maschere di Thor, Odino, Baldur e Frigga, di guerrieri sassoni e quant'altro la loro fantasia sappia mettere insieme. I volkisch che lei frequenta si sono messi in testa idee a dir poco malate. Ho ragione di credere che pratichino un qualche culto gnostico, che abbiano aderito a una setta segreta qui in città, che facciano cose terribili».

«Non la capisco», disse Madame Adam sforzandosi di restare calma e ascoltare la propria musica.

«Come preferisce, contessa», disse Friedrich arrendendosi. «Avevo pensato di avvisarla per il suo bene. Lei è tanto giovane...». Si guardò intorno. «E vive sola...».

«Sono l'unica superstite di una famiglia sfortunata».

Friedrich sospirò con rassegnazione e tacque.

«Dica, allora», riprese madame dopo un po', «cosa sa che io non sappia sul conto degli amici del barone von Hermann?». I suoi arpeggi si sfaldarono lentamente.

«Non si tratta solo di un gruppo di amici», disse Friedrich cercando di essere più persuasivo. «È un'immensa rete ormai. I volkisch sono ovunque, da un capo all'altro del mondo, ispirati da gruppi occultistici con le idee molto confuse. Ripeto: molto confuse. Non si lasci ingannare, madame, presto i volkisch si toglieranno la maschera».

Madame staccò le mani dal pianoforte e gli rivolse l'attenzione. Poi, quando Friedrich riprese a parlarle, andò a sedersi sul divano.

«Pochi mesi fa, a Londra, è nato il circolo occultistico chiamato Golden Dawn, l'alba dorata, lo ha saputo?»

«No», disse lei, spazientita e curiosa allo stesso tempo.

«Infatti è una setta segreta», disse Friedrich. «Nessuno lo sa. Ma io sì. E ho ragione di sospettare di questo gruppo di invasati, persone altolocate e molto influenti, per le cose terribili che stanno accadendo a Londra ultimamente».

Madame si morse un labbro. «Parla di...».

«Parlo degli omicidi rituali attribuiti a questo fantomatico Jack lo Squartatore».

«O mio dio!». Madame si alzò di scatto. «È venuto per terrorizzarmi?»

«Stia a sentire, lasci stare quelle persone. Se conoscesse a fondo le loro idee folli se ne allontanerebbe. Praticano la magia, sono convinti che ci siano sull'Himalaya gli uomini discendenti della razza ariana, che essa esista ancora e che viva all'interno della Terra. Credono inoltre che tale razza abbia dominato il mondo in passato e che questo dia il diritto ai tedeschi di oggi di riprenderselo. Ovunque vedano una runa – e badi bene, essi credono che la svastica sia una runa – si persuadono che in quel luogo abbiano dominato i loro antenati ariani e che lì debbano tornare a dominare i tedeschi. La nobiltà e l'aristocrazia per loro sono una mera faccenda di sangue. Secondo loro la razza ariana, padrona del potere magico delle rune, è stata corrotta dal sangue ebreo, e alla perdita della purezza è seguita una drastica diminuzione dei poteri sovrumani». La fissò con intensità. «E quanto le ho appena detto, madame, non è sufficiente a rendere l'immensità della loro follia».

«Non vedo cos'abbiano di così mostruoso», oppose madame. «Hanno strane idee, e allora?»

«Allora potrebbero essere invischiati con la scomparsa di quei poveri neonati e con l'omicidio del cardinale Martini e con chissà cos'altro».

«So che fanno sedute spiritiche», concesse madame, braccia conserte, impassibile. «So che praticano i loro antichi e strani rituali, ma non sono mai stata tirata in ballo in cose che non capivo. Mi chiamano quando c'è bisogno di me, specialmente alle feste, perché sono una giovane piacente, ecco tutto. Lei mi parla di cose il cui significato mi sfugge».

«È davvero molto più che piacente», disse Friedrich.

Madame distolse e abbassò lo sguardo fingendo timidezza. «Non so niente delle cose che mi sta raccontando, Herr Nietzsche, io guardo solo i miei interessi. Dopo tutto, non ho ancora marito e a dispetto delle apparenze non navigo nell'oro».

«Ho sentito dire che suo padre, il signor Carlo Adam, era un uomo molto ricco».

«Lo era».

«Possedeva fabbriche di fiammiferi, se non sono male informato».

«E dunque?»

«Be', immagino che lei conosca gli effetti del fosforo bianco sul corpo umano».

«Non capisco di cosa sta parlando».

«Si dice che si aggiri in città un uomo luminescente».

Madame si lasciò scivolare le mani sul grembo e solo per un attimo abbassò lo sguardo, poi con fierezza disse: «Lei adesso sta pensando che io sia in qualche modo responsabile della morte di quei bambini, ma un giorno si ricrederà. Sono convinta che ci sia una giustizia alla fine dei tempi, e allora chi dovrà sapere quel che ho fatto, saprà».

Friedrich accavallò le gambe e la guardò. «Cosa intende dire?».

Ma lei, con disinvolte occhiate all'orologio sul muro gli fece capire che era giunto per lui il momento di togliere il disturbo. «Niente. Non intendo dire proprio un bel niente. Ho parlato anche troppo».

La assecondò. «Ora devo andare, madame».

«La prego, professore, di tenere la bocca chiusa».

«Ha la mia parola, ma a che proposito?»

«Io non ho mai avuto l'onore di ricevere in questa casa un tale professor Nietzsche».

«E perché dovrebbe negarlo?»

«Non voglio grane».

«Io posso proteggerla».

Lo sospinse verso la porta. «Non è necessario, grazie».

«Posso almeno chiederle di cenare insieme una di queste sere?».

Lo sbattere violento della porta alle sue spalle ebbe il suono secco e definitivo di un no.

35

In caserma si era presentato un giovane, uno studente squattrinato, che sosteneva di aver visto una donna gettare qualcosa nel fiume Dora, all'alba del 17 dicembre. Se lo ricordava, aveva detto a Coretti prima che arrivasse Pural, perché era il giorno dopo il suo compleanno e, infatti, lui stava tornando da una notte di festeggiamenti con gli amici.

A Pural pareva di avere di fronte, oltre la scrivania, Raskòlnikov, il protagonista di *Delitto e castigo*. Sembrava saltato fuori dal libro. Era così simile a come se lo era figurato leggendo il romanzo di Dostoevskij, che si chiese se non fosse il frutto della sua immaginazione.

A giudicare dall'aspetto, indurito, invecchiato, gli abiti sudici e lisi... A giudicare dal fatto che avesse tergiversato per quattro giorni prima di denunciare quanto aveva visto... Considerando che era stata promessa fin dal primo momento una ricompensa per chiunque avesse fornito informazioni utili riguardanti i bambini rapiti... Pural scommise con se stesso che ascoltarlo sarebbe stato tempo perso.

Pescò l'orologio dal taschino: le 19:00, il tempo scorreva spietato. Si sedette in disparte, nell'ombra. Accese un sigaro.

«Allora», disse bruscamente Coretti allo studente, che gli sedeva davanti, «racconta tutto al colonnello, per filo e per segno: cosa hai visto esattamente, e quando?»

«Posso averne uno?», domandò il ragazzo seguendo con occhi avidi le volute di fumo denso.

Pural si alzò e gli regalò un sigaro. «Dunque quella mattina eri ubriaco», gli disse. «Ancora non hai detto niente e già non ti credo». Lo fece accendere, e tornò a sedersi.

Lo studente si riempì la bocca di fumo aromatico. «Non ero ubriaco. Ricordo tutto molto bene». Fece un anello. «Saranno state all'incirca le cinque di mattina». Anello. «Anzi le quattro e mezzo, ancora non albeggiava». Anello. «Io passavo da lì, di ritorno da...». Si interruppe per fare una boccata e cominciò a creare una nuova sequenza di anelli. «Come vi ho già detto ho trascorso la nottata in giro con gli amici. Non ho bevuto», disse fissando Pural. Sollevò il mento e osservò con soddisfazione il fumo corposo che lasciava le sue labbra. «A un certo punto, mentre mi dirigevo verso il ponte Mosca, sulla Dora, vedo fermarsi una carrozza e scenderne una donna con qualcosa in braccio. Mi è parso un lenzuolo rigonfio, un bozzolo all'incirca di queste dimensioni». Mise quaranta centimetri tra un palmo e l'altro. «Era buio. C'erano solo i fanali della carrozza. Ma ho potuto vedere che la donna aveva il volto velato. Doveva essere una nobile di gran classe. Mi sono fermato senza farmi notare e sono stato a guardare, incantato dalla sua grazia. A quell'ora, nel crepuscolo, sembrava una visione magica».

«Arriva al dunque, ragazzo», lo spronò Coretti. «Cosa hai visto?»

«Be', si è sporta dal ponte con il fagotto in mano, ha guardato giù, e l'ha gettato nel fiume. Poi ne ha preso un secondo da dentro la carrozza e ha ripetuto l'operazione, infine è risalita a bordo ed è andata via di corsa».

«Saresti in grado di riconoscerla?»

«No, come ho detto aveva il viso coperto».

«Il cocchiere?»

«Non l'ho guardato, purtroppo, ero tutto preso da quel che faceva la donna e...».

«La carrozza?».

Si concentrò. «Era nera». Poi, più convinto: «Un modello Landau chiuso, con fari a cubo davanti, tirato da due cavalli. Quando mi è passata vicino... ho visto che aveva uno stemma sulla portiera». Mosse gli occhi in alto alla ricerca del ricordo. «Era un serpente o qualcosa di simile».

Un serpente sulla fiancata. La testimonianza del ragazzo si rivelava più interessante del previsto.

«Sei riuscito a vedere cosa ha gettato nel fiume?», domandò ancora Coretti.

«Secondo me...», esitò. «Secondo me erano due neonati».

Seconda parte

36

Sabato 22 dicembre 1888

«Gesù disse ai suoi discepoli: "Fatemi un paragone, ditemi a chi rassomiglio"». Valentino (il cognome non lo conosceva nessuno), classe 1847, internato nella clinica Turina per frequenti stati di agitazione nel lontano 1881 e mai più uscito, sbraitava da qualche minuto correndo su e giù per i corridoi e per le sale, da quando aveva ricevuto gli auguri di buon Natale. «Fatemi un paragone!».

Non era ancora Natale, ma si avvicinava, e dato che Valentino non lo sopportava e andava in escandescenze, qualcuno tra gli altri ammalati si divertiva ogni anno a stuzzicarlo con qualche giorno di anticipo. Ma questa era la prima volta che reagiva così.

«A chi rassomiglio?», gridava.

Due assistenti di fiducia del dottor Turina, uno secco e ossuto, l'altro con il volto tondo e butterato che pareva la luna, le spalle larghe, e una serie di bastoni nodosi al posto delle dita, escogitavano e provavano di tutto per riuscire a bloccarlo.

«Simon Pietro gli rispose: "Sei simile a un angelo giusto"».

Quello magro lo inseguiva impugnando una forcina per agitati. L'altro, il più robusto, cercava di tagliargli la strada tenendo una cintura di contenzione aperta e pronta per la vestizione.

Valentino sfuggiva come sapone bagnato e continuava a spargere le sue urla nelle stanze degli ammalati, improvvisamente rianimati da quel comportamento insolito. «Matteo gli rispose: "Maestro, sei simile a un saggio filosofo"».

La forcina, un manico di legno lungo e grosso come quello di una vanga, con all'estremità una mezzaluna di ferro ormai arrugginito, lo sfiorò senza sortire alcun risultato se non quello di provocare un brivido nell'infermiere che la brandiva.

Valentino, scostandosi in fretta dal tessuto di canapa e dai braccioli di cuoio, sgusciò via con facilità anche dalla cintura di contenzione, che l'infermiere più grosso teneva bene aperta come fosse una piccola rete per pesci.

«Tomaso gli rispose: "Maestro, la mia bocca è assolutamente incapace di dire a chi sei simile"».

La varietà delle reazioni degli altri malati era pari alla moltitudine di disturbi e casi clinici ospitati dalla struttura del dottor Turina. I più andavano eccitandosi e ascoltavano con avidità ogni parola che fuoriusciva dalle labbra di Valentino.

Uno fremette e cadde a terra scosso dal divertimento quando Valentino gli passò accanto gridando: «Io non sono il tuo maestro, giacché hai bevuto e ti sei inebriato alla fonte gorgogliante che io ho misurato!».

«Continua!», gli disse in preda a una felicità smodata il malato a terra. «Continua!».

Anche altri lo chiesero a gran voce.

E Valentino lo fece, dopo aver rovesciato un letto e scoperto uno dei pazienti che vi si nascondeva sotto, rannicchiato e tremante. «E Gesù prese Tomaso in disparte e gli disse tre parole».

«Afferralo!».

«TRE PAROLE!».

«Ora!».

«Accidenti!».

«Tre parole!», continuò a urlare Valentino. «Allorché Tomaso ritornò dai suoi compagni, questi gli domandarono...».

Un terzo infermiere, con la testa calva e due bande di capelli unti e schiacciati ai lati, lo attendeva di soppiatto alle spalle a braccia aperte e riuscì quasi ad afferrarlo. Lo gettò per terra, ma quando fu il momento di saltargli addosso e sommergerlo con il proprio peso, Valentino scattò in piedi, con una prontezza e una forza che solo i matti sono capaci di dimostrare, e riprese a strillare per la gioia degli altri, che vedendolo di nuovo libero gli chiedevano a squarciagola, sovraeccitati: «Cos'hanno domandato gli apostoli a Tomaso?»

«Cosa?»

«Cosa gli hanno chiesto?».

E Valentino disse: «Gli hanno domandato: "Cosa ti ha detto Gesù?"».

«Sì, è vero», disse un malato annuendo con tutto il corpo.

Un altro bussò timidamente sulla schiena del suo vicino e gli disse: «Sai? Lo avrei chiesto anch'io».

Valentino continuò: «E Tomaso rispose loro: "Se vi dicessi una delle parole che egli mi ha detto…». Si tuffò sotto un letto, ma ne riuscì in un istante strisciando all'indietro, rinculando come un elastico, e con un balzo fu di nuovo in piedi.

«Continua!», gli gridavano adesso tutti quanti, frapponendosi fra lui e gli infermieri in modo che non potessero prenderlo. «Parla, dai!». In molti si mordevano le mani per l'eccitazione, saltavano sul posto, si strappavano i grembiuli di dosso…

«Tomaso rispose: "Se vi dicessi una delle parole che egli mi ha detto», urlò Valentino, «voi dareste mano alle pietre per lapidarmi"».

Prima uno, poi l'altro, in breve una pioggia di oggetti cominciò ad attraversare il dormitorio in cui Valentino si era fermato per pronunciare le ultime parole del suo strano vangelo.

Volava di tutto.

Valentino osservò con immenso stupore: essi lo lapidavano.

E lo facevano con tutto quello che avevano a portata di mano.

«Se vi dicessi una delle parole che Gesù mi ha detto», urlò ancora, «voi dareste mano alle pietre per lapidarmi».

E a quelle rinnovate parole il numero degli oggetti volanti raddoppiò all'istante.

Schivando quelli che riuscì, accettando come miracoli quelli che ricevette sul volto, e suggendo il sangue che colava dalle ferite che gli procuravano, Valentino tuonò la conclusione:

«E dalle pietre uscirebbe fuoco e vi brucerebbe!».

Solo in quel momento, finalmente, l'infermiere secco, dopo aver lasciato la forcina di contenzione, riuscì a piombargli addosso con un tuffo e ad afferrarlo per le caviglie. Forza bruta senza pensieri. Strinse nella speranza che le gambe di Valentino si sgretolassero sotto la pressione della sua morsa, e attese che i compagni facessero il resto. Sapeva che in pochi secondi gli sarebbero stati sopra. Tutto sarebbe finito. Ma furono secondi interminabili, perché Valentino opponeva una forza sovraumana e non accennava neppure a perdere l'equilibrio.

L'infermiere ebbe il tempo di guardarsi attorno e di scrutare attraverso le gambe del malato, che teneva ben strette, alla ricerca degli altri due.

«La cintura, la cintura!», gridò. Ma non li vedeva più.

Poi con la coda dell'occhio vide qualcosa brillare fra le mani di Valentino. Sentì gocce e zampilli di un liquido leggero spruzzargli le guance, i capelli. Colò un fiotto dall'odore inconfondibile, si rovesciò su di lui e si allargò sulle lenzuola.

Un silenzio irreale si stese tutt'intorno, come spargendosi insieme ai vapori e al forte odore dell'alcool.

I malati erano tutti immobili con lo sguardo puntato su di lui, sembravano in attesa di qualcosa.

Ma nulla accadeva. Dove si erano cacciati gli altri?

L'infermiere, ancora con le caviglie di Valentino strette tra le braccia, ruotò appena la testa, all'altezza della sua mano e finalmente vide uno dei suoi colleghi. Ma il sollievo non durò che un attimo. «No! non farlo, no!», gridò l'altro assistente allungando un braccio verso di lui.

Poi la vampata di un fiammifero tra le dita di Valentino.

Carattere mansueto.

Socievole.

Mai un problema.

Non fosse per quella notte in cui se ne era andato in giro per i letti a dire a tutti che il Dio creatore di tutte le cose, visibili e invisibili, è maligno. O per quella domenica mattina di non molto tempo fa in cui si era messo a strillare durante la messa.

Il fiammifero toccò inesorabilmente il braccio dell'infermiere attonito, e poi terminò sul lenzuolo impregnato di alcool.

E fu un disastro.

37

La carrozza sarebbe stata troppo lenta. Il miglior purosangue della caserma, troppo lento. Lento, troppo, sarebbe stato anche volare sparato da un cannone o a cavallo di una saetta. Persino se avesse potuto materializzarsi sul posto come uno spettro gli sarebbe parso un tragitto interminabile.

Essere già lì prima che il fatto fosse accaduto?

Troppo tardi, troppo lento.

Pural, comunque, aveva dovuto optare all'istante per il miglior purosangue che Coretti era riuscito a trovargli, e che gli aveva prontamente fatto sellare (non abbastanza in fretta), e sul quale lo aveva aiutato a montare, impassibile di fronte al suo umore poco conciliante. Sembrava che il tenente capisse come pochi altri quanto fosse difficile per lui tenere sempre la schiena dritta, nonostante l'enorme peso che era costretto a portare, e il rimorso che lo stava visibilmente consumando, giorno dopo giorno, ora più che mai, aggravato dal non essere ancora riuscito a venire a capo dei rapimenti. Anche se si impegnava con un certo profitto nel non darlo a vedere, negli ultimi tempi la maschera di imperturbabilità che si era abilmente forgiato sul volto andava screpolandosi e lasciava intravedere sempre più spesso il profondo dolore sottostante.

L'impotenza gli stava avvelenando il cuore. Era la conferma del suo essere colpevole. Il cielo gli ricordava che era un padre assassino.

Troppo tardi, ma finalmente giunse davanti alla clinica Turina. Il fuoco era appena stato domato, con grande sollievo del dottore. I danni all'edificio non erano stati tanto ingenti. Per fortuna in una clinica psichiatrica l'arredamento è ridotto all'essenziale e il tutto è organizzato in modo da prevedere costantemente un gesto folle da parte di qualcuno. Pertanto, dopo le prime vampate, e dopo aver divorato quel poco che era riuscito a trovare, l'incendio si era placato da sé e i pompieri, arrivati subito, non avevano dovuto fare molto.

Il cavallo nitrì. «Fermi!», ordinò Pural spostando l'intero peso del corpo sulla staffa sinistra e mettendo entrambi i piedi a terra con un balzo. «Voglio vederli».

Quattro infermieri si scambiarono uno sguardo rassegnato e al tre adagiarono a terra le due salme che stavano portando fuori.

«Prego, faccia pure», disse l'infermiere più grosso.

«Sono le uniche vittime?», domandò Pural inginocchiandosi sui corpi per esaminarli.

«Sì», disse l'infermiere calvo con due bande di capelli solitamente schiacciate sui lati della testa, ma adesso irte per la gran confusione. «Valentino ha dato fuoco al mio collega». Aveva riconosciuto il colonnello dei carabinieri, il marito di Matilde. «Quest'altro è un paziente, è morto per la troppa eccitazione».

«Potete andare», disse Pural, scuro in volto, ma sollevato dal sapere che non era capitato niente di grave a Matilde.

Corse dentro per riabbracciarla.

Il dottor Turina era in cima alla scalinata, sull'uscio, con la testa fra le mani. «Un disastro», ripeteva continuamente. «Un tremendo disastro».

«Dov'è Matilde?», gli domandò Pural trafelato.

«Sta bene», rispose il dottore, desolato per tutto il resto. «L'incendio è stato circoscritto all'ala maschile», disse inseguendo Pural che camminava veloce addentrandosi nella clinica. «Non me lo so spiegare. Era un paziente così mansueto... a destra». I corridoi erano irriconoscibili per la gran quantità di oggetti accatastati e per il via vai di pazienti curiosi inseguiti da infermieri spaventati. «A sinistra».

«Mi dica cos'è successo».

«Valentino è andato in escandescenze dopo aver ricevuto gli auguri di buon Natale».

«Oggi non è Natale».

Turina, pallido ed emaciato, si chiuse nelle spalle. «Matilde è in quella stanza». Gli indicò una porta chiusa. «Sta riposando ed è tranquilla, non abbiamo dovuto sedarla, non si è accorta di nulla».

Pural andò ad accostare l'orecchio alla porta e stette per un po' ad ascoltare, annuendo con le labbra dischiuse in un sorriso. Poi tornò dal dottore con l'aria seria. «Posso parlare con Valentino?»

«Certamente», disse il dottor Turina mostrando un po' di sollievo nel potersi rendere utile in qualcosa. «Mi segua».

Alla fine di un lungo corridoio a elle, si fermarono davanti a una porta, una pesante placca di legno raggrinzito. Il dottore si tolse un grosso anello da sotto il grembiule e cominciò a recitare una sorta di rosario con le chiavi. «Sono tutte uguali», lamentò, scegliendone infine una tra le più piccole del mazzo. La infilò nella piccola toppa dello spioncino, che si inquadrava al centro della porta. Fece scorrere il piccolo chiavistello e aprì. «Tutto a posto», disse con la faccia infilata nella finestrella. La richiuse compiendo tutte le operazioni alla rovescia, poi ripeté il rosario delle chiavi. Quando ebbe trovato quella giusta, la girò nella toppa grande, fece scorrere il chiavistello grande, ruotandolo su e giù, diede una spinta alla porta e invitò Pural a entrare per primo.

38

Valentino era disteso al centro di uno strano letto in ferro battuto, su un sottile materasso, incassato tra due sponde alte e massicce. Era del tutto immobile, ma dalle pupille che gli correvano veloci sotto le palpebre e dal fremere della sua fronte si capiva che era sveglio.

«Un letto di contenzione per agitati», disse Turina rispondendo all'espressione attonita di Pural.

Anelli di cuoio uniti da una corda bloccavano il corpo di Valentino cingendogli il collo, le spalle, le braccia e le caviglie. Respirava a fatica, soffocava, e di tanto in tanto era scosso come da forti brividi.

«Tra pochi giorni è Natale», gli sussurrò Pural chinandosi appena. «Sei contento?». Il ghigno arroncigliato con cui reagì Valentino era, o così gli sembrò, un disperato tentativo di sorridere.

«Valentino...». Il dottore esitò. «Si è sempre comportato bene. Questa è la sua casa. Aiuta il giardiniere nella manutenzione del parco e svolge molte altre mansioni utili».

A Pural non tornava qualcosa. «Non è un paziente?»

«Lo è, ma ormai fa parte della famiglia, è un gran lavoratore e si guadagna vitto e alloggio. Io, del resto, preferisco che lui stia qui, gli siamo tutti molto affezionati». Si toccò la nuca. «E, come dimostra quel che ha fatto, non sarebbe in grado di sopravvivere un solo giorno là fuori».

«Lo sleghi», disse Pural.

Il dottore protestò risoluto. «Non è prudente, non si può, è meglio di no».

«Lo sleghi», insistette Pural.

«Non posso da solo».

«La aiuto io».

«No, dovrei prima chiamare i miei assistenti, solo loro hanno le chiavi». Scoccò un'occhiata al lucchetto sulla cinghia che univa gli anelli di cuoio.

«Allora gli tolga il bavaglio e ci lasci soli».

Il dottore scrollò le spalle e, anche se molto contrariato, eseguì. «Non l'avevo mai vista così, colonnello», disse mentre scioglieva il nodo al bavaglio. «Le farebbe bene una vacanza».

«Grazie del consiglio, dottore». La voce di Pural veniva da lontano. «Mi perdoni. Lo terrò presente».

«Ecco fatto. Ma sia prudente, come le dicevo...».

«Può stare tranquillo». Il calcio della rivoltella d'ordinanza spuntò dalla fondina come a voler dire che il dottore poteva credergli.

Alle sue spalle, la porta scivolò nei cardini e il chiavistello negli anelli di ferro.

«Cos'hai combinato, Valentino?», chiese mettendosi a cavallo di una sedia con le braccia poggiate sullo schienale.

«Lo sa già».

«So solo che volevi dare fuoco alla clinica e che ci sei quasi riuscito. Hai ucciso un uomo che voleva aiutarti. E un secondo è morto di paura».

«L'avevo avvisata, colonnello, ma lei non ha voluto darmi ascolto».

«Devi scusarmi, ma non avevo capito».

«Lei è il carabiniere più gentile che abbia mai visto», disse Valentino. Il suo tono di voce un po' infantile era il segno lieve, ma chiaro, del suo discostarsi dalla normalità, ma per il resto Pural lo aveva sempre considerato un uomo simpatico con cui talvolta era stato piacevole scambiare due parole, nei momenti sempre malinconici in cui si recava da Matilde.

«L'ultima volta mi hai raccontato qualcosa a proposito di Gesù, ricordi?».

Balbettò parole sconnesse, poi disse: «Gesù non è quel che tutti credono, io lo so».

«Perché hai dato fuoco alla clinica? Qui ti trattano bene, questa è casa tua».

Valentino era obbligato a guardare in alto, ma fissava con una tale intensità che pareva leggere qualcosa sul soffitto. «So cose che bruciano».

«Posso saperle anch'io?», Pural protese l'orecchio alle sue labbra. «Vuoi dirmele?»

«La brucerebbero, gliel'ho detto».

«Ora tu sei legato», obiettò Pural. «Non puoi fare niente».

«Cosa vuole sapere?»

«Voglio che tu mi ripeta la storia di Gesù e del Dio cattivo, l'ho dimenticata. Oppure la storia dei Figli della Luce: ho dimenticato anche quella».

«Non mi ha ascoltato».

«Ora sono qui per ascoltarti».

Cominciò ad agitarsi, ma mollemente. «Non posso, non posso».

«Sì che puoi. Voglio che tu mi dica tutto quello che sai».

«Io non sono pazzo».

«Lo so».

«Lei vuole solo deridermi», disse Valentino. «Non mi ha mai creduto».

«Io ti credo».

«No».

«I Figli della Luce hanno la pelle luminosa? Non sei l'unico ad averli visti».

«I Figli della Luce sono preti della chiesa».

«Di quale chiesa?»

«La santa Chiesa apostolica romana».

«Ci sono anche qui a Torino?»

«Sì...». Il suo corpo, costretto dalle corde, era attraversato da scariche di tremiti. «Io ero un prete, tanti anni fa. Ero uno di loro».

«Davvero?»

«Sì. Anche mio fratello lo era».

«Non sapevo che avessi un fratello».

«Ora lo sa».

«E poi, cos'è successo? Perché avete smesso di essere preti?»

«Ci hanno mandato via». Sussultò. D'un tratto era una furia. Sembrava sul punto di riuscire a spezzare gli anelli di ferro in cui scorreva la corda. Poi, senza preavviso, la corda si allentò. Lentamente, Valentino distendeva i muscoli. Sembrava aver voglia di parlare.

Un insperato momento di requie.

A Pural sembrò di trovarsi nell'occhio di un ciclone. «Ti ascolto», gli disse, in tono complice e calmo. «Se mi dici quello che sai ti faccio slegare».

«I Figli della Luce seguono il vero vangelo. Sono preti che si riuniscono in segreto per praticare il cristianesimo delle origini».

«Eretici?»

«Sì». Valentino rise.

«Spiegami meglio», disse Pural, suadente. «Io non ho studiato teologia».

«Esistono vangeli più puri. Il vero Cristo e il vero cristianesimo sono diversi da quelli predicati dalla Chiesa. Non sono per tutti, sono l'opposto di quel che è prevalso nei secoli. I Figli della Luce sognano di restaurare una verità che essi hanno tenuto in vita custodendo i vangeli condannati».

«Le strane parole che hai urlato stamattina vengono da uno di questi vangeli?».

Annuì rapidamente. Sembrava felice di rispondere. «Il vangelo di Tomaso».

«I Figli della Luce possiedono questo vangelo?»

«La verità è per pochi. Gli uomini non sono tutti uguali. Non gettate le perle ai porci! Tre parole!». Valentino riprese ad agitarsi. A gridare. «Non tutti possono capirlo, ma solo coloro ai quali è stato concesso!».

«Cosa significa?», Pural stava assistendo alla furia che, poche ore prima, lo aveva portato a dare fuoco all'infermiere.

«Gesù disse: "Io comunico i miei misteri a coloro che sono degni dei miei misteri. Ciò che fa la tua destra, la tua sinistra lo deve ignorare"».

Doveva trovare un'altra via per uscire da quel labirinto di follie. «Sai qualcosa di un serpente?»

«Il potere di Satana», mormorò dimenandosi, la voce compressa dallo sforzo.

«Pregano Satana?»

«Il serpente è il bene».

«Il serpente piace agli uomini luminosi?»

«Sì». Il corpo di Valentino fu attraversato da intense scariche di fremiti. «Noi lo amiamo».

«Ma tu non sei luminoso, Valentino».

«La vera luce è nascosta. Chi è luminoso fuori è solo un malato. Il serpente viene dal Regno della luce, dal Padre vivente, che è al centro del Pleroma. La vera luce è dentro di noi».

«Dove posso trovare i Figli della Luce?»

«Ovunque».

«Non vivono sottoterra?»

«I Figli della Luce no». Ridacchiò acquietandosi. «I Figli della Luce sono uomini e donne di chiesa, preti, suore, vescovi...».

«E chi c'è sottoterra, allora?»
«Sottoterra c'è la nuova chiesa dei Perfetti».
«I Figli della Luce conoscono i Perfetti che vivono sottoterra? Vanno da loro?»
«Sì».
«Sai dirmi come si fa a entrare sottoterra?»
«Non lo so».
«Dimmi del Regno della luce, Valentino. Com'è fatto?»
«Conosci te stesso».
Pural sorrise. «Vorrei tanto conoscere tuo fratello. Mi dici dove abita? Lo andrò a trovare e gli porterò i tuoi saluti. Gli farà piacere».
«Gesù disse: "Colui che non odierà suo padre e sua madre, non potrà divenire mio discepolo. Colui che non odierà i suoi fratelli e le sue sorelle, non sarà degno di me».
«Gesù ha davvero detto queste parole?»
«Le ha dette a Didimo Giuda Tomaso, Matteo le ha udite».
«Non sapevo che Gesù fosse così malvagio».
«Gesù disse: "Forse gli uomini pensano che io sia venuto a gettare la pace sul mondo e non sanno che io sono venuto a gettare divisioni, fuoco, spada, guerra. Cinque saranno in una casa: tre contro due e due contro tre, il padre contro il figlio e il figlio contro il padre. Ed essi se ne staranno soli"».
Il Gesù di Valentino evocò alla mente di Pural lo Zarathustra di Nietzsche. «Dove abita tuo fratello? Come si chiama?», gli sussurrò dolcemente nell'orecchio.
«Lei conosce chi lo sa».
«Vuoi dire che io conosco chi sa dove abita tuo fratello? Di me ti puoi fidare. Io sono tuo amico».
«Il mio amico colonnello», confermò Valentino calmandosi del tutto, con la stessa rapidità con cui dava in escandescenze. «Noi siamo amici».
«Amico», disse Pural accavallando il medio sull'indice.
Se non fosse stato legato al letto di contenzione, Valentino avrebbe come al solito ricambiato quel gesto, accompagnandolo con un sorriso puerile.
Si fece perdonare la mancanza dicendo: «Nessuno resta vivo se tradisce, se lascia. Ma il generale ci difende. Anche il generale è amico». Sorrise facendo di sì con la testa. «Come il colonnello».

Quasi Pural cadde dalla sedia. «Il generale chi?». Gli strinse il braccio. «Di chi parli?»
«Mio amico».
«Se fosse tuo amico sapresti come si chiama. Lo sai?»
«Non lo so».
«Il generale protegge anche tuo fratello?»
«Lui è buono con noi».
«Lui ha a che fare con gli uomini luminosi?»
«No, non più».
«Vuoi dire che ne ha avuto in passato?»
«Adesso è tutto cambiato. Adesso sta per cambiare tutto». Tacque.
Pural lo scosse quasi con rabbia. Ma Valentino era divenuto improvvisamente assente, come se il filo sottile e tormentato che lo teneva in contatto con la realtà si fosse spezzato. E iniziò a cadenzare una nenia. «Il corpo di Cristo. Amen. Il corpo di Cristo. Amen».
Lo scosse ancora. «Valentino!».
«Il corpo di Cristo».
Si alzò e gli prese la testa tra le mani, lo guardò negli occhi. «Parla con me».
«Amen».
Era inutile.
«Il corpo di Cristo».
Sconfortato, Pural andò a bussare alla porta e attese che gli aprissero, mentre Valentino, lo sguardo fisso sul soffitto, continuava a cadenzare sempre le stesse parole.

Come aveva assicurato il dottor Turina, Matilde stava bene. Sedeva come sempre davanti alla finestra, muta e immobile, non fosse per l'uso che faceva delle mani tra le onde dei suoi capelli, carezzandoli lentamente dall'alto in basso, districandoli, mordendoli, assorta nei suoi impenetrabili pensieri.
Le andò accanto, le prese il mento e le sollevò il viso. Era serena, meno pallida del solito, gli occhi vivi che indagavano l'esterno. Fu stupito di vedere sulle sue labbra, più rosse, ma sempre screpolate, un sorriso leggero che svolazzava come una farfalla, e un velo di colore sulle sue guance, che scendevano dolcemente dagli zigomi. «Oggi sei più bella che mai», le sussurrò.
Lei gli toccò la mano facendogli impazzire il cuore. «Chi sei?»

«Sono Giorgio, tuo marito. Come ti senti oggi?».

Udendo quelle parole, come risvegliandosi da un sogno, sollevò il capo. Le lunghe ciglia pennellarono sui suoi occhi chiari che cercavano di mettere a fuoco l'immagine contro luce di Pural.

«Voglio tornare a casa».

«Non desidero altro che il tuo ritorno, non penso ad altro, mi manchi». Le disseminò di piccoli baci il dorso della mano. «Il dottore dice che stai meglio, credo che presto potrai uscire».

Matilde annuì guardando fuori il sole che lambiva il profilo di una nuvola. «Voglio tornare da Lidia».

39

Il tempio della massoneria era un ambiente enorme, freddo, l'aria sapeva di muffa e fumo di candele. Friedrich si addentrò seguendo il leggero ma insopportabile afrore emanato dall'uomo che gli stava facendo strada. Ascoltò i propri passi riverberare metallici sul pavimento a scacchiera, rimbalzare tra i muri ricoperti di ardesia nera, fino a una grande sala con al centro due colonne diverse tra loro, scanalate di giallo, e poggiate su basi dorate. In alto, al centro, dominava un vaso di bronzo da cui sgorgava una fiamma diafana, dietro la quale si riusciva a intravedere un grande compasso sormontante una squadra, ricamato su un drappo rosso sangue.

«Benvenuto, Herr Nietzsche».

Friedrich non vide nessuno (oltre una certa distanza, tutto era ricolmo di un'oscurità scintillante), ma la mano dell'uomo che lo aveva accompagnato gli indicò da che parte guardare.

«Buonasera, professore». La figura dai contorni indefiniti di un uomo gli andò incontro. «Sono lieto di riceverla, è davvero un grande onore».

Si strinsero la mano.

«Il piacere e l'onore sono miei, anche se tutto avrei potuto immaginare tranne che entrare in un luogo come questo». Sembrava di udire rumori provenire dal fondo della sala. «Posso contare sulla sua riservatezza?»

«Siamo nel tempio della riservatezza», rispose il Gran Maestro.

«Nessuno deve saperlo, anche perché non so ancora bene quel che faccio».

«L'Ordine l'ha invitata, lei ha risposto: sa quello che fa».

«Vi siete detti disposti a sostenere economicamente la pubblicazione di alcune mie opere. Questo mi interessa molto. Sono qui per questo». Sollevò lo sguardo alla volta. «Ma non sono tipo da cattedrali io».

«Anche se non diventerà un massone, non le verrà a mancare il nostro supporto, professor Nietzsche. Il suo lavoro è molto importante per noi, la sua presenza qui a Torino ci riempie di gioia».

Friedrich mosse la testa di lato. «Molto bene», disse a bassa voce. Ancora gli pareva di sentire dei bisbigli provenire dal fondo della sala.

«Siamo soli», lo rassicurò il Gran Maestro. «Sono gli zampilli d'acqua».

«Molto bene».

«Vorrei farle vedere una cosa, professore».

«Bene».

«Mi segua».

«Sì». Diede un colpetto di tosse, uno strattone al bavero della giacca e si incamminò alle spalle del Gran Maestro fischiettando l'*Habanera* di Bizet.

«La notizia di ogni suo nuovo libro giunge su Roma come una palla di cannone», disse il Gran Maestro lasciando affiorare la sua soddisfazione.

«Io sono dinamite», rispose Friedrich continuando a fischiettare.

«Non so se essere contento per quello che sto per dirle, allora».

«E perché mai?»

«Perché ciò che le mostrerò rischia di gettare acqua sulla sua polvere da sparo».

«Cosa intende?»

«Non sono sicuro che reggerà il colpo. Dopotutto lei ha speso i suoi ultimi anni a guerreggiare contro il cristianesimo, e scoprire d'un tratto che esiste al mondo un'arma in grado di annientarlo non dovrebbe farle piacere».

«Non so se la diverte», protestò Friedrich, «ma io comincio a mal tollerare tutto questo mistero. Cos'ha da farmi vedere di tanto strabiliante?»

«Un attimo di pazienza e lo scoprirà».

Si fermò davanti a un tavolo con grosse gambe in bronzo ricurve e scolpite, e si scostò per lasciare che Friedrich vedesse. «Intanto, le piacerà sapere...».

Friedrich strizzò gli occhi.

«...Che oggi verrà finalmente pagato per gli incontri, o chiamiamoli seminari, che ha tenuto per i nostri fratelli nei mesi di settembre e ottobre...».

Erano pile di banconote legate a mazzetti quelle che svettavano sul piano del tavolo?

«...C'è di che stare tranquilli per un bel po' di tempo, così da potersi dedicare al suo lavoro, professor Nietzsche».

Si avvicinò a grandi passi e ne ebbe la conferma.

«Soldi, professore. Il denaro che le era stato promesso».

Friedrich ne aveva le mani piene. Gli baluginava negli occhi.

«Tutto per lei!».

«Tutto?». Provò a contarlo ma si fermò alla prima decina di mazzette. Il cuore scalciava nel petto.

«Siamo certi che ne farà buon uso».

«Siete molto gentili, davvero. Da quando sono qui a Torino sono oggetto di molte attenzioni e premure, e neghereste invano di essere gli artefici del clima ottimale che mi circonda».

Il Gran Maestro si sollevò sulle punte e si lasciò ricadere sui tacchi. «Non nego che, laddove abbiamo potuto, ci siamo impegnati perché lei si sentisse a suo agio».

«Non so come potrò mai sdebitarmi».

«Non è in debito con me».

L'ultima vocale colpì e increspò l'aria come un sasso la superficie di uno stagno e riecheggiò in alto.

«E con chi?»

«Ho girato la sua richiesta alla comunità ebraica».

«Ebbene?»

«È ben disposta a finanziarla. Hanno capito che non è un antisemita, anche se le sue opere sono assurte a vangelo per chi odia gli ebrei, un odio che va crescendo e diffondendosi qui in Europa, in modo preoccupante. Ed essi sono preoccupati, giustappunto». Il Gran Maestro tergiversava strofinandosi le mani inguantate di bianco.

«E dunque?»

«E dunque, questo denaro», indicò il tavolo ingombro di banconote, «proviene dalla generosa mano giudea».

Friedrich incrociò le braccia e sbuffò.

«Riceverà molto altro denaro se accetterà di scrivere qualcosa che chiarisca definitivamente la sua posizione nei confronti dell'antisemitismo. Non le chiedono di rinunciare ad alcuna delle sue idee, ci mancherebbe, ma soltanto di rendere più espliciti alcuni punti del suo pensiero. Essi sperano che questo possa sottrarre linfa ideologica alla pianta velenosa che sta crescendo un po' ovunque, e considerano per varie ragioni la Germania il terreno più adatto al suo proliferare. Se da una parte le sue idee, professore, sono così estreme e vicine all'attuale sentimento antisemita, dall'altra proprio per questo possono fungere da cavallo di Troia, mi conceda quest'espressione, aggredendo dal di dentro il morbo dell'antisemitismo. La sua filosofia, in altri termini, dimostrerebbe la possibilità di un super uomo a prescindere dal suo sangue e quindi dalle discriminazioni razziali, un super uomo che potrebbe essere anche ebreo, insomma».

Friedrich rise. «Certo che sì! Io non sono razzista. Considero che ci sia un'unica razza umana, e che vada cambiata. Tuttavia vorrei ricordarle, Maestro, che sono proprio gli ebrei a dare tanto peso al sangue, si considerano una razza, e per di più la razza eletta da Dio e votata legittimamente al dominio della Terra. Ora, se qualcun altro si agita per questo e asserisce a sua volta di appartenere a un popolo privilegiato sugli altri da un Dio migliore, io non posso fare altro che stare a guardare in attesa di scoprire chi dei due avrà la meglio, sperando di vederli soccombere entrambi. Dubito di vivere abbastanza a lungo, ma non dubito neppure un istante che alla fine gli ebrei risulterebbero vincitori della guerra immane che si scatenerebbe, perché gli ebrei sono operosi e ricchi, studiano con ardore e intraprendono, lo fanno da migliaia di anni, uniti dal non avere una terra che li unisca. Gli ebrei sono ovunque».

«Allora accetta?»

«Quanto denaro?»

«Tutto quello che le serve, per fare stampare i suoi libri, farli tradurre in tutte le lingue possibili, raggiungere per seminari e convegni le principali università del mondo, fare in modo che i giornali, tutti i giornali, ne parlino e che a lei non manchi niente. Un nostro uomo di fiducia le consegnerà di volta in volta la somma che le necessita. Non si tratta di un versamento a suo conto, ma più propriamente di un supporto, una sorta di vitalizio variabile secondo le esigenze. Tutto questo, però, a condizione che lei viva qui a Torino. In caso contrario l'accordo non dovrà più considerarsi valido».

«Se vuoi la pace dell'anima e la felicità, credi», disse Friedrich. «Se vuoi essere un seguace della verità, cerca!».

Il perché di quelle parole sfuggì al Gran Maestro, ma non la considerò una cosa importante, così non fece domande. Quel che contava adesso per lui era che il professor Nietzsche gli stesse stringendo la mano con energica convinzione; e per quest'ultimo, che il grande progetto di trasvalutazione di tutti i valori, come lui era solito chiamare la sua battaglia contro la cultura cristiana, ruggiva minaccioso contro gli antichi e i moderni nemici del super uomo, annunciando il suo arrivo.

Si incamminarono attraverso ambienti traboccanti di simboli, stemmi, araldi e oggetti che a Friedrich riusciva impossibile vedere con sufficiente nitidezza, a causa della luce troppo fioca che, filtrata dalle poche vetrate nella parte alta, raggiungeva a stento il pavimento.

Il Gran Maestro liberò un sospiro. «Se il suo amico, il barone von Hermann, lo venisse a sapere, lei si troverebbe in seria difficoltà, professore».

«I volkisch non sono miei amici».

«Il nostro Ordine negherebbe di avere mai avuto a che fare con lei, questo è mio dovere dirglielo».

«Non avevo dubbi».

«L'Ordine svolge una mera funzione di mediazione, mosso da nobili intenti filantropici».

«Certo», disse Friedrich con ostentata indifferenza. Avrebbe voluto piuttosto sapere dove lo stesse portando e che cosa gli volesse far vedere di così incredibile.

«L'odio per gli ebrei che si va diffondendo nel mondo a macchia d'olio è un fenomeno alquanto singolare, non trova, professore?»

«Sì, in effetti…».

«Li si accusa da sempre di cospirare ai danni della cristianità. Ma ora si sta dando libero sfogo alla fantasia!».

«Allude alla propaganda antisemita del partito cristianosociale?»

«Certamente. Sono fanatici intollerabili».

«Sono d'accordo».

«Sostengono che la finanza e la stampa siano nelle mani degli ebrei! Li accusano di provocare le crisi economiche degli stati».

«E alla legna, alla base del rogo che si sta apprestando per gli ebrei, dovrebbe aggiungere gli articoli del giornalista tedesco Marr», osservò Friedrich, che non perdeva mai l'occasione di sottolineare la capacità di eccellere in decadenza propria dei suoi connazionali.

«Marr?». Il Gran Maestro si strinse il mento tra due dita e guardò in alto. «Wilhelm Marr? Quello che ha coniato il termine antisemitismo, se non erro».

«Non erra».

«È a dir poco farneticante, ma ho sentito dire che, ciò nonostante, miete sempre più consensi».

Il pensiero di Friedrich volò in Paraguay e la figura torva di Elisabeth gli si parò davanti con le mani puntate sui fianchi e un'espressione accigliata di delusione e rimprovero per quella conversazione. «Conosco le idee con le quali Marr vorrebbe salvare la Germania e il mondo intero».

«Sono tesi incendiarie in un momento come questo!».

«Egli intende la storia e il futuro della Germania come una lotta tra lo straniero semita (la razza biologicamente inferiore, estranea e impura degli ebrei) e la nativa schiatta teutonica...». Fece una pausa e con grande perplessità aggiunse: «Ariana».

«Che follia!».

«Per ottenere un bel rogo, può anche aggiungere le montagne di carta prodotte da tanti esoteristi e occultisti, tra i quali spicca attualmente una certa Madame Blavatsky, non so se l'ha mai sentita nominare».

Il Gran Maestro annuì. «Certo, certo».

«Ha appena pubblicato il suo ultimo capolavoro di ignoranza, *Iside Svelata*. Un maliziosissimo tentativo di conciliare il darwinismo con il medioevo».

«Confermo. Tutto questo insieme, e chissà cos'altro si sta preparando: una miscela combustibile capace di incendiare la Terra», commentò preoccupato il Gran Maestro. «Comunque, mi fa molto piacere sentirla parlare così, professore. Se solo il mondo sapesse!».

«Sono qui per questo, no?»

«Già». Il Gran Maestro gli lanciò un'occhiata d'intesa. «Con questo non la scagiono del tutto, però». Una seconda occhiata d'intesa.

«Ora le rivelerò un segreto, Maestro».

Questi alzò le mani e si fermò. «Siamo nel tempio dei segreti...».

Gli sussurrò nell'orecchio: «Lei sta parlando con il primo spirito del millennio. Io sono un predestinato».

Il Gran Maestro aggrottò le sopracciglia e si trattenne dal ridere.

«Ebbene, nei miei scritti, talvolta oltrepasso la misura, sono violento, cattivo, perfido, senza scrupoli. Non nego di essermela presa con gli ebrei, e con veemenza. Ma non con il popolo, bensì con le sue idee. Non ce l'ho con il topo, ma con le pulci pestifere che porta nel pelo, con il suo fetore. Mi capisce?».

Non ricevette risposta.

«Il solo genere d'uomo, e quindi di lettore, che mi si confà è quello che sa difendersi da me, e da quel che legge in generale. Pangermanisti, volkisch, razzisti come la Blavatsky, o i Wagner! O come quei debosciati di mio cognato e sua moglie, non hanno niente a che vedere con il sottoscritto. Io giudico le idee, non il colore della pelle di chi le trasmette. Io cerco nel prossimo la sua volontà di potenza, la sua brama di esistere e di vivere. L'egoismo dei popoli, come io definisco la supponenza di chi si unge di superiorità secondo chissà quale dogma, io lo condanno a morte».

«Non vedo l'ora che il mondo sappia!». Il Maestro tirò un lungo respiro e si fermò indicando un ingresso tra due enormi stipiti sormontati da un architrave che – Friedrich poteva solo inferirlo da alcune ombre – erano decorati con molte incisioni.

Simboli antichi.

Geroglifici egizi.

«Adesso voglio farle vedere una cosa. Voglio il suo parere».

Uno dopo l'altro volsero lo sguardo alla luce scura che ondeggiava mollemente nella sala.

«Cosa?»

«Fotografie molto speciali. Deve vedere con i suoi occhi. Non voglio rovinarle la sorpresa».

Una sorpresa.

Solo una delle tante in un periodo per lui dominato dagli enigmi.

40

Pioveva fitto, gocce scure come la notte.
«Per fortuna qui a Torino abbiamo i portici!», esclamò Friedrich avviluppandosi nel cappotto.
Prospero gli strinse la mano. Con l'altra si teneva la bombetta schiacciata sul petto, che gli andava su e giù come un mantice. «È finito un autunno magnifico!».
«Vero!», sospirò a sua volta Friedrich per una sorta di simpatia istintiva che sentiva essersi instaurata tra lui e il ragazzo. Quell'individuo gli piaceva. Era quel che lui definiva un benriuscito. Un giovane tagliato in un legno duro, delicato e odoroso al tempo stesso, la cui vicinanza fa bene ai sensi. «Il cielo durante l'autunno è stato un dipinto di Claude Lorrain permanente», chiosò sorridendogli.
Prospero posò il cappello sulla propria testa, emanando un inedito effluvio di pomata per capelli all'ambra, dello stesso tipo usato da Pural, e diede due colpi di tosse di circostanza guardando il cielo gonfio di pioggia nera. Si chiedeva chi mai fosse questo Claude Lorrain.
«Da dove vieni, Prospero, cosa ci fai in giro con questo tempo?»
«Avevo la stessa domanda per lei, professore».
«Mi piace pensare passeggiando sotto i portici quando piove e per dirla tutta ho un appuntamento».
«Io, invece, avevo deciso di tornare a casa dopo aver visto il cielo minacciare pioggia».
«E perché non lo hai fatto?»
«Ho paura».
Friedrich trasalì. «Hai detto paura?»
«Sì, ho detto paura». Prospero ne provò una dose aggiuntiva nel guardare gli occhi furenti di Friedrich che agitava il plaid appeso all'avambraccio e il suo nuovo bastone da passeggio.
«Bisogna avere solo coraggio! La paura rende l'uomo un topo viscido».

Sempre più intimorito e imbarazzato, Prospero provò a spiegare che la sua vicina di casa, una donna anziana, era morta in modo inspiegabile dopo aver visto uno strano individuo e che, siccome lo aveva visto anche lui, non voleva rientrare a casa temendo che potesse accadergli lo stesso.

«Sono informato su quello che ti è accaduto. Essere vicini di casa, però, non significa condividere lo stesso destino».

«Lo so, ma...».

«Ma, ma», protestò Friedrich. «Dovrebbe essere la morte ad avere paura di te». Gli diede una pacca sulla schiena. «Devi coltivare la tua forza, devi essere coraggioso». Agitò un pugno. «Capito ragazzo mio?»

«Sì, ho capito». Prospero abbassò timidamente lo sguardo. «Ha ragione. Sono un debole. Un codardo».

«Ben detto!».

«Sono un verme».

«Giusto».

«Un essere meschino».

«Esattamente».

«Sono una femminuccia», aggiunse infine ridendo e aspettandosi la conferma da Friedrich il quale, però, si limitò a dire: «Bisogna essere al di sopra dell'umanità».

Camminarono senza parlare, tirando lunghe sorsate di aria bagnata e guardando il portico scorrere a lato in una sequenza ininterrotta di archi di cielo bruno posato sui palazzi che sembravano essere stati concepiti per intonarsi con quel colore.

«Usi la stessa pomata per capelli del colonnello Pural, tuo cugino», osservò Friedrich.

«Mi deve perdonare, professore, io non ho potuto sottrarmi alle sue richieste, è un suo appassionato estimatore», disse Prospero, interpretando quella domanda come un'allusione alla menzogna di cui si era reso colpevole.

«Non è necessario che continui a recitare, so benissimo che il colonnello non è tuo cugino».

Prospero, occhi tondi: «Non lo è?»

«No».

«Io credevo che lo fosse».

«Non ti biasimo, però. Ci vuole coraggio per mentire».

«Sono stato costretto».
«Lo so».
«Quindi non mi considera un vigliacco, una femminuccia?», disse Prospero con un entusiasmo che gli fece risollevare la testa.
«No, ragazzo».
«Ciò non toglie che io abbia paura di tornare a casa mia, professore», disse come per saggiare la sua determinazione al perdono.
«Non posso...».
Una folata di vento improvviso e un tuono impedirono a Prospero di sentire il resto della frase. «Cosa?», strillò.
«Non posso...».
Il fragore di un altro tuono coprì le parole di Friedrich, la forza del vento aumentò.
«Come?»
«Non posso accompagnarti a casa!», urlò Friedrich alzando la voce contro vento.
Prospero rispose tenendosi il cappello schiacciato sulla testa e indicando un punto nel cielo: «Ma io abito qui vicino, nei pressi della Mole!».
Una carrozza tirata da due cavalli, che veniva in direzione contraria, seguita da un uomo a cavallo e da una raffica di lampi, tagliò la strada e si accostò al porticato.
«Professore!». Il carabiniere a cavallo si fece avanti spingendosi fin sotto i portici dove lo zoccolare nervoso dell'animale risuonava metallico. «Il professor Friedrich Nietzsche?»
«Esattamente», rispose l'interessato a testa alta.
«Le dispiace seguirmi?». Gli indicò la carrozza, in cima alla quale, a cassetta, sedeva un cocchiere rannicchiato su se stesso che si opponeva alla pioggia impassibile come una pietra. «Il colonnello Pural dice che non occorre darle spiegazioni».
«Ragazzo, devo andare», disse Friedrich posando una mano affettuosa sulla spalla di Prospero e riuscendo a scorgere nei suoi occhi orde di demoni curiosi. «Come vedi, non posso accompagnarti a casa». E con un piede già dentro alla vettura si voltò per ricordargli di avere coraggio.
Prospero si aggrappò al carabiniere a cavallo e lo supplicò: «La prego, mi permetta di venire».
«Non è possibile ragazzo, vai a casa».

«Non posso, c'è un terribile assassino che mi aspetta, l'ho visto, era dietro la mia finestra».

Il carabiniere tirò le briglie per muovere il cavallo. «Vai a casa, ragazzo».

«Ma io conosco bene il colonnello Pural, è mio cugino, sono sicuro che non avrà niente da obiettare. Lui sa che hanno assassinato la mia vicina di casa, vi prego, fatemi venire con voi, io a casa non ci torno».

«Lo faccia venire», disse Friedrich. «Ho bisogno di un paio di occhi in più, e poi il ragazzo dice la verità. Conosce il colonnello».

Il carabiniere era indeciso sul da farsi, ma date le circostanze, acconsentì. Fece un cenno col capo. «Sali».

«Grazie, grazie». Prospero mise un piede sul predellino, ma il carabiniere lo fermò.

«A cassetta accanto al cocchiere».

41

Quattro deboli lampade a gas a sorreggere una pesante cappa di oscurità. Coretti fece il giro della stanza con una lanterna accesa in mano e si portò al fianco di Pural.

«Tra poco sarà tra noi anche il professor Nietzsche, che alcuni di voi conoscono già, mi riferisco in particolare a Cabras che lo ha pedinato per mesi. Ho deciso di avvalermi della sua consulenza. Qualche domanda a questo proposito?».

Nessuna.

Pural voltò le spalle al piccolo pubblico di ispettori che aveva riunito nel suo ufficio. «Allora possiamo cominciare». Gli giunsero brevi muggiti di assenso. «Ho messo in connessione tra loro su una mappa i punti in cui sono stati rapiti i neonati e i punti nei quali è stato visto l'uomo luminescente».

Gli astanti furono invitati a non ridacchiare e a prestare attenzione. Era il momento di fare un giro per le vie di Torino, al seguito di una bacchetta con cui Pural prese a indicare precisi punti su una mappa attaccata alla parete. Mentre la bacchetta scivolava sulla carta come una carrozza tra le strade, seguita dalla lanterna traballante tenuta da Coretti, Pural faceva da guida. «Saliamo da piazza Vittorio Veneto», disse. «Su, su, percorriamo via Po… Ancora su. Riuscite a vedere?».

Gli interpellati annuirono coralmente chinandosi in avanti e strizzando gli occhi.

«Bene. Allora continuiamo su per via Po, su, su, su e così giungiamo in piazza Castello».

Mentre la punta della bacchetta attraversava la piazza, agli altri sembrò quasi di udire il metallo delle ruote della carrozza condotta dal colonnello scintillare sul selciato.

Ma durò un istante, perché Pural, sorprendendo tutti, disse: «E siamo arrivati esattamente sotto Palazzo Madama!».

Dal gruppo si levarono brusii di stupore.

Aveva detto sotto?

«Se proseguiamo da qui», batté sulla mappa, «in direzione nord-ovest, giungiamo sotto Palazzo di Città, poi sotto il Regio Senato del Piemonte, sotto la Camera Regia dei Conti. Tornando indietro da qui», batté ancora con la punta della bacchetta sulla mappa, «possiamo giungere facilmente alla Stamperia Reale, poi alla Zecca Reale, e da qui alla Segreteria Reale di Sardegna. Da Palazzo Reale arriviamo agli Archivi della Regia Corte. Proseguendo siamo alla Segreteria di Stato, poi alla Gran Cancelleria, e infine...». Percorse un lungo tratto a una velocità impossibile nella realtà. «Infine, arriviamo qui».

Disse l'ultima parola senza indicare un punto preciso sulla cartina. Anzi, senza indicare affatto la pianta della città.

Tutti i carabinieri ispettori che erano stati riuniti lì per ricevere ordini dal colonnello, e che avevano seguito con estrema attenzione la sua bacchetta, ora ne guardavano la punta chiedendosi se fosse un caso che stesse indicando il pavimento.

«Avete capito bene: voglio dire proprio qui, sotto il quartiere dei Carabinieri Reali».

Coretti posò la lanterna sul tavolo e tornò a sedersi con gli altri.

«Sotto i nostri piedi corre una rete di canali molto estesa che conduce praticamente ovunque e, in particolare, collega tra loro gli edifici più importanti della superficie. L'ho fatta esplorare. Fontanieri e addetti alle fognature», continuò Pural gettando la bacchetta sul tavolo accanto alla lanterna, «tutti uomini esperti, che conoscono le fondamenta della città come le loro tasche, non hanno trovato niente. Eppure le hanno battute centimetro per centimetro. Non sempre i passaggi sono pervi, ma sotto Torino corrono canali sorprendentemente grandi. Ci sono gallerie così spaziose da essere percorribili a cavallo e, in alcuni casi, addirittura con un omnibus».

L'incredulità dei carabinieri passava di bocca in bocca sotto forma di bisbigli e mormorii.

Pural guardò la mappa sul muro e sembrò che vi stesse vedendo ciò che diceva: «Fognature di epoca romana. Cisterne. Grotte alchemiche. Sotterranei di più recente costruzione, settecenteschi come quelli della Cittadella. Ci sono le caverne delle ghiacciaie di Porta Palazzo. Una miriade di cunicoli. E incredibilmente ampie gallerie che corrono sotto via Po, con volte a botte larghe alcuni metri e con piccoli marciapiedi ai lati. Locali sotterranei con passaggi segreti di costruzioni medievali. Cantine e scantinati sotto palazzi nobili, tutti collegati tra loro, che probabilmente venivano, o vengono tuttora, utilizzati dai signori e dalle dame per incontri segreti, d'affari o di piacere. Abbiamo motivo di pensare che i bambini siano stati trafugati attraverso questi canali sotterranei, ritrovo e covo per pratiche inconfessabili quanto frequenti». Pural assestò un pugno al piano del tavolo facendo sobbalzare la luce, già debole e fluttuante come un'alga nella corrente.

Dopo il silenzio lungo e sconfortato che seguì all'invito a fare delle domande o delle ipotesi, uno dei carabinieri alzò la mano.

«Cabras», disse Pural indicando un paio di baffi distrattamente asimmetrici (così come le orecchie) e due piccoli occhi iniettati di furbizia che brillavano sotto una fronte ampia e liscia percorsa da ciuffi neri e sottili come graffi sulla porcellana.

«Colonnello, noi non conosciamo chi si è occupato in prima persona delle esplorazioni sotterranee».

«Cosa vuoi dire, Cabras?»

«Voglio dire che gli addetti alle fognature e i fontanieri, per quanto brave persone – cosa poi da dimostrare, perché io non mi fido di nessuno – non sono dei carabinieri. Non possiamo basarci sul loro sopralluogo. Dovremmo esplorare noi stessi le gallerie e gli ambienti sotterranei di cui avete appena parlato».

«Ha ragione», disse quello che gli stava a fianco.

«Sì, sono d'accordo con Cabras», esclamò un altro assestandogli una manata robusta sulla schiena.

«Dovremmo andarci noi, là sotto», disse infine Cabras suscitando l'approvazione dei restanti.

Pural raccolse la bacchetta e tornò accanto alla mappa scuotendo la testa. «Non è così semplice. Sono molti chilometri di labirinto. Senza conoscere il punto esatto in cui scendere, non c'è il rischio di perdersi, ma la certezza».

Cabras insistette: «Sotto i nostri piedi c'è una città senza legge».

«Se riuscissimo a carpire una logica da questa confusione», disse Pural meditabondo. «Se potessimo circoscrivere in modo ragionevole...», fece un cerchio con la bacchetta sulla mappa, «...un'area non troppo estesa da battere, si potrebbe anche prendere in considerazione un tentativo da parte nostra. Ma fino ad allora lo escludo».

«La rete sotterranea che ha indicato poco fa, colonnello».

«Sì, Terzi?». Lo aveva riconosciuto dalla voce, ma non riusciva a individuarlo.

Terzi sollevò la mano.

«Prego».

«La rete, dicevo, mi dica se sbaglio». Si alzò e andò alla mappa con il dito pronto a indicarne un punto preciso. «La zona setacciata dai fontanieri sembra escludere quest'area».

«La Mole Antonelliana?», domandò Pural.

«Non doveva essere una sinagoga?»

«Sì», confermò. «In origine doveva essere un tempio ebraico», disse, «poi però il grande architetto Antonelli ha esagerato con l'altezza e la comunità ebraica lo ha rifiutato. Ora diventerà sede del Museo del Risorgimento».

«Propongo di esplorare l'area sottostante alla Mole Antonelliana, colonnello. Per lo meno siamo sicuri di battere una zona non ancora controllata dai fontanieri».

Pural annotò qualcosa su un quaderno. «Chiederò spiegazioni. Forse qualcuno sarà in grado di dirci cosa c'è sotto la Mole». Mise il punto con soddisfazione. «Bravo, Terzi».

«Grazie», disse questi che era già tornato al suo posto tra le strizzate d'occhio dei compagni.

Si levò un'altra mano. «Colonnello».

Ancora Cabras.

«Il furto al Museo Egizio non potrebbe essere stato compiuto attraverso i sotterranei? Questo spiegherebbe l'assenza di tracce di scasso all'ingresso. I rapimenti e il furto al museo potrebbero essere collegati».

«È un'ipotesi molto interessante, Cabras».

«Ci sono novità sull'omicidio del cardinale Martini?»

«Non ancora». Pural lo ammise a malincuore.

«Be', stavo pensando... Ammettiamo che il biglietto con su scritto Ecce Homo sia opera dell'assassino del cardinale Martini e che sia un messaggio per qualcuno».

«Potrebbe anche trattarsi di negromanzia», disse un altro.

«Sì, ma consideriamo per un istante che sia un messaggio. Secondo me dovremmo chiederci: cosa può significare? A chi può essere rivolto?»

«Ha ragione», disse Friedrich facendo il suo ingresso in quell'aula improvvisata con il passo esperto e sicuro del professore universitario. «Se fosse un messaggio da parte dell'assassino per qualcun altro, potrebbe essere un messaggio dei volkisch rivolto alla Chiesa. Forse il cardinale Martini cercava un Ecce Homo e ha finito con il diventarlo».

Pural lanciò uno sguardo dubbioso a Prospero che camminava nascosto dietro Friedrich, completamente fradicio di pioggia. Poi, rivolgendosi ai suoi uomini con la mano puntata verso i nuovi venuti disse: «Vi presento il professor Nietzsche».

Un coro belò monotono: «Benvenuto professor Nietzsche».

«E lui è Prospero, l'unico ad aver visto da vicino quello che adesso ci dirà».

Il coro: «Ciao Prospero».

Ringraziarono inchinandosi ripetutamente ai presenti e si sedettero dove indicava Coretti.

«Ma perché l'assassino avrebbe dovuto comunicare l'avvenuto omicidio in un modo così plateale?», domandò una voce rauca proveniente dall'ultima fila.

«Qualcuno riesce a ipotizzare una risposta?», domandò Pural al resto del gruppo.

Sembrò che improvvisamente le sedie fossero diventate più scomode.

«Nessuno?», domandò ancora.

Nessuno.

«Il professor Nietzsche?».

Friedrich assentì. «Con l'espressione Ecce Homo si indica anche il corpo di Cristo. Poco fa vi ho sentito dire la parola "Risorgimento" e mi si è accesa una luce».

«La ascoltiamo professore».

«Risorgimento», sillabò Friedrich con fare teatrale. E poi: «Ecce Homo».

«Ebbene, professore?»

«La sindone. Torino è la città della sindone, un Ecce Homo, forse l'Ecce Homo per antonomasia».

«Vero». Pural annotò sul suo taccuino. «Non ci avevo pensato».

Le sedie ruotarono su se stesse strisciando e stridendo sul pavimento e tutti si voltarono a guardare il volto ispirato di Friedrich.

«E la sindone», proseguì il professore con modi da professore, «non è forse la reliquia che testimonia (secondo i cristiani cattolici) l'avvenuta morte del Cristo sulla croce?».

Pural assentì come tutti.

«Per secoli è stata l'arma più efficace contro gli eretici che non ammettevano la morte di Cristo. E senza la morte dell'uomo-dio, non può esserci la risurrezione, non ci sarebbe la Chiesa. Torino è la città del Risorgimento e della Risurrezione, forse c'è un nesso».

Una moltitudine di facce sperse chiese soccorso a Pural.

«Per favore, professore, cerchi di essere più esplicito».

«Non so. Non ho un pensiero da esplicitare a questo proposito. Mettevo solo insieme degli elementi che mi parevano connessi concettualmente. Penso ad alta voce. Sono solo dei lampeggiamenti, i miei, ma potrebbe esservi utile considerare tutto senza pregiudizi. Mettevo in connessione Ponzio Pilato, e nella fattispecie la frase "Ecce Homo", che questi pronunciò rivolgendosi ai giudei, e la Mole, che doveva essere una sinagoga. Poi vi ho sentito dire che presto diverrà museo del Risorgimento e ho pensato alla risurrezione, alla sindone, l'Ecce Homo... Tutto sembra collegato come le vie che corrono nel sottosuolo della città».

«Interessante!», disse Pural dando fondo all'inchiostro del calamaio. «Non so dove possa condurci questa considerazione, ma la trovo molto interessante».

«Io abito vicinissimo alla Mole», disse Prospero.

Le sedie dei carabinieri scricchiolarono nella sua direzione.

«Prospero», disse Pural, «vuoi raccontare ai miei uomini cos'hai visto l'altra notte?»

«Ho visto un individuo a dir poco strano. Io, come dicevo, abito proprio a due passi dalla Mole ed è lì che l'ho visto». Aveva davanti a sé occhi avidi che si spalancarono quando disse: «Posso giurare che era più luminoso di quella lanterna». Indicò il centro del tavolo.

Incredulità generale.

Risatine.

Non era possibile, punto e basta.

«Il medico legale, il dottor Rossini», disse Pural intervenendo a sostegno di Prospero, «non esclude che un essere umano possa emettere luce».

Ora le sedie ruotarono con fragore verso Pural.

«Succede a molti operai che lavorano nella manifattura di fiammiferi al fosforo, ad esempio. Vomitano materia fosforescente, per l'appunto, e la pelle emette un bagliore diafano al buio».

Prospero confermò. «L'uomo che ho visto io era esattamente come dice lei, colonnello».

«Potrebbe essersi suggestionato», obiettò Terzi tra i consensi. «Forse, condizionato dai tanti racconti che si fanno, ha creduto di vedere qualcosa che in realtà non era come gli è apparso».

«Io non sono un visionario, signore», protestò Prospero risoluto. «Se dico che l'ho visto è perché l'ho visto. L'ho persino toccato».

Il carabiniere insistette: «A volte i testimoni sostengono con assoluta certezza di aver visto cose che poi si scopre non essere vere. Lo sappiamo tutti».

«Hai ragione», disse Pural. «Ma in questo caso abbiamo un testimone attendibile, che ha visto quest'uomo da vicino, a lungo, e lo ha anche toccato. Inoltre, Prospero gli ha trovato addosso qualcosa di molto interessante». Mostrò il marchio di bronzo. «L'impronta corrisponde perfettamente al serpente che è stato marchiato sull'orecchio dei neonati».

Il marchio passò di mano in mano sotto facce perplesse, mentre Friedrich raggiungeva Pural accanto alla mappa.

«Credo che dovrà scendere a controllare di persona, colonnello, anche a costo di correre dei rischi».

Pural, pensoso, annuì lentamente. Qualcuno aveva fatto in modo che le ricerche dei fontanieri escludessero l'area sottostante alla Mole.

Chi?

Perché?

Non poteva essere un caso.

«Molto bene signori». Batté un colpo con le mani e si voltò di scatto. «Potete andare», ordinò riprendendosi il marchio di bronzo. «Non ci sono nuovi ordini per il momento, tornate alle vostre mansioni. Terzi, Cabras, voi no: voglio che facciate ronda nei pressi della Mole stanotte, occhi bene aperti».

«Sissignore!», proruppero i due, le mani tese sulla fronte. Seguì una scarica di tacchi.

Tanta devozione al comando e l'altera fierezza con la quale Pural riceveva il saluto dai suoi uomini fecero scorrere dolci fremiti sulla pelle di Friedrich.

42

C'era una luna tonda e luminosa in ogni pozza del viale davanti alla caserma. Non pioveva più, ma grosse gocce profumate di resina cadevano dai pini e scivolavano fredde tra i capelli.

Friedrich fu scosso da un brivido mentre, il naso all'insù, inalava aromi appena dischiusi e con i piedi ormai zuppi centrava ogni pozzanghera. La carrozza li attendeva al cancello.

«Ho come la sensazione, colonnello, che non sia solo per avvalersi della mia consulenza che mi ha fatto venire qui anche stanotte».

«Le garantisco che non ho doppi fini, professore».

«Potrebbero esser più che doppi, in effetti», replicò Friedrich con sdegno.

«Sì, è vero. Gli indizi a suo carico sono molti e molto importanti, proprio come le persone alle quali suscita fastidio». Lo guardò fisso. «Dovrebbe aspettarselo chi si definisce "Anticristo" e scrive frasi come "Il prete è la più pericolosa specie di parassita, il vero ragno velenoso della vita, vizioso come ogni contronatura", eccetera».

Friedrich non ribatté limitandosi ad approvare e sottoscrivere con leggeri borbottii.

«Come le ho già detto, non la considero un pericolo, ma in pericolo, e considero il suo contributo alle mie indagini molto prezioso».

«Questo mi onora, colonnello. Non vedo l'ora di sapere quale altro enigma ha per me».

«Intanto, per il suo bene e per il mio, ci rivedremo domani e lavoreremo insieme, se non le dispiace».

Il petto di Friedrich si rizzò come una mongolfiera pronta a partire. «La trovo una proposta eccitante, colonnello».

Prospero comparve all'improvviso alle loro spalle e li fece sussultare. «Non voglio tornare a casa. Ho visto e sentito qualcuno aggirarsi fuori dalla mia finestra ieri mattina, e anche oggi».

«Non hai ragione di temere. Devi aver sentito i miei uomini. Ho dato ordine di controllare casa tua». Pural scosse Friedrich dal torpore pensoso in cui era sprofondato; con una strizzata d'occhio gli fece intendere che avrebbero continuato a parlarne l'indomani. Aprì la portiera della carrozza. «Venite. Luigi vi accompagnerà a casa». Accostò le labbra all'orecchio di Friedrich: «Domattina alle dieci davanti al Duomo?».

«Ci sarò».

Friedrich e Prospero presero a calci il predellino per staccare il fango dalle suole e salirono sulla vettura.

43

Sorella mia,

ho ricevuto ancora una tua lettera e spero ti faccia piacere sapere che l'ho letta con molta indifferenza, senz'ombra di rancore, nonostante avessi preso congedo da te e possa a diritto considerare la tua una volgare intrusione. A sproposito non mi è giunta solo la tua lettera, ma anche il suo contenuto. Passino gli auguri di Natale fatti da una fervente neopagana all'Anticristo, ma il tuo rinnovato invito a farmi coinvolgere nella tua impresa antisemita in Paraguay… I saluti bonari del tuo povero Bernhard… Saggiamente, come credo tu potessi prevedere, me ne guardo bene anche stavolta, sia dal prendere in considerazione di venirvi a trovare, sia dall'accettare i saluti di tuo marito. La distanza che mi separa dal Paraguay e dalla Nueva Germania, come, senza inventiva, avete chiamato la vostra colonia antisemita, è ben poca cosa se confrontata a quella tra me e il vostro credo razzista e pangermanista (ti confesso che a questa parola rido sempre di cuore).

Ciò che state facendo, ciò in cui tu hai trovato rifugio è quasi il contrario di me.

Non sai di essere parente stretta di un uomo e di un destino in cui si decide una questione millenaria – il futuro dell'umanità è letteralmente nelle mie mani.

Ti prego, con fervore: non farti tentare da cortesi e, in questo caso, imprudenti curiosità di leggere i miei scritti che vengono pubblicati adesso e tanto meno quelli che seguiranno. Certe cose potrebbero ferirti oltremodo.

Perché tutti possano stare tranquilli, riguardo a me voglio dire soltanto che mi sento benissimo, fermo e paziente, come mai lo sono stato in tutta la mia vita, neppure per un'ora; che tutte le cose più difficili per me diventano facili; mi viene bene tutto ciò che faccio. Il compito a cui devo assolvere, tuttavia, è la mia natura. Sto giocando con un peso che opprimerebbe qualunque mortale… perché ciò che devo fare è tremendo, in ogni senso.

So che sei divenuta ormai una persona influente, una specie di "apriti sesamo!" (lo stridore dei tuoi artigli giunge fin qui a Torino). Me ne compiaccio, la tua perfidia ha sempre suscitato la mia più profonda ammirazione.

Mi piacerebbe tanto avere notizie dettagliate sulle difficoltà e sui fallimenti della colonia, sapere quanto manca al suicidio di tuo marito, ma non al prezzo di ricevere un'altra tua lettera.

Dato che voglio, in questo momento così decisivo per me e per l'intera umanità, evitare sventure superflue, non è al tuo potere che mi raccomando, ma al tuo affetto.

Tuo fratello

Piegò il foglio, lo imbustò. Ripose la lettera in cima a un mazzo di altre che aveva scritto in precedenza, la maggior parte delle quali, come si poteva dedurre dallo scarso rigonfiamento delle buste, consisteva in semplici biglietti e scritti molto brevi. Poi prese un foglio pulito per il quale aveva preparato una busta senza indirizzo, ma semplicemente "per Irene" e intinse il pennino nell'inchiostro.

Dolcissima madamin,

so che posso contare sulla vostra riservatezza e, certo, anche sul vostro aiuto. Vi prego di spedire queste lettere, tra le quali una indirizzata a mia sorella in Paraguay, subito domattina, non appena avrete finito di leggere queste poche righe.

Io domani non sarò a casa, come spesso mi è capitato in questi ultimi giorni. È una cosa insolita per me, lo so, ma non dovete pensare a nulla di male. Ho da risolvere alcune faccende molto importanti che si trovano al di là del mio scrittoio.

Nonostante io riceva solo lettere "ferme in posta" e non l'abbia mai messa a conoscenza del mio indirizzo, immagino che Elisabeth abbia comunque trovato il modo di farvi giungere qualche sua lettera, non foss'altro per ringraziarvi dell'assistenza che mi prestate con tanta premura. Posso immaginarne il contenuto e le insinuazioni sul mio conto.

Non credetele.

Appartiene alla più scivolosa specie di anguille.

In questo frangente sono divenuto io stesso sfuggevole con tutti voi, me ne rendo conto e me ne dispiaccio. Mi mancano le nostre conversazioni ancor più delle suonate a quattro mani al pianoforte. Ho scritto nuove musiche da suonare insieme. Una ciarda e delle ballate, prevalentemente ispirate all'operetta francese. Le ho scritte per noi due, nessun altro deve suonarle prima, così le ho nascoste in un luogo inaccessibile e segretissimo: il tiretto della mia scrivania, quello senza la chiave. So che mi aspetterete. Vedrete: voleranno da sé fino al leggio quando sarò tornato. Non c'è cosa che non si compia, non un pensiero che non si avveri!

Non abbiate paura, madamin. So che in questo momento state tremando, perché ritenete impossibile che io abbia realmente scritto in italiano. È che ora mi riesce tutto facile, ecco. E poi questo foglio, come ogni altro scritto da me, è scritto per far tremare chi lo legge.

Bacio le vostre mani candide e straripanti di musica.

A presto.

Federico

Andò a dormire.

44

Domenica 23 dicembre 1888

Sul finire della notte, insonne, decise di uscire a fare una camminata e si diresse verso il Duomo. Mancavano alcune ore all'appuntamento con Pural.

Anche la città era già sveglia, animata da facchini che caricavano i carretti, panettieri già stanchi, gente ricca di ritorno dai sollazzi, e orde di bambini, che ogni mattina, un attimo prima dell'alba, sciamavano nel centro, ricoperti di stracci e sudiciume.

Randagi che arrivano da chissà dove.

Un male innocente, ma non per questo minore.

Braccia come bastoni, su cui cadono maniche troppo lunghe di indumenti ricevuti in dono da una famiglia generosa o più spesso da qualche cadavere accondiscendente. Gambe livide a malapena coperte da pantaloni troppo corti e fatti con i resti di cento altri pantaloni appartenuti ad altrettanti proprietari. Piedi scalzi e luridi al punto da imbrattare il fango in cui si agitano. Non volti angelici, ma facce sudice e rugose; non voci celesti, ma roche.

Pezzenti. Ladri.

Non c'è donna che non si scosti al loro passaggio, portandosi una mano alla bocca, per non sentire il lezzo di escremento che impregna l'aria, l'afrore di urina e la putredine dei loro giacigli immondi. «Non hanno colpa», si dicono poi con fare penoso. «Sono mandati da sfruttatori senza scrupoli a elemosinare, rubare, o qualunque altra cosa, purché a sera tornino con il denaro che al mattino gli era stato intimato di raccogliere». Ma tutte fuggono alla loro vista come fossero topi bisunti di fogna.

E non c'è uomo che non li allontani in malo modo, percuotendoli con il bastone da passeggio.

I bambini, incuranti di tutto, prendono possesso di ogni angolo di marciapiede, di ogni anfratto utile da cui poter meglio mendicare con la mano tesa e gli occhi languidi. Altri, i più ostinati e induriti dalle brutali condizioni della loro vita, preferiscono la stazione Porta Nuova per darsi al borseggio. Tutti sono disposti a tutto, per una moneta o un pezzo di pane. Ma qualcuno, seppure assai di rado, riesce ad affrancarsi dal proprio sfruttatore e a guadagnarsi da vivere onestamente.

Ad esempio, il ragazzo dalla faccia sporca di inchiostro che, usando una mano a lato della bocca come mezzo megafono, strillava ogni mattina davanti al Duomo.

«Due neonati ritrovati morti nella Dora! I cadaveri di due neonati ripescati nel fiume!».

Gli bastava toccarsi fuggevolmente la tesa del berretto per dire grazie a chi gli sfilava una copia del giornale lasciando cadere nelle sue mani sporche di inchiostro il denaro necessario. «Dio vi benedica, signore».

E, specialmente nelle ultime settimane, il tintinnio delle monete aveva un ritmo piacevolmente regolare.

«Giovane contessa assassinata!».

Moneta.

«Misterioso omicidio di una giovane contessa!».

Moneta.

«Arrestato l'assassino del cardinale Martini!».

Monete.

«Grazie, Dio vi benedica».

«Il tuo dio non è degno neppure di reggermi il bastone», disse Friedrich agitandogli sul naso il pomo inanellato dal serpente. «E se non la smetti di darmi la benedizione ogni volta che ti compro il giornale te ne do un assaggio sulla schiena!».

«Chiedo scusa signore. Non mi pare di avervi mai veduto».

«Infatti». Pagò con sdegno, con l'espressione di chi lo fa sempre e comunque a malincuore, e portò le orecchie lontane dal latrato assordante del ragazzo.

«Uccisa questa notte la contessa Arianna Adam, figlia del noto magnate del fiammifero!».

«Come?». Aprì il giornale con una tale foga che ne strappò alcune pagine. «Madame Adam?», esclamò incredulo cercando con avidità la notizia sulla cronaca letteralmente intasata di fatti angosciosi e inspiegabili.

La lesse farfugliando nervosamente e saltando da una riga all'altra.

Non era ancora scoccata la mezzanotte quando il corpo esanime della contessa Arianna Adam è stato ritrovato davanti al Palazzo Reale, riverso sul lastricato [...]

[...] La contessa, nota nell'alta società come Madame Adam, era figlia dell'industriale Carlo Adam e di sua moglie la duchessa Melissa Barberini Grimaldi, deceduti prematuramente lo scorso anno in circostanze che non sono state ancora del tutto chiarite [...] La contessa parrebbe essere stata lanciata fuori da una carrozza in corsa [...] La forte pioggia ha fatto sì che le guardie notassero il corpo solo qualche ora dopo [...] Si attende per oggi una dichiarazione ufficiale del medico legale [...] Potrebbe essere stata già morta [...] Potrebbe essere morta a causa delle gravi ferite riportate alla testa in seguito alla caduta [...] il corpo della donna, vestita con un abito bianco da sera [...]

Sconcertato, la fronte solcata da rughe profonde, andò alla notizia riguardante l'arresto dell'assassino del cardinale Martini.

[...] Il dottor Rossini [...] Obitorio [...] Reali Carabinieri [...] Al fatto avrebbe assistito una coppia di contadini che raccoglieva legna non lontano dal punto in cui la carrozza con a bordo il cardinale si era fermata. L'uomo, che era al seguito di sua eminenza, avrebbe ucciso il cardinale Martini soffocandolo a mani nude. Insieme all'assassino ci sarebbe stata anche una donna di cui, però, i due coniugi non sono stati in grado di fornire una descrizione sufficientemente accurata essendo scappati in preda al terrore.

Levò uno sguardo avvilito al cielo, dove il sole, ignaro di quanto stava accadendo sulla terra, saliva lentamente, come una lumaca su un vetro.

45

«Professore!».
Si sentì schiaffeggiare con forza sulle guance.
«Professore!».
Ancora schiaffi.
Riuscì a scollare le palpebre, i suoni tornarono improvvisamente a solleticargli le orecchie.
«Professore, si svegli!».
D'istinto frappose la mano per difendersi la guancia da altri schiaffi, e faticando non poco riuscì ad aprire del tutto gli occhi.
«Dove mi trovo?», farfugliò, «chi è lei?»
«Santo cielo, professore, ma cosa le è successo?». Lo aiutò a tirarsi su, gli tamponò le labbra con un fazzoletto. «Avevamo detto che ci saremmo incontrati al Duomo alle dieci, perché se n'è andato?»
«Io non so», disse cercando gli altri pezzi di sé. «Dove mi trovo?»
«Al parco Michelotti. Mi riconosce?».
Friedrich si tastò il viso alla ricerca degli occhiali, poi la tasca della giacca.
«I suoi occhiali». Pural glieli diede. «Le erano caduti per terra insieme al giornale. Ma che ci fa qui, professore?».
Al termine di un esame durato tanto da far temere il peggio, Friedrich accennò un sorriso e disse: «Il duomo dov'è? Dove lo hanno portato?».
Divertito più che seccato dal contrattempo, Pural gli indicò la carrozza che li attendeva e lo invitò a raggiungerla.
«Deve perdonarmi, colonnello, non era mia intenzione mancare all'appuntamento».
«Cosa è successo?»
«Ho letto il giornale. Ho appreso della terribile morte della mia amica la contessa Adam e devo essermi smarrito nella nebbia della mia furia. Mi sono dimenticato di lei, del nostro incontro al Duomo,

di tutto. Devo aver percorso il tragitto che faccio sempre nelle mie passeggiate quotidiane come mesmerizzato».

Salirono a bordo.

Schiocchi di frusta, bianco vapore dalle narici dei cavalli, la carrozza si avviò nel parco.

«Non posso fidarmi di nessuno», disse Pural adagiandosi contro il sedile. «Tranne che di lei».

«La aiuterò». Friedrich si affacciò al finestrino e vide scie di realtà pietrosa e volti informi, una fotografia mossa di una via di Torino. «Negli ultimi anni ho vissuto senza guardare, e non mi riferisco al mio disturbo agli occhi. Non so come ho fatto a non capire prima cosa stavano preparando».

«Sono molte le cose incomprensibili, per lei come per me, e forse possiamo aiutarci a vicenda». Pural soffiò un ghigno dalle narici. «Per un bizzarro gioco del destino, l'unico di cui posso fidarmi è uno che dovrei arrestare immediatamente».

«Arrestare?»

«Per l'esattezza. Il cardinale Martini era con la contessa Adam quando è stato ucciso. I testimoni dapprincipio credevano di non aver visto nulla della donna, ma dalla descrizione della carrozza e da un dettaglio che si è rivelato importante siamo riusciti a risalire a lei».

«E con questo?»

«Era una sua amica».

«E con ciò?»

«Posso?», Pural mostrò un sigaro.

«Faccia pure».

Brillò l'abitacolo poi tutta la fiamma fu assorbita dalla punta del sigaro che divenne un piccolo disco rosso. Già alla prima boccata si dileguò l'odore della pomata per capelli di Pural, poi il suo volto fu completamente avvolto dal fumo.

«Prospero». Aspirò. «Questa mattina non era a casa sua». Espirò parole fumanti. «Nessuno lo ha visto. È sparito nel nulla». Tossicchiò. «E questo non è possibile».

«Posso aprire?», domandò Friedrich indicando il finestrino.

Un'occhiata di assenso.

Un serpente di fumo grigio abbandonò la carrozza. «Prospero ne sa una più del diavolo, colonnello. Non c'è ragione di preoccuparsi per quel ragazzo».

«Spero che lei abbia ragione. Comunque, la conclusione è che non posso fidarmi neppure dei miei uomini. Dovevano controllarlo e non si sono accorti di nulla». Mandò fuori un filo di fumo. «Madame Adam ha partecipato a una seduta spiritica prima di essere gettata fuori da una carrozza in corsa». Infilò le labbra nell'interfono, premette una leva e parlò con il cocchiere. «Luigi!».

Una voce ovattata gli rispose dall'altro capo del tubo. «Dite, signore».

«Andiamo alla clinica Turina».

Luigi, che sembrava trovarsi accanto a Pural, ma dentro una bottiglia, assentì e spronò i cavalli.

«Voglio presentarle una persona, professore».

«Sua moglie? Il signor Fino mi ha informato...».

«No, non lei».

«Allora conosco già il dottor Turina», rispose Friedrich con sdegno. «Non ha da proporre una meta più piacevole?»

«Purtroppo no». Pural espirò e lanciò il sigaro dal finestrino. «Vorrei farle conoscere Valentino».

«E chi sarebbe?»

«Uno che vive nella clinica. Ho scoperto che nella sua vita passata era un prete».

«Ah, sì?», disse Friedrich con sarcasmo. «Farei volentieri la conoscenza di sua moglie, ma posso risparmiarmi l'incontro con un prete».

«Mia moglie non è...». Gesticolò finché l'indice si diresse da solo alla tempia. «Non è... mi capisce?»

«Non è demente vuole dire?».

Pural abbassò lo sguardo e per la prima volta si trovò in procinto di affrontare quell'argomento senza sentirsi sprofondare nell'abisso. La mente concentrata su quel che doveva fare. La consapevolezza di un dolore più grande. Sapere che altri figli avevano bisogno del suo aiuto. La speranza di salvarli. Non era esattamente la medicina che si sarebbe fatta prescrivere, se avesse potuto scegliere, ma tutto il male che si stava scatenando su Torino, nelle ultime ore, aveva attenuato il suo rimorso per la morte della piccola Lidia.

«Deve sapere che abbiamo perso nostra figlia in un incidente», disse. «Era un giorno di vendemmia. Mia moglie, nostra figlia e io». Emise un sospiro grave. Ordinò alle lacrime di non uscire. «È stata colpa mia. Una fatalità. Mia moglie ha reagito molto male. Non ha mai voluto accettare la morte di Lidia. Dopo l'incidente è caduta in una grave malinconia. Così è stato necessario affidarla alle cure del dottor Turina». Ogni frase era penosa per Pural, tuttavia una pena dopo l'altra mutava in un sollievo mai provato prima. Sicché proseguì, raccontando nei dettagli la tragedia e le sofferenze che aveva dovuto affrontare da quel giorno terribile. La malattia di Matilde, che lo aveva abbattuto più di ogni altra cosa, avendoli privati della possibilità di rimediare e ricominciare con un altro figlio. Il suo tormento di colpevole e padre insieme.

Il rimorso.

La solitudine.

E quando non ebbe più nulla da dire, nel vedere l'ammirazione commossa con cui Friedrich lo aveva ascoltato, si sentì meglio.

Friedrich, alla fine, non trovando parole per far giungere al colonnello il suo cordoglio e il suo rispetto, gli posò una mano sul braccio senza dire nulla.

Pural lo ricambiò con un altrettanto muto ringraziamento poi, improvvisamente rinvigorito, disse: «Non c'è altro tempo da perdere, questa è l'unica certezza che abbiamo adesso, professore. Dobbiamo darci da fare. Ecco la situazione. A Torino sembra essere in corso un carnevale macabro, dove un delitto segue l'altro senza una logica apparente e ogni evento sembra il risultato di una serie di collisioni casuali, come in una specie di frenesia omicida, con bizzarri individui che si danno a ogni genere di nefandezza. Onestamente è un groviglio inestricabile. Ho riesaminato il tutto con molta attenzione, ho riletto ogni rapporto, ogni verbale di interrogatorio, e la sola conclusione che ne ho potuto trarre è che, approfondendo i vari casi, molti elementi conducono a membri dell'alta società, non solo italiana. Ho con riluttanza seguito impronte che mi conducevano fin dentro la corte, qui a Torino, e nella curia vaticana. I miei superiori...». Istintivamente abbassò la voce. «Hanno le mani poco pulite».

«Non stento a crederlo», disse Friedrich strofinando le lenti degli occhialini d'oro con un lembo della camicia sfilato dai pantaloni.

«Ciò nonostante, non brancolo più nel buio».

«Beato lei», commentò Friedrich alitando sul vetro fortemente graduato.

«Ho parlato con l'uomo che ha ucciso il cardinale Martini».

Immediatamente ebbe tutta l'attenzione di Friedrich.

«Non ho scoperto molto: è stato di poche parole, si è tolto la vita davanti ai miei occhi. Ma quello che ha detto mi ha illuminato, se così si può dire. Ha sussurrato che Dio è malvagio, che Satana è buono. Questo prima di suggere il veleno dall'anello che portava al dito. E quel che è strano davvero è che le parole di quell'uomo sono le stesse pronunciate da Valentino nel suo delirio: Dio è male, il potere di Satana è...».

«Gnosticismo», lo interruppe Friedrich.

Pural aggrottò le sopracciglia.

«Valentino e quell'uomo sono gnostici, eretici. Ha detto che Valentino era un prete...».

«Sì», confermò Pural concentrandosi sulla bocca di Friedrich.

«Colonnello, l'estrema destra europea, in particolare quella tedesca, ha trovato in queste eresie un terreno in cui piantare i suoi semi di odio antisemita e razzista. Inoltre, un certo gnosticismo è all'origine delle dottrine segrete di molte società occultistiche. Le sto parlando della magia sessuale, di peccati sfrenati, di omicidi rituali, di magia nera (perché nella visione ribaltata questa è il bene), di sangue, di orge e ogni genere di atto immaginabile. Di tanto, tanto malsano divertimento. Di tanto, tanto potere. Del legame che si viene a creare tra le persone che condividono così grandi segreti e millantate sapienze. I circoli occultistici tedeschi vaneggiano di un messia, della nuova venuta del Cristo, di Lucifero, il serpente, Satana. Essi sognano la venuta di un messia, a capo di un Reich millenario, che porti la Germania e la razza ariana a dominare il mondo. I volkisch sono diventati gnostici, o può anche dire satanisti. Nel contesto linguistico cristiano in cui ci stiamo muovendo, io stesso sono l'Anticristo. Dagli elementi in nostro possesso si dovrebbe dedurre che il culto praticato dagli assassini di quei poveri neonati sia ofita, dal greco *ofis*, che significa serpente. È un culto gnostico violentemente ostile al Dio dell'Antico Testamento. Per gli ofiti i personaggi "cattivi" della Bibbia sono buoni, il serpente per primo, poi Caino, Satana e tutti i demoni ribelli. Il serpente porta un raggio di conoscenza ad Adamo ed Eva, agli uomini. Si rivolge alle particelle di luce imprigionate nella materia dal Demiurgo ignorante e maligno: Yahweh, il Creatore dell'universo. Avevo tutto sotto gli occhi, ma mi sono sempre voltato dall'altra parte con disprezzo. Di certo so solo che, se è come sembra, è una cosa più grande di lei, colonnello».

«Questa è l'unica cosa che mi è stata chiara fin dall'inizio». Pural lasciò che la testa gli cadesse sul petto e rimase muto a guardare in basso. «A questo punto non sono più sicuro di nulla». Lo guardò. «Se la sente di rischiare?»

«Rischiare e vivere sono sinonimi, colonnello».

Pural sfiorò la leva per aprire il tubo comunicante con il cocchiere. Forse poteva fare qualcosa di più utile che perdere tempo con Valentino. Ci pensò, scavando a fondo negli occhi neri di Friedrich, poi la premette. «Luigi».

«Dite, signore».

«Ho cambiato idea, andiamo al Caffè Giardino».

Una brusca virata, scoccate di frusta, e il nitrire contrariato dei cavalli furono la dimostrazione che il cocchiere faceva quanto richiesto.

«È questo il rischio che aveva in mente?».

Gli rivolse qualcosa di simile a un sorriso. «Rischiare non è la sola cosa necessaria alla vita».

46

Al Caffè, di Prospero, ancora nessuna notizia.

Gli fu servito un pasto a base di vitello tonnato e vino, che decisero di gustare con calma.

Con la stessa calma che precede le tempeste.

Friedrich si piegò in avanti e disse: «Credo di aver capito tutto».

Gli occhi di Pural si gonfiarono di speranza. «Mi illumini, la prego».

«Sono sempre più convinto che abbiamo a che fare con una setta gnostica. Lei certamente saprà che il cristianesimo, come lo conosciamo oggi, si è formato nel corso dei millenni».

Pural mosse gli occhi in alto e annuì.

«Aveva mai sentito parlare dello gnosticismo prima d'ora?»

«Sì, ma confesso di non saperne molto».

«La parola deriva dal greco *gnosi*, che vuol dire conoscenza. Lo gnosticismo è, più che una religione, un modo di intendere la religione, Dio e il rapporto dell'uomo con esso. Come le ho detto, si basa sulla conoscenza, e si può dire che ogni religione abbia una sua versione gnostica. Il cristianesimo non fa eccezione. Parlo della Chiesa di Roma. Tra gli ecclesiastici si è sempre praticata una fede occulta, un cristianesimo gnostico la cui esistenza viene rivelata a pochissimi, e che risalirebbe addirittura a Gesù stesso. Gli iniziati ovviamente devono essere preti. Praticano culti segreti e rituali antichi e sconosciuti. Anche nei vangeli canonici sono molti i riferimenti a una dottrina segreta che Gesù avrebbe rivelato solo agli apostoli, e neppure a tutti. Veda in Matteo, ad esempio, dove Gesù dice di parlare al volgo in parabole, perché esso non è in grado di comprendere i misteri, che sono rivelabili, e da lui rivelati, solo a pochissimi».

Pural lo fissava muto, con il mento poggiato sulla mano, gli occhi socchiusi.

«Il vero cristianesimo, secondo costoro, è gnostico, colonnello: il vero Gesù sarebbe un eretico! Gesù non credeva affatto che la salvezza dipendesse dalla fede, ma dalla conoscenza, e per questo insegnava in segreto la gnosi. Per gli gnostici, la materia è male, il mondo è male e in quanto tale non può essere stato creato dal vero Dio, luminoso amore, che sta al di là, in un altrove chiamato Pleroma».

«Valentino ha più volte vaneggiato cose simili».

«Forse Valentino ha fatto parte di una setta gnostica, forse è stato un prete appartenente ai Figli delle Luce».

«È quello che lui sostiene».

Friedrich prese un lungo respiro. «L'avversione degli gnostici per il Dio dell'Antico Testamento e per chiunque lo veneri, ebrei in testa, è miele per gli antisemiti tedeschi (e, naturalmente, non solo). Infatti, essi, per attuare il loro piano volto alla conquista del mondo da parte della razza ariana, hanno bisogno di conquistare il potere politico, e non possono farlo senza l'appoggio delle masse tedesche, che sono cristiane! Capisce? I volkisch mirano all'epurazione del cristianesimo dall'ebraismo e intendono farlo attraverso lo gnosticismo».

«E perché starebbero tramando proprio qui a Torino?»

«I templari praticavano un cristianesimo gnostico, e la Sindone di Torino è appartenuta a loro. Si dice anche che custodissero e seguissero un vangelo segreto».

Ora l'attenzione di Pural non era più una posa di circostanza. «Il vangelo di Tomaso, per caso?»

«Così si dice. Vedo che non è così all'oscuro, colonnello».

«Tutta apparenza, vada avanti».

«Nei primi tre secoli del cristianesimo, Alessandria d'Egitto era un grande vivaio gnostico; e qui a Torino c'è un importante museo egizio...».

Pural assentiva pensoso.

«Forse hanno davvero trovato qualcosa di importante nel museo. Forse questo ha dato vigore ai vari movimenti gnostici portandoli a incontrarsi e a unirsi in una grande *ecclesia*. Ci può essere di tutto là in mezzo. Chi lo sa. Di certo è implicato il barone von Hermann, colonnello». Friedrich era intenzionato ad appianare le sopracciglia di Pural. «Vuole che le faccia qualche esempio di follia cristiana gnostica?»

«La prego».

Per cominciare a tenere il conto, dal pugno spuntò il primo dito.

«Gli antitattici. Praticavano l'inversione dei valori, il paradosso, facevano una lettura inversa della Bibbia, dei proverbi, di ogni forma di legge divina o sociale o umana in generale. Il primo impulso è quel che conta, la sicurezza deriva dalla fiducia, le leggi e i dogmi sono solo un alibi per la nostra impotenza. Mi hanno preceduto in molte cose. Ma gli antitattici non sono filosofi, sono fedeli di una religione e qui le nostre strade divergono bruscamente. Essi celebravano la messa all'inverso, perché il Dio della Bibbia è il demiurgo maligno che ha creato il cosmo e inganna gli uomini presentando loro quel che è bene come male e viceversa. Quindi bisogna vincere la propria tendenza alla sottomissione e fare il contrario di quanto lui stabilisce, per raggiungere la Luce: ogni male è bene, ogni bene è male».

«Antitattici». Il nome aveva un che di militare e piaceva a Pural che se lo rigirava nella bocca come fosse una caramella.

«I borboriti. Significa: i puzzolenti, i fangosi. Vivevano esclusivamente tra di loro. Avevano un'abitudine rituale alquanto bizzarra, capirà. Si imbrattavano il volto di escrementi per impedirne la vista ed esaltarne lo splendore per contrasto».

«Borboriti...». Anche il nome evocava moti intestinali.

«I carpocraziani, di cui le ho parlato, che usavano marchiarsi dietro l'orecchio, proprio come è stato fatto ai bambini. E i nazarei, i marcioniti, i bogomili, i catari... l'elenco non finisce più, lo gnosticismo si divide in molte sette e ha una teologia altrettanto movimentata».

«Tutto molto interessante», disse Pural, «ma ancora non capisco cosa la persuade che tutto questo abbia a che vedere con i rapimenti».

Friedrich glielo disse, pronto a gustarsi la sua reazione: «Gli adepti di alcune sette del cristianesimo primitivo eleggevano i propri vescovi mettendosi in circolo attorno a un fuoco e passandosi un neonato di mano in mano, anche attraverso le fiamme, finché il poverino moriva nelle mani di uno di loro designandone l'elezione».

Ogni muscolo facciale di Pural fu scosso da tremiti. «Il medico legale...», mormorò attonito. «Quanto dice coincide con le conclusioni del medico legale che ha esaminato i corpi».

«Si narra anche di pietanze sacre a base di feti umani», continuò Friedrich. «Può darsi che i bambini rapiti siano i figli di un'orgia sacra. Forse quelle povere donne hanno dovuto servire i loro padroni fino al punto di partecipare a rituali segreti, fino al punto di partorire un bambino destinato al sacrificio».

Pural lo fermò. Era profondamente turbato. Dopo un breve silenzio, cominciò a scuotere la testa e ripetere «Perché, perché?», non per reclamarne uno, bensì per rifiutarli tutti. Non poteva esistere un argomento a sostegno di una simile aberrazione della mente umana.

«So che è pazzesco», disse Friedrich, «ma sono testimonianze lasciateci dai loro avversari, i Padri della Chiesa. Il perché è assurdo, ma c'è. Gli gnostici condannano la creazione, la materia, e il suo Creatore (capisce da ciò perché piacciono all'estrema destra e ai nemici del materialismo). Dunque, siccome i comandamenti sono lo strumento del Creatore maligno per tenere la luce prigioniera dei corpi, gli gnostici oppositori commettono sistematicamente tutti i peccati possibili e immaginabili. Praticano i rituali cristiani, come la messa, all'inverso, e allo stesso modo peccando credono di esaurire tutte le possibilità della materia stessa e così non dover più reincarnarsi in un'altra vita. Più peccano, più si avvicinano a spezzare il ciclo delle rinascite, che condanna l'uomo sulla Terra. Peccando possono ritornare al regno di Luce, su, oltre il decimo cielo. Sono gnostici di questo genere quelli che lei sta cercando. Persone per le quali andare contro Dio è come pregare. La sola cosa che essi considerano peccato gravissimo è la procreazione. Un simile gnostico è l'immagine allo specchio di un normale credente cristiano: seguono lo stesso testo, ma in direzioni opposte. La Storia li aveva dimenticati. Ma ora una parte della Chiesa, i volkisch e altri antisemiti, insieme magari a qualche altro gruppo di invasati di Torino, a cui doveva essere legata in qualche modo Madame Adam, stanno tentando di ridare vigore e un senso nuovo all'antica fede. Non abbia la pretesa di capire. Nessuno può farlo. È un guazzabuglio. Ora le basti considerare che i massoni sono amici degli ebrei e sono in segreta lotta con gli antisemiti, ma molti gruppi occultistici antisemiti sono stati fondati da massoni, e tutti fanno reclutamento nella massoneria. I pangermanisti volkisch sono antisemiti, razzisti, neopagani che credono nel potere magico delle rune e della razza ariana, tuttavia sono molti i circoli occultistici fondati da monaci cattolici, o da ex massoni. Un pasticciare senza sosta che sta dando origine a folli sincretismi. Le ho già detto di Helena Petrovna Blavatsky e della sua teosofia?».

Pural si infilò le dita tra i capelli raggrumati dalla pomata all'ambra e, come fossero i suoi stessi pensieri, iniziò il difficile tentativo di districarli. Se anche avesse capito le cose di cui gli aveva parlato Friedrich bene quanto lui, non vi avrebbe trovato niente di utile alla sua indagine. Forse poteva ancora fare qualcosa per salvare i bambini rapiti, che chissà quali pene stavano soffrendo. Non era il caso di tergiversare oltre su quelle astrusità teologiche.

«Andiamo, professore».

«Posso sapere dove?». Si tamponò le labbra con un tovagliolo candido.

«Andiamo in caserma».

«Non ne vedo il motivo. Dovremmo occuparci di quei poveri bambini, piuttosto, e di Prospero!».

«Parli piano, la prego. È quello che ho intenzione di fare».

«In caserma?». Friedrich non capiva.

«Esattamente», disse Pural depositando i soldi per la cena nelle mani del ragazzo che sostituiva Prospero. «Non ci deve vedere nessuno. Nessuno deve sapere che io sono lì e tanto meno che sono in sua compagnia. Passeremo dal retro e aspetteremo che faccia notte». Gli toccò il braccio. «Ho dell'ottimo Barbera nel mio ufficio».

«E quindi?»

«Quindi perquisiremo l'ufficio del generale».

47

Lasciarono il Caffè Giardino tra sbuffi di fumo, brusii e scampanellare di bicchieri come non se n'erano mai visti né uditi. Solo la musica suonava meno forte del solito, perché nessuno aveva orecchie da porgere all'orchestrina, attratte com'erano, invece, dalle bocche più informate sugli ultimi accadimenti in città. I suonatori stessi erano distratti da quanto stava dicendo un tale seduto al tavolo più vicino e abbondavano di *piano* e ancor più di *pianissimo* nel tentativo di ascoltare. Si parlava con molta costernazione dei due bambini ritrovati nel fiume e di quelli, chissà quanti, che erano ancora in mano ai rapitori. Ci si chiedeva se tra i presenti ci fosse chi conosceva qualcuno dei poveri genitori vittime di quelle terribili disgrazie. E, con tutte le prudenze del caso, uno sosteneva di aver sentito dire (e tutte le teste gli andarono incontro) che quei piccoli sfortunati non erano stati rapiti, ma erano stati fatti sparire perché frutto di fosche relazioni tra alcuni signori e le loro serve.

Anche le fronti dei musicisti si corrugarono e il *presto* che stavano eseguendo prese un andamento da *adagio*.

Nel tavolo accanto, invece, si avanzavano ipotesi sulla morte della contessa Adam, che un tale con le mascelle quadrate e un buco profondo al centro del mento sosteneva di aver conosciuto in un incontro d'affari con il padre avvenuto poco prima che questi e sua moglie morissero in circostanze molto misteriose. Vantò la grazia di quella che allora era un'adolescente e le fattezze della donna che era diventata, ne invidiò lo stile di vita, aggiungendo subito, però, che forse era tutta apparenza. Infatti, per quel che ne sapeva lui, non erano pochi i debiti che gravavano sulla poverina. La sua, quella che avanzava adesso a bassa voce e guardandosi intorno, era solo una supposizione azzardata, ma certo anche ben fondata, per cui era consapevole di non dover dire quel che però sentiva di dover dire: Madame Adam conduceva una vita poco chiara, forse si guadagnava da vivere, e anche il superfluo, saziando le voglie di non pochi signori insoddisfatti delle proprie mogli.

Nel tavolo a fianco si era giunti alla medesima conclusione. In tutta la sala rimbalzavano ipotesi e particolari sugli ultimi fatti di cronaca. Ascoltare i discorsi degli avventori era come leggere la «Gazzetta Piemontese».

Solo in cucina l'argomento era un altro.

«Ancora nessuna notizia di Prospero?», domandò il padrone del Caffè con un'apprensione minacciosa che spingeva tutti, cuochi e camerieri, a inventare qualcosa.

«Magari ha incontrato una bella ragazza».

«Non è da lui...».

«Di sicuro non si sente bene».

E qualcuno, tra l'approvazione generale, non aveva mancato di fargli notare che non era difficile, a Torino, trovare un datore di lavoro più generoso di lui, specialmente per uno sveglio come Prospero.

Il padrone del Caffè si allontanò dalla risata collettiva brontolando che erano tutti degli ingrati, che lui quel ragazzo lo aveva sempre trattato molto bene e che così avrebbe fatto con loro se gli fossero somigliati anche solo un poco.

Guardò dentro la sala consolandosi con la vista del pienone. C'era un tavolo, in particolare, che attirava i vassoi dei camerieri come fosse una potente calamita e un capannello di clienti si era radunato alle spalle degli occupanti a sentire quel che aveva da dire il tizio con le mascelle quadrate e un buco scuro al centro del mento.

Seduto a un altro tavolo c'era chi conosceva il colpevole di tutto: «Sono stati gli ebrei!», ripeteva, «sono in combutta con i massoni! Ci tengono per le palle! Possiedono il capitale, le banche, i giornali, l'editoria... complottano contro le monarchie cristiane. La Rivoluzione francese è opera loro. Hanno sempre ammazzato i bambini cristiani: ne essiccano il sangue e lo mettono nel vino o lo mischiano alla farina con cui fanno il pane azzimo, per maledirci! E qui a Torino gli si fa fare la sinagoga! Da non credere». Ingollò d'un fiato un ennesimo bicchierino d'acquavite alitando con soddisfazione e schioccando la lingua contro il palato. «Per fortuna Antonelli ha trovato il modo di fregarli. Le chiese degli ebrei hanno limiti d'altezza da rispettare!». Rise abbondantemente. «Sono scimmie, non esseri umani, e imbastardiscono la nostra razza». Continuò a ridere mentre un altro si associava al suo discorso rabboccandogli il bicchiere.

48

Brillò un fiammifero. La fiamma si gonfiò, poi volò verso una lanterna squarciando l'oscurità, come una lama rovente su un telo nero.

Lentamente apparve l'ufficio di Pural.

«Prospero non può essere sparito nel nulla. Sarebbe stato visto dai miei uomini e io sarei stato informato». Indicò la scrivania. «Coretti mi avrebbe lasciato un appunto se Prospero fosse stato trovato. Mi lascia un appunto per ogni cosa, mi aggiorna sempre su quel che accade quando sono fuori».

Il piano della scrivania, però, era perfettamente sgombro, il che forniva a Pural una conferma ai suoi sospetti.

«Lo zelo del fido Coretti subisce qualche contraccolpo», osservò Friedrich.

«Se così fosse, non sarebbe certo lui il responsabile. Qualcun altro, un ufficiale a me superiore, lo muoverebbe. Forse proprio il generale Linzi, il Gran Maestro. So che lei...». Gli toccò il braccio. «Lei, professore, lo ha incontrato».

Friedrich era sul punto di replicare, ma un rumore di passi che si avvicinavano alla porta costrinse entrambi a tacere. Pural, con l'indice appoggiato alle labbra, spense la lanterna.

Restarono immobili, con lo sguardo fisso sulla maniglia come fossero certi che la persona dall'altra parte avrebbe provato ad aprire.

I passi si fermarono davanti alla porta.

Come loro, la maniglia non si mosse di un millimetro.

Infine ricominciarono i passi, ma in allontanamento. Pural, sospirando, accese un fiammifero. «Non era Coretti, la sua andatura è inconfondibile». Depositò la fiamma nella lanterna e scosse più del necessario il bastoncino fumante.

«Chiunque fosse, si starà chiedendo che fine ha fatto il colonnello».

«Molto probabile».

«Interessante», commentò Friedrich. «Forse il generale gioca una partita a un livello più alto usando lei e me come pedine inconsapevoli».

«Toglierei quel forse, professore. Il generale mi convoca, mi dice di incastrarla, perché possa essere espulso dall'Italia, per il suo bene, ma allo stesso tempo la invita a tenere dei seminari privati per gli aderenti alla massoneria torinese, stringe accordi con lei...». Spinse il suo sguardo oltre le lenti sporche degli occhiali di Friedrich e vi trovò occhi svegli, screziati da una moltitudine di ombre.

«Se lei è d'accordo, vorrei che ci dessimo del tu. Gli amici mi chiamano Friedrich, fatta eccezione per quel punzecchiante "Fritz" che utilizzano quelle arpie di mia madre e mia sorella». Gli diede la mano.

Pural gliela strinse. «Onorato, Friedrich».

«L'onore è tutto mio. E poi ormai ho più confidenza con te che con chiunque altro. I miei migliori amici hanno tutti il volto rettangolare e bianco di una lettera, solcato da rughe d'inchiostro!».

Seguì un sorridente silenzio.

«Il generale sta facendo il doppio gioco», riprese Pural. «Crede di potermela fare così spudoratamente. Sono sicuro che sappia qualcosa sul furto al museo e non solo. Il direttore del Museo Egizio è un massone ed è molto amico del generale».

«Sono fratelli», disse Friedrich, «fratelli d'Italia!».

Lo invitò a parlare più piano. «Il generale ti ha offerto del denaro in cambio di qualcosa?»

«Il denaro arriva dalla comunità ebraica», corresse Friedrich. «Il Gran Maestro...».

«Il generale», puntualizzò Pural.

«...Il generale è solo un intermediario».

La danza della fiammella attirò l'attenzione di Pural, poi il suo sguardo vacuo e pensieroso si posò di nuovo su Friedrich. «Lo hai chiesto tu il denaro?»

«Sì».

«Quanto?»

«Non ho stabilito una somma. Stava a loro. So solo che era tanto». La mano di Friedrich divenne una tacca sospesa a mezz'aria. «Erano diverse pile di banconote alte così».

«Non lo hai contato?»

«No. L'accordo non prevede che io lo tenga con me. Loro provvederanno a fornirmi il necessario di volta in volta. Diciamo che mi faranno credito a fondo perduto finché abiterò qui a Torino».

«Questo potrebbe spiegare perché il generale ti vuole fuori dall'Italia».

Friedrich si gonfiò di rabbia. «Quel porco schifoso!».

«E cosa si aspettano in cambio?»

«Che io, l'autorevole Zarathustra, dica a chiare lettere ai razzisti tedeschi e non solo, che il culto della razza è stupido, che il culto del sangue è stupido. Che l'antisemitismo è stupido e che io non lo sono. Ecco tutto».

«Mi pare un ottimo proposito».

«Lo è».

«Ma sei sicuro che il denaro e le promesse del generale provengano davvero dalla comunità ebraica?».

La certezza non comparve sul volto imbarazzato di Friedrich. «Davanti a una tale quantità di banconote è lecito credere a molte cose».

«Dunque, non lo sai».

«No. Io combatto contro il cristianesimo, contro la Triplice Alleanza, e ora anche contro gli antisemiti: devo pur trovare degli alleati per la mia battaglia. Gli ebrei hanno il capitale, i mezzi di informazione, sono stati perseguitati dal cristianesimo e adesso si preparano a esserlo dai tedeschi pangermanisti, neopagani». Lo disse con disprezzo: «I volkisch». Inspirò. «Gli ebrei sono gli alleati ideali per me in questo momento, per contrastare il piano di mia sorella».

«Rispetto la riservatezza delle questioni familiari, perciò non ti chiederò di spiegarti meglio, Friedrich».

«Mi spiego invece». Annuì all'invito di abbassare la voce e finì con il parlare alitando. «Mia sorella vuole che il mio lavoro di filosofo si fermi qui. Farà di tutto per impedirmi di scrivere in difesa degli ebrei, di tutto! I miei amici più intimi sono in combutta con lei. Ad esempio, il sedicente signor Pietro Gasti, il cui vero nome è Heinrich Köselitz, che vive a Venezia e si guarda bene dal venirmi a trovare, fa il doppio gioco con Elisabeth, oltre che con il mondo intero. Mi tradisce riferendole il contenuto della nostra corrispondenza, e ho motivi per credere che se io morissi, finalmente potrebbero insieme impossessarsi dei miei scritti inediti, manipolandoli a loro piacimento. Sarebbe a dire?». Sbuffò. «Primo: il super uomo è la razza ariana riportata alla sua originale purezza. Secondo: questo si può ottenere solo con l'annientamento delle altre razze, prima fra tutte quella ebrea, della quale abbondano in Germania sia il sangue sia le idee. Terzo: Gesù non fu un ebreo, ma un ariano e il cristianesimo del Volk dovrà predicare un messia super uomo. Il cerchio si chiude. Perché mai io dovrei riaprirlo?». Legò una mano all'altra incrociando le dita e se le poggiò sull'addome sospirando e riflettendo.

Anche Pural sentì il bisogno di straniarsi. I problemi di Friedrich gli apparivano troppo distanti.

Quasi si appisolò lasciando che i pensieri, nessuno dei quali piacevole, gli mulinassero nella testa come foglie secche nel vento.

Il ticchettare della cipolla che aveva in tasca fluì accelerando in quel piacevole sprazzo di oblio, le lancette corsero all'insaputa di entrambi.

Poi, come fosse trascorso un istante, Pural si scosse, si alzò in piedi e si accostò alla porta.

Ascoltò.

Sembrava essere sceso finalmente il silenzio tanto atteso. Aprì con delicatezza facendo un cenno a Friedrich affinché non si muovesse, uscì nel corridoio e si aggirò tra le stanze per controllare che non ci fosse nessuno.

All'insaputa l'uno dell'altro, aveva dato ordini e permessi agli uomini in modo da svuotare il reparto, e la tattica sembrava aver funzionato alla perfezione. Erano rimasti solo i carabinieri che facevano guardia all'esterno e alcune reclute innocue.

Il reparto era vuoto, come un museo dopo l'orario di chiusura.

La visita poteva cominciare.

49

Attraversarono i locali deserti della caserma dove era tutto ridotto all'essenza: i muri erano pareti divisorie, le porte pannelli con maniglia, i tavoli pianali sorretti da gambe. Tutto ben squadrato e sgombro. Fatta eccezione per la saletta degli ufficiali, che aveva il privilegio di quadri appesi alle pareti, divani e poltrone di pelle, riviste, biliardo e altri svaghi quali, ad esempio, carte da gioco, scacchiere con pezzi in avorio ed ebano, e non ultima una credenza ben fornita di tè pregiati, liquori e varietà di tabacco da fumare o inalare.

E tutto questo si poteva trovare anche nell'ufficio del generale.

«E se ci fosse qualcuno?»

«Ora lo sapremo». Pural fece scattare la serratura usando un passepartout.

Appena dentro, Friedrich notò alcuni libri sullo scaffale che per un occhio esperto come il suo erano immediatamente riconoscibili; vide su un comò una scacchiera decorata con due colonne e una scala sormontata da un triangolo; sulla scrivania, una piccola bara con un teschio in altorilievo e un compasso opposto a una squadra.

In quel momento avrebbe immediatamente appreso che il generale era un appassionato massone, se non lo avesse già saputo.

Oltre che di simboli, la scrivania del generale era ingombra di oggetti esotici e carte ingiallite.

Pural aprì un tiretto e vi frugò dentro. Ripeté l'operazione altre quattro volte con tiretti diversi e dall'ultimo estrasse un taccuino. Si inumidì i polpastrelli sul labbro inferiore e lo sfogliò rapidamente con crescente delusione. «Sembrano gli appunti di un pazzo», disse rimettendolo al suo posto.

Ma Friedrich, che aveva un occhio speciale per i taccuini, allungò il braccio chiedendo di poterlo vedere.

«Il generale si diletta a scrivere dialoghi», disse Pural porgendoglielo.

In effetti, Friedrich vi trovò una sequenza di dialoghi privi di ambientazione, intervallati da appunti apparentemente senza senso, alcuni dei quali avevano un chiaro riferimento all'astrologia e alla magia.

Senza parlare, immobile, la fronte corrugata e un ghigno appena accennato, quanto bastava a far rabbrividire, fissò a lungo Pural.

«Be', che c'è?».

Friedrich non reagì.

«Perché mi guardi in quel modo?».

Friedrich continuò a puntargli contro le pupille senza dire una parola, mentre la mano che stringeva il taccuino cominciò a tremargli e il ghigno si espandeva sul suo volto. Categorico, con la voce rotta dall'emozione, disse: «Questo è il taccuino di Prospero».

Lo prese in consegna Pural.

Cercò ancora, più a fondo, tra le carte nei tiretti, tra i libri, ovunque avesse un senso. Poi, non avendo trovato nient'altro di interessante, prese Friedrich per un braccio e se lo portò via, senza fare rumore, di corsa nel suo ufficio, dove avrebbero potuto esaminare il taccuino con calma.

50

«Cosa ci faceva il taccuino di Prospero nella scrivania del generale?». Pural lo ripeté più volte scuotendo il capo, mentre scorreva le pagine con sconforto. Infine, lo fece scivolare sul piano del tavolo. «Forse è meglio che guardi tu».

Friedrich chinò la testa tenendosela tra le mani e iniziò a leggere mormorando. Di tanto in tanto sollevava lo sguardo e raccontava quanto aveva letto. «Devi sapere che Prospero si diletta a origliare i discorsi che fanno i clienti ai tavoli del Caffè». Batté con la punta dell'indice sulla pagina. «Qui, due persone parlano di un prete bestemmiatore. È una storia che mi ha letto qualche giorno fa». Sfogliò, lesse ancora e disse: «Qui, invece, due uomini parlano di problemi di natura sentimentale». Voltò pagina e continuò a leggere in silenzio.

«Trovato qualcosa?», chiese Pural impaziente, certo che da quelle righe sarebbero provenute informazioni molto importanti.

«Questo...», glielo indicò. «Questo è interessante».

«Fai vedere». Pural lo lesse a sua volta. Alla fine sbiancò. «Si parla di una mummia». I gomiti sul tavolo, si sporse in avanti verso la lanterna. «C'è scritto il nome di chi sta parlando?»

«Non ci sono nomi».

«Guarda bene».

Friedrich andò alle ultime pagine. «Guarda qui». Gli accostò il taccuino.

«Sono numeri», disse Pural lasciando trasparire tutta la sua delusione e allo stesso tempo la sua fiducia nella sapienza di Friedrich.

«Sono numeri, è vero. Ma...», rifletté. «Ma...». Lesse meglio. «Prospero ha contrassegnato ogni pagina con una lettera e alla fine ha appuntato dei numeri per ogni pagina». Prese a toccarsi il mento con la punta di ogni dito, uno dopo l'altro. Sembrava far di conto come un bambino alle elementari traendone le coordinate per una battaglia navale. «14:P-9:I... Come si chiama il generale?».

Corrugando la fronte, Pural rispose: «Pietro Linzi».

«E qui c'è scritto proprio Pietro Linzi», disse Friedrich, assolutamente convinto. «14.9.5.18.16.13». Pietro scritto in numeri. Gli mostrò i numeri che messi in sequenza equivalevano a "Linzi". «C'è scritto Pietro Linzi, non ci sono dubbi. Si chiama gematria, una delle tecniche di analisi delle parole ebraiche della Cabala. Un metodo per decriptare significati occulti nella Bibbia. Qui, però, Prospero usa l'alfabeto italiano».

«E Prospero ha usato questa gematria per nascondere i nomi delle persone che spiava?»

«Esattamente, anche se non si può definire gematria in senso proprio. Diciamo che ne ha usato il principio della commutazione delle lettere in numeri e viceversa. Del resto l'origine della gematria è proprio questa, un sistema che veniva usato nell'antica Grecia per nascondere i nomi di persona».

Pural si impossessò del taccuino e in pochi minuti tradusse ogni riga di numeri in una riga di lettere in cui era leggibile il nome di qualcuno. Perlopiù sconosciuti, ma molti erano nomi che non giungevano per la prima volta alle sue orecchie incredule. «Una bella porzione di aristocrazia torinese discute i suoi segreti in queste righe. Ai tavoli del Caffè Giardino si sono seduti ministri, alti gradi dell'esercito, giudici, uomini di chiesa molto in vista qui in città. E lui li ha origliati tutti. Inizio a temere per la vita di quel ragazzo».

«Dobbiamo assolutamente trovarlo prima che sia troppo tardi».

«Sì, ma dove?».

Friedrich gli sfilò il taccuino dalle mani.

«Cerca di capire cosa dice il generale».

«Non dice niente. I numeri che corrispondono al suo nome non fanno parte di un discorso. Sono appunti di Prospero in cui scrive di avergli dato le fotografie del morto. Parla di soldi promessi e non ricevuti». Alzò la testa dal taccuino e cercò gli occhi di Pural. «Il ragazzo conosce il generale!».

«Il ragazzo conosce più cose di quelle che credevo», commentò Pural. Il taccuino tornò da lui. Una pozza torbida e scura in cui tuffarsi.

«C'è una cosa che non ti ho detto. Non ritenevo che fosse importante e, inoltre, avevo promesso di mantenere il più stretto riserbo».

«Ti ascolto», disse Pural continuando a leggere.

«Ieri sera il generale mi ha mostrato delle foto che ritraevano una mummia».

«Ma come?», esclamò esterrefatto Pural. «Mi pare che sia importante!».

Friedrich si schermì preparandosi ad argomentare. «Ma era solo una delle tante mummie presenti qui a Torino: la mummia di un faraone, o di un alto sacerdote egizio. I massoni non fanno altro che fantasticare».

«Tu l'hai vista?», domandò la voce senza corpo di Pural.

«Ho visto delle fotografie. Il Gran Maestro, il generale, me le ha mostrate per avere il mio parere».

«Quindi dal museo era stata davvero rubata una mummia, non un vaso canopo come invece sosteneva il direttore!», esclamò tra sé Pural colpendosi la gamba. «Era d'accordo con il generale per insabbiare tutto».

«Il generale», riprese Friedrich, «mi ha detto che la mummia potrebbe essere giunta a Torino nel 1759 insieme a molti altri oggetti antichi acquistati da un certo Donati per conto del re allo scopo di spiegare il significato della Mensa Isiaca, un reperto risalente al primo secolo dopo Cristo. Il Gran Maestro era però più propenso a sposare l'ipotesi che la mummia fosse stata acquisita da re Carlo Felice nel 1824, insieme alla collezione di Bernardino Drovetti che comprendeva diverse migliaia di oggetti tra i quali sarcofagi, molte altre mummie, vasi canopi, statue, stele, papiri, amuleti... il tema prevalente della collezione è quello della morte. Comunque sia, secondo il generale la preziosa mummia sarebbe rimasta a giacere nell'oblio dei magazzini del Regio Museo delle Antichità Egizie, fondato per l'appunto nel 1824, fin quando qualcuno non l'ha scoperta e qualcun altro rubata».

«Molto bene, molto bene». Pural ascoltava incantato, ergendosi lentamente come una foglia quando fa giorno. «Le cose devono essere andate più o meno così: il direttore del museo è stato il primo ad accorgersi delle strane peculiarità di quel reperto chiuso in una cassa anonima e accatastato in un sottoscala. Lui e i suoi confratelli massoni hanno fatto di tutto per impossessarsene, ma non ci sono riusciti. Hanno aspettato troppo cercando di agire senza farsi notare, per evitare che qualcuno si facesse venire dei sospetti. Attendevano l'occasione giusta per prelevare il sarcofago in modo legale. Il loro piano, forse, consisteva nel comprarlo tramite un altro museo, magari quello di Londra o del Cairo. Ma sono stati battuti sul tempo e un bel giorno la mummia è sparita».

«E io credo che l'oggetto, date le sue supposte peculiarità, sia stato rubato dalle stesse persone che uccidono i bambini dopo averli marchiati e seviziati».

«Perché? Di quali strane peculiarità stai parlando?»

«La mummia, a dire del generale, potrebbe essere l'uomo della sindone».

«E secondo te lo era?»

«Direi di no, anche se c'era buio e io non sono quel che si dice un falco, e neppure un esperto di antichità egizie. Il generale, però ne era così convinto... Se quella mummia fosse quel che sostiene il generale, la Chiesa vorrebbe certamente farla sparire insieme alle fotografie e ai testimoni. Ecco cosa cercava il cardinale Martini prima di essere ucciso».

«Cercava una mummia e, dopo averlo ucciso, ne hanno scempiato il cadavere imitando il processo di imbalsamazione. Il biglietto con la scritta Ecce Homo starebbe quindi a significare questo, per chi aveva orecchie da intendere e cioè la curia vaticana».

«Sì», disse Friedrich, «e gli escrementi nell'altro occhio volevano essere un segno di profondo disprezzo verso l'uomo di Chiesa (non dimenticare che per gli ofiti la Chiesa è il Male, Roma è il contrario di Amor, tutto è uguale ma capovolto)».

Friedrich riaprì il taccuino e lo scorse in silenzio. Trovò una frase scritta in stampatello e con le lettere ricalcate più volte, come se Prospero avesse voluto imprimerle di più nella sua stessa memoria: «Qui c'è scritto: *Elatan.* E poi, più sotto, più in grande: *La via è uguale, ma è diversa*».

«Elatan? Uguale, ma diversa?», domandò attonito Pural.

«C'è scritto così», disse Friedrich, un bagliore negli occhi che non era il riflesso della fiamma.

«Uguale, ma diversa», rimuginò Pural. «Uguale, ma diversa», proseguì grattandosi la fronte. «Ha a che fare con la visione ribaltata degli Ofiti?»

«Può darsi», disse Friedrich picchiettando col dito sulla pagina. «Anzi, è sicuro: Elatan è Natale scritto al contrario!».

Il cuore di Pural esultò. «Elatan, il contrario del Natale, i bambini!».

«I bambini», gli fece eco Friedrich annuendo. «A Natale nasce il bambino!».

«E a Elatan muore!», esclamò Pural. «Ma certo: gli ofiti celebrano un Natale inverso in cui uccidono neonati!». Lasciò cadere un pugno sul tavolo, raggiante dinanzi all'orrore. «Ecco perché!».

«*La via è uguale, ma è diversa*», riprese Friedrich. «È un enigma e, come tutti gli enigmi, vuole nascondere qualcosa. Non è un gioco fine a se stesso. Può darsi che si riferisca all'ingresso per i sotterranei che stai cercando».

«Uguale, ma diversa... Una gemella?», provò Pural.

«No. I gemelli non sono perfettamente uguali, somigliano soltanto».

Era d'accordo. «Una scarpa?»

«No...».

Anche in questo caso, Pural si rendeva conto che la scarpa destra non sarebbe risultata granché comoda se calzata al piede sinistro.

Friedrich sorrideva sicuro di sé.

«Tu lo hai già capito?». Domandò Pural, il viso pieno di stupore.

«Conosco questo enigma da molto tempo».

«Non ti concedo un altro secondo».

«L'immagine nello specchio», disse Friedrich. «La soluzione dell'enigma è questa. Banale, ma vera». Si sfilò gli occhiali per il rituale della nettatura, vi alitò sopra, mise le lenti contro luce e non soddisfatto soffiò ancora, quindi prese a strofinare con un lembo della camicia. «Ho risolto un enigma già risolto in passato, non è un gran risultato. E inoltre non riesco a vederci nient'altro. Niente di utile. Mi dispiace».

«Uno specchio indica la via. È qualcosa». La mente di Pural si affollò di specchi. Tutti quelli che conosceva scesero dai comò, si staccarono dalle pareti e dagli armadi e si radunarono all'istante schierandosi davanti a lui come un plotone ben disciplinato e scattante. Li passò in rassegna uno per uno, ogni specchio come un soldato. La sua immagine, uguale, ma diversa, apparve su uno specchio e poi su un altro, ora con il mento in pugno, ora con le mani dietro la schiena, ora con le braccia conserte e il mento in dentro. Sull'ultimo specchio era abbattuta e guardava in basso.

«C'è qualcos'altro di interessante nel taccuino?».

Friedrich, che vi si era calato con molta concentrazione, stava riemergendo in quel momento dall'ultima pagina. Era serio. L'ombra gli danzava sulla fronte corrugata. «Prospero ha ascoltato due signori che parlavano di Madame Adam. Vi alludevano come alla contessina che bisognava sistemare. Sono certo che sia lei, perché fanno riferimento alla festa del barone von Hermann, alla quale la contessa era invitata. Prospero trascrive quel che sente».

Pural guardò dove gli veniva indicato.

«Leggi qui a fianco».

«Qui sono altri a parlare».

«Sembrerebbe di sì, cambiano i numeri relativi ai nomi e la data». Calcolò guardando in alto, poi con tono grave disse: «Il barone von Hermann. L'ex ambasciatore che vive a Torino».

«Cosa dice?»

«Fa qualcuno dei suoi celebri discorsi. Credo avesse messo a dura prova la sua capacità di resistenza alla birra».

«Cosa dice?», insistette Pural, attratto da quel taccuino come una falena dalla luce.

«Dice: "Gesù era figlio di Giuseppe, figlio di Elia, figlio di Levi, figlio di Davide, figlio di Giacobbe, figlio di Isacco, figlio di Enoch, figlio di Seth, figlio di Adamo, figlio di Dio. Che te ne pare di questo albero genealogico? Tu sei un volkisch. Ti sembrano nomi germanici? Se Gesù discende dal Dio di Israele anche quel Dio è ebreo". E poi l'altro aggiunge: "Gesù è il rampollo di una sgualdrina ebrea, Maria! La chiesa cattolica è un grande bordello pubblico"».

«Mi ricorda i discorsi di Valentino».

Friedrich non lo sentì, tanto era preso dalla lettura. «E il primo dice: "Tutti i pastori, preti e teologi sono dei bugiardi di professione"».

«Queste, invece, sembrano parole tue», osservò Pural.

«Hai ragione. Infatti le condivido appieno. Presto i volkisch recheranno un gran danno al mondo intero e io sarò considerato da tutti il loro profeta. Mi si prepara un'onta che forse mi merito. Io non ho niente a che vedere con i teologi della razza e con i sacerdoti del sangue ariano. La moltitudine di razze, per me, è segno dell'esuberanza della vita, della sua volontà di potenza che la fa straripare ovunque. Bisogna accettare e amare il mondo, l'aldiquà, così com'è, io dico questo. Non c'è alcun Walhalla, alcun Wotan, nessuno spirito del sangue come credono i volkisch. Chi si crea un aldilà non ha abbastanza fegato per accettare l'aldiquà, figuriamoci per dominarlo».

«Sono d'accordo con te, Friedrich. Dunque, vediamo un po'». Studiò il taccuino ancora una volta. «Abbiamo i nomi dei possibili assassini di Madame Adam. Poi… un indizio su uno specchio…». Mosse lentamente gli occhi verso quelli di Friedrich e vi si soffermò pensoso. «Potrebbe davvero riguardare la tana di quei criminali. O forse il luogo in cui è stata nascosta la mummia».

«Dovresti arrestare questi due», disse Friedrich toccando con decisione i numeri sul taccuino corrispondenti ai nomi degli uomini che avevano preannunciato la morte di Madame Adam. «Dovresti interrogarli con la tortura. Avranno cose interessanti da dire, credo, prima di essere impiccati».

«Sulla base del taccuino di un ragazzo?». Scosse il capo. «Ora dobbiamo preoccuparci dei bambini, Friedrich. Se siamo fortunati abbiamo tempo fino a Natale, dunque fino alla mezzanotte di domani».

«Cosa stai pensando di fare?»

«Una visita al generale Linzi, tra qualche ora», rispose adagiandosi contro la spalliera della sedia e chiudendo gli occhi. «Poi, da buon filosofo quale tu sei e da buon carabiniere quale io sono, cercare la verità». Un ghigno obliquo gli tagliava il viso. «La via è uguale, ma è diversa».

51

«Ripeti quello che hai detto!».

L'interrogato ricevette un violento colpo sul volto.

Nel momento in cui i carabinieri avevano fatto irruzione a casa sua, una sorta di cappella nera, stava praticando fatture e iettature a pagamento. Con l'abito da prete, metteva in scena una parodia della messa cattolica avvalendosi di strumenti e arredi ecclesiastici, e nel mentre dava sfogo alle proprie voglie. Era un personaggio noto nel quartiere, aveva l'abitudine di affacciarsi al balcone e bestemmiare a gran voce. Stranamente – nessuno capiva come fosse possibile – non lo avevano ancora rinchiuso in un manicomio.

«Valentino chi?». Gli ringhiò contro Coretti.

«Valentino il giardiniere della clinica Turina», disse il malcapitato, biascicando tra sangue e saliva. «Il colonnello Pural lo conosce».

«E tu saresti suo fratello?»

«Sì».

«Un insano di mente dovrebbe garantire per te?».

Un altro colpo gli fece voltare la testa, che già gli pendeva inerte sul petto.

«Il colonnello Pural», sussurrò. «Fatemi parlare col colonnello».

«Lo stiamo cercando, e siamo convinti che tu sappia qualcosa». Coretti gli sollevò il mento e lo guardò in faccia. «Devi dirmi tutto quello che sai».

«Io non so niente».

Nella bocca che aveva appena parlato, il sapore caldo del sangue.

«Parla finché sei in grado», lo minacciò Coretti.

Gli diede il tempo di cedere.

L'uomo sollevò la testa e fissò su Coretti uno sguardo che comunicava più delle parole: se avesse parlato, sarebbe morto. «Io non ne faccio più parte. Mio fratello e io eravamo sacerdoti. Siamo stati radiati, perché sospettati di aderire a un gruppo segreto ed eretico all'interno della Chiesa, al quale possono essere iniziati solo i preti».

«E scommetto che i sospetti su di voi erano ben fondati».

«Ne facevamo parte, sì».

Coretti prese a girare attorno alla sedia dell'interrogato. «Continua».

«Lucifero non è come potrebbe sembrare agli occhi di un profano: non si tratta del diavolo come lo intendete voi. Lucifero per noi è il messaggero del Dio di Luce».

«Risparmiami la tua teologia». Coretti gli si parò davanti minaccioso. «Voglio sapere dov'è la chiesa di Satana e dove hanno nascosto la santa reliquia. Sono sicuro che sai dirmi qualcosa».

L'uomo annuì, ormai consapevole di non poter cambiare la sua sorte. «Posso bere?». Mostrò la sua bocca tumefatta.

«Ma certo», sussurrò, poi si rivolse a uno dei suoi: «Il nostro amico ha sete».

Gli fu portato un bicchiere alle labbra.

Lo deglutì avidamente. «Io ho in avversione il crocefisso perché è lo strumento con il quale è stato ucciso il Cristo. È uno strumento di Yahweh».

Coretti lo interruppe con uno schiaffo. «Non divagare».

«Mio fratello e io siamo fuoriusciti dal gruppo con l'aiuto e la protezione del generale Linzi, in cambio di rivelazioni sulla setta e le sue contiguità con i neo pagani tedeschi. Abbiamo collaborato con il generale, se lui fosse qui ora…».

«Ma non c'è», disse secco Coretti. «Ti ho chiesto dov'è ubicata la chiesa di Satana». Aveva l'aria di chi non avrebbe ripetuto la domanda un'altra volta.

Il prete però prendeva tempo. «Alla testa dei volkisch c'è la sorella di quel filosofo tedesco che vive qui a Torino, quello con i grossi baffi».

«Nietzsche?», domandò Coretti.

«Sì, lui. E poi c'è il barone von Hermann, l'ambasciatore tedesco. Vogliono preparare una nuova Chiesa cristiana per un Reich millenario a venire».

«Non serve una nuova Chiesa cristiana», disse secco Coretti. «Una basta».

«I volkisch hanno rovinato tutto. Vogliono un cristianesimo nuovo, che sia antisemita, che accetti la divisione della società in caste spirituali, per mettere al vertice la razza nordica, finché resti la sola sulla Terra, riportata indietro a quella condizione originaria di purezza che le conferiva poteri, a loro dire, straordinari».

«Mi stai raccontando un mucchio di fandonie. Dimmi dov'è la chiesa o ti stacco gli occhi e li calpesto prima di ucciderti».

Prese a ridere sommessamente. «Distruggeranno la Chiesa di Roma».

Il pugno di Coretti, avvolto da una cinghia di cuoio, produsse un rumore sordo sulla sua tempia. «Non c'è niente da ridere».

L'uomo sputò per terra un filo rosso di sangue. La sua testa, brachicefala, differente da quella preziosa dolicocefala apprezzata dai volkisch, si sollevò con uno sforzo reso possibile solo dall'orgoglio. «Tu mi fai schifo», urlò. «Il tuo dio è maledetto!».

Un pugno più violento.

«Chi c'è a capo della setta?».

L'interrogato sputò a terra grumi di sangue, denti, saliva.

Pugno, domanda: «Il signor Carlo Adam? È vero che lui e la consorte non sono morti come si era detto? Che è stata tutta una messa in scena per potersi ritirare dal mondo e che alcuni dei loro continuano a gestire la fabbrica di fiammiferi?»

«Mi fai schifo».

Pugno nel costato, domanda: «L'uomo che è stato avvistato in città, quello con la pelle luminescente, è uno di loro? Un operaio fidato, intossicato dal fosforo?»

«Ne muoiono come le mosche…». Tossì, poi riprese a bestemmiare.

Coretti lo strattonò. «Dov'è la chiesa!».

Il fratello di Valentino si limitò a sputare ancora.

«La figlia di Carlo Adam, la contessa, è lei che ha gestito l'ingresso dei volkisch nella setta?»

«La svastica sarà la nuova croce, il teschio il nuovo calice, Lucifero il nuovo Cristo iperboreo».

«Non hai ancora risposto alla mia domanda». Coretti pronunciò quelle parole con una certa riluttanza.

«Perché non lo so!». Sputò ed espose il volto gonfio alla furia di Coretti.

Infine, disse quel che Coretti voleva sentire: «Sapevamo tutti di trovarci sotto la Mole Antonelliana durante i rituali, ma l'accesso non lo conosceva nessuno di noi. Venivamo portati giù bendati, di notte, attraverso un palazzo. È tutto ciò che so. Lasciatemi andare».

«Non ancora». Coretti gli accostò le labbra alle orecchie. «Dove sono quei bambini?»

«Se sono ancora vivi, li trovate là sotto».

«A cosa servono i bambini?»

«Per i rituali, e per designare i futuri capi della setta. Lasciatemi andare...».

«Da dove si entra?».

Gli diede l'indirizzo del palazzo. «Si entra dalle cantine, credo. Non so altro, davvero».

Coretti gli credette, e decise di lasciarlo andare. Fattosi improvvisamente calmo e sorridente, gli slegò le mani e gli disse: «Ora sei libero». Quindi lo uccise, senza fare rumore.

52

Lunedì 24 dicembre 1888

L'architetto doveva aver inserito anche il portinaio nel progetto del palazzo, tanto era disegnato in perfetto stile con l'edificio: alto, arcigno, scuro, arruffato.

Pareva quasi che il palazzo non fosse completo senza la figura immobile e silenziosa di quell'uomo che, i gomiti sulle ginocchia e la faccia perennemente appoggiata sui palmi delle mani, con il labbro inferiore cadente che sembrava una lingua in fuori, ricordava tanto un gargoyle di Notre Dame.

«Oh, colonnello!», esclamò il portinaio con un ampio gesto di deferenza che non ci si sarebbe aspettati da una statua. «Com'è fatto il sole? Io non lo ricordo più», disse, senza alzarsi dalla sedia. Sempre la stessa domanda a chiunque entrasse.

«Tondo e bianco, Ezio. Costantemente in lotta con le nuvole e con la notte».

Il portinaio parve sollevato dal sapere che neppure il sole se la passava più comodamente di lui. «Fa piacere vedervi. Come state, colonnello?»

«Ottimamente, grazie».

L'uomo dimezzò la voce. «E la signora?»

«Va tutto bene, Ezio». Pural entrò nella guardiola e si chinò sull'orecchio del portinaio, il quale assentì più volte con una convinzione crescente al ritmo delle monete che gli scivolavano nella tasca.

«Il generale non è solo», disse infine il portinaio indicando sopra con la testa e alzandosi in piedi. «L'ho visto rientrare in compagnia di due uomini. Mentre a voialtri non vi ho visti entrare, perché ero in bagno».

«Grazie, Ezio. Ti presento il professor Nietzsche».

Friedrich fece un passo avanti, salutò toccandosi la fronte e gli porse la mano.

Ezio vi avvolse attorno la sua, rocciosa e gelida, e strinse avendo cura di non fargli male. Un attimo dopo era chiuso nella sua latrina personale.

«Il generale abita all'ultimo piano», disse Pural mettendo il piede sul primo gradino e portandosi l'indice alle labbra. «E non è solo».

«Vuoi fare irruzione?»

«No, bussiamo». Giunti all'ultimo piano, fece quanto detto. «Non sento niente». Origliò.

«Forse sono in un'altra stanza».

«Sì, forse». Pural bussò con più forza e riattaccò l'orecchio alla porta.

«Cos'hai detto al portinaio?», domandò Friedrich.

«Che volevamo fare una sorpresa al generale».

«E lui...».

Pural lo zittì. «Arriva qualcuno», sussurrò scostandosi.

«Chi è?». La voce del generale parlò dall'altra parte.

«Un amico», rispose Pural strizzando un occhio a Friedrich.

«Un attimo», disse la voce dall'altra parte. Si udì che si allontanava dalla porta. Dopo un lungo minuto i passi furono di ritorno e la porta si aprì.

«Giorgio!», esclamò il generale.

«Buongiorno, generale, posso entrare?»

«Certo, certo...». Il generale sembrava in pensiero per qualcosa nell'altra stanza, come se avesse lasciato una pentola sul fuoco. «Entra, non restartene lì sull'uscio». Si fece da parte per farlo passare e non sembrò far caso all'intruso.

«Le presento il professor Nietzsche».

Il volto del generale si complicò al punto da divenire un'unica matassa di rughe.

«Avete ospiti?»

«No, sono solo». Non fu convincente come aveva sperato.

«Sua moglie non è in casa?»

«No, è in viaggio per Parigi». Il generale era visibilmente nervoso. «Sei venuto per interrogarmi, Giorgio?»

«No», rispose Pural con una risatina. «Non mi permetterei mai. Perché dovrei?». Parlò a voce più alta, come per farsi sentire da qualcuno in un'altra stanza. «Se sua moglie l'ha lasciata da solo è probabile che abbia bisogno di qualcosa, allora. Posso aiutarla generale?»

«No, grazie. Ora ho molto da fare, ti dispiace se non ti chiedo di restare?»

«Niente affatto, arrivederci!».

Se in casa col generale ci fosse stato qualcuno, nascosto ad ascoltare quanto accadeva nell'ingresso, avrebbe sentito il suono secco dei tacchi di un uomo che scattava sull'attenti, avrebbe udito il cupo borbottio dell'uomo che era con lui, la porta aprirsi di nuovo e richiudersi, poi i passi del generale che tornavano al loro posto.

«Chiedo scusa per l'inconveniente, era un mio uomo troppo zelante».

Un'ombra, con voce rauca e minacciosa, domandò se se ne fossero andati.

«Siamo soli», rispose il generale manifestando un leggero sollievo, subito smorzato dallo sguardo pietoso e pieno di lacrime della moglie che giaceva sul letto legata mani e piedi. «Liberatela, vi scongiuro. Vi ho dato quello che volevate».

L'uomo si rigirò tra le mani un mazzetto di fotografie.

«Vogliamo anche il piccolo marchio di bronzo che il ragazzo ha sottratto al nostro amico», disse il secondo uomo, robusto, testa completamente calva come una sfera di pelle la cui uniformità era interrotta solo da due occhi che sembravano fatti dell'azzurro ghiaccio dei fiordi.

«Io non ce l'ho più», disse Prospero, che aveva le mani legate dietro la schiena e le caviglie unite con uno straccio annodato stretto.

«Quanto valeva? Posso ripagarvelo», propose il generale.

Ma l'uomo calvo scattò in avanti furioso e mise una lama sotto il mento della signora. «Dov'è?», gridò. «Mi sono stancato. Dov'è?».

Il generale trasalì con impotenza. «Lasciate stare mia moglie e il ragazzo!».

«Non lo so, non lo so!». Prospero scoppiò a piangere. «Io non lo so, lasciatemi andare».

«Lo hai preso tu, brutto schifoso!».

Uno scarpone si conficcò nel costato di Prospero.

«Dove lo hai messo?».

Una mano lo prese per i capelli e lo tirò in su.

«Conto fino a cinque, poi…». Gli fece vedere la lama, che sull'altro lato rifletteva una fila di denti ringhiosi. «Uno… Due… ti ammazzo come un maiale se non parli… Tre…».

Il generale, se fosse stato un guerriero quale avrebbe dovuto essere, avrebbe reagito neutralizzando il nemico. Ma era uomo da scrivania, ormai temprato solo alle lunghe riunioni con i confratelli e all'analisi incessante dei misteri della vita. L'età gli aveva tolto quel poco di prestanza che in passato aveva pure avuto. Non avrebbe fatto altro che peggiorare le cose per tutti. La cosa migliore che poteva fare in una simile circostanza, con la sua amata consorte in pericolo di vita, era niente e, semmai, giocare la carta dell'affabulazione, che però in quel caso si era già rivelata priva di valore.

«Quattro...».

Ormai Prospero era morto.

Ora sulla lama era riflessa la sua espressione contorta, vi colavano le sue lacrime. Ne sentiva il freddo metallo sotto il mento.

Morte carezzevole.

Coraggio, ragazzo. Devi essere coraggioso! Gli vennero in mente le parole di Friedrich e Prospero alzò la testa. Rivolse uno sguardo carico di sdegno al suo aguzzino, che gli alitava sulla faccia: «Cinque».

Serrò gli occhi e i pugni preparandosi al dolore.

Che rumore fa un coltello che affonda nella gola? Un rumore che non si può raccontare. Si sente dall'interno, la carotide che scricchiola, le ossa scalfite... Che rumore fa?

Forse è un crepitare?

Le orecchie esplodono?

Forse, nella testa, si sente come un plotone che spara?

No.

Dovrebbe essere più simile al lavoro di un macellaio.

Forse, piuttosto, si dovrebbe sentire il calore del sangue fluire sul collo e sul petto, il proprio rantolo soffocato. Poi più nulla.

Ma allora com'era possibile che lui sentisse delle esplosioni, nessun rivolo caldo colargli sul corpo e fosse ancora presente con la mente?

Spalancò gli occhi col timore di trovarsi già all'inferno, uno peggiore di quello che aveva appena lasciato. Vide tra le lacrime le immagini distorte di uomini in agitazione. Si fregò gli occhi contro le ginocchia e guardò ancora. Spari, e ancora spari. Voci mugghianti. Tonfi.

E infine silenzio.

Uno spettro gli si avvicinava.

E lui, senza paura: era già morto.

«Prospero!», gli disse lo spettro, «ora ti slego, stai tranquillo». Riconobbe la voce di Friedrich. «È tutto finito, ragazzo mio». E poi riconobbe la voce del colonnello Pural che si accertava delle condizioni della signora, udì i singulti di lei.

Il generale, come un vigliacco, taceva.

Ora si sarebbe rimesso in piedi e gli avrebbe dato una lezione. Si alzò e lo cercò, furente, rabbioso, gridandosi dentro vendetta.

Ma il generale giaceva sul pavimento in una pozza di sangue.

La signora si gettò sul suo corpo e cominciò a gridare in un accesso di pianto e ira, colpendogli ripetutamente il petto e intimandogli di svegliarsi.

Pural guardava la scena scuotendo la testa.

Friedrich posò una mano sulla spalla bagnata di Prospero e spiegò: «Il colonnello ha impedito alla porta di richiudersi con una striscia di cuoio. Poi è entrato e ha sparato». Indicò il primo uomo che era stato freddato in tempo dalla rivoltella di Pural. Rivolse lo sguardo al secondo, annientato troppo tardi.

In un ultimo barlume di vita, con un filo di fiato, il generale biascicò un rantolo rivolgendosi a Pural: «Sotto la Mole...». Tossì sangue. «Perdonami», riuscì a mormorare ancora, aggrappandosi al braccio di Prospero. Poi spirò.

53

Nubi ondeggianti e cielo in fiamme.

Correvano verso la Mole, ognuno con la propria lanterna spenta sottobraccio.

«Ragazzo, tu sai più di quel che vuoi far credere su questa faccenda».

Prospero deglutì e affiancò Pural. «In passato il generale deve aver fatto parte della setta che ha rapito i neonati, perché quei due uomini lo chiamavano traditore».

Anche Friedrich si affiancò per ascoltare.

«Perché il generale, prima di morire, ti ha chiesto perdono?».

Prospero non ne aveva idea.

«Chi erano quei due?»

«So solo che uno aveva l'accento tedesco come il professor Nietzsche, l'altro era di Torino, ma non lo avevo mai visto. Il generale mi ha fatto prelevare da due carabinieri e mi ha fatto portare a casa sua perché...».

«Lo so io perché», lo interruppe Pural. «Ha scoperto che sei uno spione, e voleva sapere se ne avevi degli altri». Gli fece vedere il taccuino, ma non glielo restituì.

«Non solo per quello». Prospero abbassò lo sguardo e aggiunse: «Anche per le fotografie».

«Queste fotografie?». Pural le aveva trovate addosso a uno degli assassini del generale e le aveva prese. Gli era bastata una breve occhiata per vedere che ritraevano un cadavere ridotto quasi allo scheletro. Ansava, la voce sobbalzava nella corsa. «Le hai trovate quella notte addosso all'uomo luminescente, insieme al marchio? Le avevi date tu al generale prima di incontrarmi, non è vero?»

«Sì», ammise Prospero. «Altrimenti le avrei consegnate a lei, colonnello. Non gliene ho parlato perché il generale mi avrebbe fatto arrestare».

«Sono le stesse fotografie che ha mostrato a me», informò Friedrich.

«Tu mi hai parlato di una mummia, ma qui non ci sono bende», osservò scettico Pural. Senza rallentare l'andatura, guardò le fotografie cercando negli scatti l'uomo della sindone, ma non riuscì a vedere altro che un morto. Però, forse, a guardare meglio, un uomo morto in seguito a violenze... forse si vedeva una ferita da taglio vicino all'addome... il volto era deforme, come se avesse subito delle percosse...

«Il generale voleva proteggermi», continuò Prospero. «Quei due mi stavano cercando, volevano quelle foto e il marchio di bronzo che ho dato a lei, colonnello. Sapevano che li avevo io». Rifiatò e guardò in alto. La Mole cresceva a ogni passo, enorme, toglieva il fiato.

«Cosa vuol dire Elatan? Era scritto sul tuo taccuino».

«Non ne ho idea. L'ho sentito dire, mi è parso strano». Ricordò: era uno straniero al Caffè, aveva bevuto, faceva un brindisi a Elatan.

«E "la via è uguale ma diversa"», disse Pural. «Sai cosa significano queste parole?».

Prospero non capiva neppure quelle, anche se gli sarebbe tanto piaciuto. Appuntava le cose strane che sentiva al Caffè, sperando di riuscire a capirle, un giorno, niente di più.

«So che è rischioso, ma ho bisogno di te là sotto», gli disse Pural. «Se riusciremo a trovare i bambini mi aiuterai a portarli in salvo». Poi guardò Friedrich. «Sarà pericoloso, molto buio».

«Voglio venire», ribatté lui risoluto.

Pural gli assestò una manata sulla spalla. «Non mi sarei mai aspettato tanta determinazione all'agire da un intellettuale mezzo cieco».

«Modera le parole. Nessuno vede lontano quanto me. Io vedo già il domani. Io sono nato postumo!».

«Lo so, Friedrich, lo so». Volse gli occhi in alto e contemplò l'altezza maestosa della Mole, che le aveva impedito di essere un tempio ebraico.

Era una sinagoga mancata. Questo dava un senso all'ipotesi che il luogo scelto per il concilio ofitico e antisemita fosse proprio là sotto.

Sotto l'edificio più alto del mondo, il punto più basso dell'umanità.

Tutto quel che aveva detto Friedrich riguardo agli ofiti e alla loro visione capovolta della Bibbia era così folle che doveva essere vero.

Posò uno sguardo accigliato sulla punta della Mole, che indicava il cielo, trafiggeva il sole, e disse: «Stiamo per scendere all'inferno».

54

Dentro la Mole si concessero il tempo di ammirare lo spazio sconfinato sulle loro teste, inondati da un'energia che lasciava senza fiato, lo sguardo perso tra i raggi di luce che brillavano al centro dell'immensa cupola. Ma fu una fugace meraviglia, perché subito, senza perdere tempo prezioso, si misero a cercare qualcosa di più importante che doveva trovarsi in basso, sotto l'edificio.

«Credi che si acceda da qui?». Friedrich rimuginò carezzandosi i baffi. «Il fatto che sotto ci sia qualcosa non implica che si entri da qui».

Pural si diresse nel centro a grandi passi. «Il ritrovo dovrebbe essere esattamente qui sotto». Si guardò attorno. «Ma, è vero, l'accesso potrebbe essere ovunque». Si fermò a riflettere e nel silenzio gli parve di udire un suono lontano. S'inginocchiò e premette l'orecchio sul pavimento.

Ascoltò a lungo. Chiuse gli occhi e ascoltò con più intensità. «Mi pare di sentire qualcosa».

Prospero lo imitò e si mise carponi con la guancia attaccata al pavimento. «Eh già!», esclamò dopo un po' a bassa voce. «Lo sento anch'io».

Anche Friedrich dovette inginocchiarsi al cospetto della curiosità e auscultò a sua volta il pavimento. Se la vista gli difettava, non si poteva dire altrettanto dell'udito: fine orecchio intenditore del suono, esperto scandagliatore delle profondità musicali. «Lo sento», disse. «È un coro. Queste sono voci umane».

Pural, la guancia destra attaccata al suolo, lo guardò e annuì in orizzontale. «Sono voci umane».

Si alzarono in piedi eccitati, ma senza un'idea sul da farsi. Esplorarono il perimetro guardando e rovistando ovunque: sotto i mattoni accatastati, sotto i cumuli di sabbia, tra i ferri e le tavole di legno con i quali si stava allestendo il museo dedicato a re Vittorio Emanuele II e al Risorgimento italiano. Ma non trovarono altro che polvere.

«Quel che è certo è che non si passa da qui», disse Pural.

«Sono d'accordo», disse Friedrich. «Scendiamo in un tombino qualunque».

Prospero si chiuse nelle spalle e indicò la sommità vertiginosa. «Magari è sufficiente toccare qualcosa lassù e si apre qualcos'altro qui giù».

«Vorrei far notare», disse Friedrich, «che tra non molto sarà installato un genio alato in cima alla Mole. Avevo sentito che la statua fosse pronta e in attesa dell'inaugurazione».

Perplesso, Pural si toccò i capelli impomatati e scrutò la sommità della cupola, gli intrecci gotici, la stretta scala che si attorcigliava tutt'intorno fin su, la carrucola che fino a qualche mese prima aveva portato in alto l'anziano architetto Antonelli, il quale amava salire a controllare lo stato dei lavori personalmente. «Potrei provare a salire...».

«Oppure...», disse Friedrich sapendo che i suoi amici si sarebbero immediatamente voltati verso di lui con gli occhi pieni di speranza. L'alternativa per Pural sarebbe stata arrampicarsi fino alla punta vertiginosa, dunque si aggrappò all'ipotesi dell'autorevole professore.

Friedrich la espose: «Oppure proviamo dalle cantine del palazzo di Madame Adam. È proprio qui vicino».

Corsero fuori e fecero il giro dell'isolato precipitandosi al seguito di Pural.

Dovettero scavalcare il muro e passare dal giardino, perché ormai, dopo la morte di madame, il palazzo era disabitato. Attesero che nessuno potesse vederli, poi a turno (Friedrich aiutato da Pural), saltarono dentro.

Tutto pareva abbandonato da tempo.

Si fecero largo in un tappeto di foglie marce e rami secchi, con l'idea di rompere una finestra sul retro. Lì, davanti all'ampia vetrata d'ingresso, un ricamo circolare di siepi e alberi, panchine di marmo e una fontanella arida, immobile. Al centro, in piedi su un piedistallo di pietra, un uomo di bronzo che invecchiava tra le fronde.

«Uguale ma diversa potrebbe riferirsi a una statua anziché a uno specchio», osservò Pural scoccando un'occhiata confusa verso Friedrich.

«Una statua non potrà mai essere uguale all'originale», obiettò lui, fermo.

«Non sarà il caso di dare un'occhiata?».

Lo fecero.
Sotto uno spesso strato di foglie, alla base della statua, un tombino circolare, decorato con una moltitudine di serpenti che facevano da raggi a un disco solare.
«Scendiamo e vediamo cosa c'è, ma senza allontanarci», disse Pural. «Se non c'è niente risaliamo e cerchiamo uno specchio nelle cantine del palazzo. D'accordo?».

55

Diedero fuoco alle lanterne.

Nel nulla, apparvero tre piccoli ciuffi di luce. Debole luce che restava appiccicata addosso. A braccio teso, non si riusciva a illuminare più lontano di pochi metri. Quanto bastava per intravedere l'inizio di una scala a chiocciola, ma a pianta quadrata, con un muretto ruvido per corrimano, che si arrotolava verso un fondo oscuro.

Pural si staccò un bottone dalla giacca, infilò quattro fiammiferi nei forellini e li accese, poi lo gettò nella tromba per saggiarne la profondità.

Tre facce illuminate dalle lanterne si sporsero dal corrimano. Negli occhi sgranati si rimpiccioliva la fiamma, che cadeva scomparendo nell'oscurità.

«Preparatevi a una lunga discesa».

«Dunque era una statua, non uno specchio», disse Prospero cominciando a scendere. Sotto di lui, un numero imprevedibile di gradini più corti del piede. «Professore, non aveva detto che la risposta all'indovinello che avete letto sul mio taccuino era uno specchio?»

«Avrebbe dovuto essere uno specchio», rispose Friedrich seccato. «La risposta a quel vecchio enigma è: uno specchio. Forse ne troveremo uno tra poco».

«A cosa può servire uno specchio nel buio?»

«Ragazzo, ti suggerisco di non importunarmi oltre, altrimenti...».

«Smettetela, fate silenzio!», disse Pural che scendeva in testa al gruppo.

Giunti alla fine della scalinata furono deglutiti in un ventre di pietra e risucchiati nelle vene della terra. Pietra e terra scavate dal buio.

Perso l'orientamento dopo il tanto girare sulla scala, procedettero seguendo le proprie lanterne, addentrandosi nel labirinto di canali e gallerie, guidati solo da un forte odore di cera e incenso, da altri fumi nauseabondi, dal riverbero di voci non troppo lontane.

Quella doveva essere la direzione giusta, pensò Pural, d'un tratto incurante del rischio di rimanere intrappolati là sotto.

L'alito freddo e mortale di antri invisibili che incombevano ai lati della galleria faceva battere forte il cuore. Il fragore dei passi, amplificati dalla volta a botte del canale, annunciava il loro arrivo, li rendeva più vulnerabili, seccava la bocca, gelava il sangue. Di tanto in tanto, Pural si voltava per accertarsi che Friedrich e Prospero fossero ancora con lui, ma non accennava a rallentare.

Forse, lungi dal poter salvare qualcuno di quei bambini, stava mettendo a repentaglio la vita di altre due persone, oltre la sua. Forse stava commettendo un grave errore. Ma se non fosse stato per l'aiuto di Friedrich e le rivelazioni di Prospero non si sarebbe trovato sottoterra con quel problema e una speranza di essere sulla strada giusta. Fino a quando si era limitato a dirigere dalla scrivania aveva vagato in un buio più accecante di quello in cui si stava muovendo ora.

Gli odori che stavano seguendo diventavano sempre più intensi, segno che la galleria conduceva dritta verso la loro sorgente. Ma le voci si erano placate, e il mormorio residuo che era rimasto, adesso, andava scemando.

Ora la luce delle lanterne rimbalzava su una parete di mattoni, le loro ombre ritorte danzavano sui muri.

Si erano persi.

56

Avevano stabilito di spegnere le lanterne qualora si fossero fermati.

Non sapevano ritrovare l'uscita, avevano freddo e soprattutto, nel buio cieco, a pochi metri di distanza, qualcosa si stava muovendo. Produceva lo scalpiccio inconfondibile dei passi di persona, lo stridio di scarpe che strusciavano per terra.

Improvvisamente cessò.

Il ragazzo sudava freddo, era invaso da un profluvio di brividi.

Il filosofo cercava di capire.

Il colonnello mise la mano sulla rivoltella.

Tutti e tre strizzavano gli occhi.

Era come se qualcuno, nascosto nel buio, stesse svelando lentamente una lampada accesa scoprendone a poco a poco il bagliore.

Pural si alzò sulle ginocchia, attento a non farsi sentire e cambiò posizione. «Non muovetevi», sussurrò.

Ora la lampada era completamente svelata, riluceva flebile davanti alle loro facce attonite e parlava con voce roca, il suo respiro era un sibilo rantolante: «Una vite fu piantata da altri che non era mio Padre», recitava nel buio, «giacché non si irrobustì, sarà sradicata e perirà». Più che una voce, era il rumore di vetri rotti calpestati.

Di certo, non era stata una lampada a proferire quelle parole. Era stato qualcosa che nessuno di loro aveva mai visto prima. Nessuno tranne Prospero, perché quello che avevano davanti era il capo calvo e fosforescente di un essere umano.

Una mano luminosa fece scattare il cane di una rivoltella, mentre l'altra chiamava a sé qualcosa: «Sarà dato a colui che già ha nella sua mano; e a colui che non ha sarà tolto anche quel poco che ha».

«Chi è lei?», domandò Pural che vedeva davanti a sé una testa baluginante volteggiare sospesa nell'aria.

I polmoni dell'uomo emisero un fischio tetro, poi la sua gola gracchiò: «Mi chiamo Hubert. Metta a terra la rivoltella, colonnello».

Pural eseguì con un gesto plateale, anche se impossibile da vedersi. Si udì la rivoltella cadere sulla pietra umida.
Il cranio lucente dell'uomo oscillò nel nulla mentre si abbassava a raccoglierla, poi si fece più vicino, finché alla voce si aggiunse un alito fetido e ributtante. «Benvenuti».
«Vive qui?», gli domandò Pural.
«No, ma ci vengo spesso», furono le sue parole di risposta, racchiuse in una nube velenosa e maleodorante.
«Qui con me», li indicò, «ci sono il professor Friedrich Nietzsche e il signor Prospero».
«Non ho intenzione di farvi del male».
«Io la conosco», disse Prospero.
L'uomo mise la rivoltella in tasca. Una piccola bocca esangue si mosse appena sulla superficie luminosa del suo volto. Con uno scricchiolio di vetro che si incrina, disse: «Vi porterò via da qui».
A Pural l'idea di desistere proprio nel momento in cui si presentava l'opportunità di riuscire non piaceva. «Se proprio vuole aiutarci», disse con tono suadente, «ci guidi da quei poveri bambini innocenti. Non siamo scesi quaggiù per risalire a mani vuote».
«Cosa volete fare?». La luce oscillò. Hubert rise. «Volete salvarli?». Rise più forte fino a tossire. «Quei bambini sono gli esseri umani più fortunati del mondo». Respirava stridendo e fischiando.
Pural avrebbe potuto facilmente essergli sopra con un balzo e annientarlo con dolcezza, ma era consapevole che quell'uomo, gravemente malato, lungi dal rappresentare una minaccia, era forse l'unica possibilità di ritrovare l'uscita dai sotterranei. Accese una lanterna e la sollevò. Luce calda in confronto al bagliore diafano emesso dalla pelle dell'uomo. «Sa cos'è che le causa quei continui spasimi intestinali, dolori alla testa, gli svenimenti...? Sa perché il suo sangue emette luce e la sua pelle balugina nel buio?»
«Perché?», chiese Hubert ridacchiando. Ora, illuminato anche dall'esterno, il suo volto si mostrava in tutta la sua magrezza esangue, non molto più del teschio coperto da un velo di pelle ombrata da macchie bluastre, gli zigomi sporgenti e le guance da cui pareva avessero scavato via la carne con le unghie. «Perché?», domandò ancora ghignando e sibilando. «In me splende la scintilla del Padre legittimo». Tossì.
«È intossicato dal fosforo bianco con cui fabbricate i fiammiferi».

«Io non sono un operaio. Io demolisco la mia prigione».

«So come vanno le cose: per ogni fiammifero che si accende sotto gli occhi strabici di un fumatore, c'è un operaio della filiera che si spegne per avvelenamento da fosforo. Mi dia ascolto, può ancora essere curato».

«Non sono un operaio», ribatté Hubert stizzito. «Io emetto luce divina».

«Non c'è un aldilà», provò a persuaderlo Friedrich. «Non esiste nulla di più grandioso, potente, misterioso e bello della vita "aldiqua", su questa terra. Che senso ha fantasticare tanto a occhi chiusi, e inginocchiarsi davanti alle proprie farneticazioni, quando ci si potrebbe tuffare nella realtà e godersela? Io non la capisco proprio, eppure lei...». Si mise in piedi ed ebbe l'ardire di avvicinarsi. «Lei come me sa cosa sia la sofferenza. La sofferenza non le fa venire in mente di glorificare la potenza esuberante della salute e del vigore? Non le pare che sia di gran lunga preferibile la forza alla debolezza?».

Hubert scosse il capo. «Ora basta parlare, voglio le fotografie».

«Quali fotografie?», disse Pural.

«Lo sa bene». Riprese la rivoltella. Impugnò anche quella di Pural. Le puntò entrambe contro di loro, poi nella direzione in cui voleva che si andasse. Inspirò sibilando e porse una mano guantata e spenta. «Le foto».

Un'occhiata fugace a Friedrich, che sgranò gli occhi, poi Pural gli consegnò la busta contenente le fotografie.

Accesero tutte le lanterne con l'ausilio di un fiammifero Lucifero e si avviarono nel tunnel.

«Perché ci aiuta?»

«Così ha ordinato Madame Adam», rispose Hubert. «Era amica del professore». Tracce residue di voce nella sua gola tradirono un profondo dolore.

«L'ha fatta uccidere il tuo padrone, è così?».

Hubert non rispose. Li condusse come promesso all'uscita, al punto da cui erano scesi. In cima alla scalinata a chiocciola, il tombino era ancora semiaperto e lasciava trapelare sulle loro teste una sottile mezzaluna di cielo azzurro.

«Se proverete a tornare, non vi aiuterò», disse Hubert. «Sarà l'ultima cosa che farete». Mosse le rivoltelle in direzione della scala. «E ora andatevene».

«Grazie», disse Pural. «Non torneremo».
Quando furono usciti, dopo aver richiuso il tombino, ordinò a Prospero di tornare nella Mole a prendere un secchio non troppo colmo di vernice bianca e un pennello.
E di fare presto.

57

Pural si alitò nelle mani e le sfregò. «Secondo me Hubert resterà lì per un po' a controllare che non riscendiamo», disse a bassa voce. Sorrise, ma era un sorriso avvizzito. «Non si muoverà da lì pressappoco per il tempo che impiegherà Prospero per essere di ritorno con la vernice. Scenderemo e lo seguiremo. Se siamo fortunati ci condurrà dritti dove vogliamo andare».

Friedrich chinò lievemente il capo complimentandosi per l'arguzia. «La tua tattica si basa sulla fortuna. Mi piace. Da mesi nulla mi accade più per caso».

Pochi minuti e Prospero saltava già il muro del giardino con un secchio in mano, veloce e silenzioso come un topo di campagna.

Risollevarono piano il tombino.

Hubert, secondo la supposizione di Pural, doveva essersi appena allontanato. Pural scese per primo. Finita la scala, si precipitò allo spigolo di muro da cui aveva inizio la galleria, con la speranza di avvistare il bagliore dell'uomo.

Quando lo vide, in lontananza, gli si strozzò il cuore.

Come aveva previsto, Hubert non aveva ancora deciso di archiviare la faccenda del tombino: era sul fondo della galleria e continuava a tenere d'occhio l'accesso.

Pural tornò indietro. Con il dito sulla bocca, fece segno agli altri di non fare rumore.

«È bianca», gli sussurrò nell'orecchio Prospero mostrandogli secchio e pennello.

Pural approvò. «Segna il muro nei punti che ti indico». Poi tornò allo spigolo e attese che Hubert si decidesse ad allontanarsi. Trascorsero i minuti e finalmente lo vide staccarsi dal muro a cui era appoggiato. Non convinto, Hubert si voltò alcune volte, quasi fosse sul punto di tornare indietro, prima di accelerare il passo.

«Andiamo», disse Pural.

Lo seguirono a distanza, con le lanterne spente, senza fiatare. La sua testa era ben visibile nel buio. Non poteva sfuggire.

Con diligenza, Prospero tracciò su ogni angolo una freccia bianca che indicava la direzione da prendere per l'uscita.

Freccia dopo freccia, spigolo dopo spigolo, divenivano sempre più distinguibili gli odori e i suoni uditi la prima volta, ma se ne erano aggiunti di nuovi.

Un forte odore di fuoco.

Di legna bruciata.

Candele.

Voci umane.

Campanelle.

L'abbaiare di un cane.

Ansimi.

Urla.

Vagiti.

Gli spasimi disperati di un neonato.

Le dita di Pural, non trovando la pistola, avvinghiarono rabbiose il nulla, i muscoli gli si irrigidirono, il sangue gli ribollì nelle vene. Nel sentire quelle grida strazianti, ebbe un tale accesso di rabbia che per un attimo dimenticò di controllare dove metteva i piedi e inciampò su qualcosa che non riuscì a vedere, ma che produsse il tonfo rotolante di una pietra.

Si schiacciarono contro il muro freddo e umido, stettero immobili, gli occhi serrati.

Hubert si fermò. Si voltò indietro. Per un attimo la sua faccia si stagliò nell'oscurità.

Da dove si trovavano loro era impossibile vedere cosa stesse facendo.

Poi, d'un tratto, più nulla.

Hubert era scomparso, come se la sua testa si fosse spenta all'improvviso.

Pural era pronto a scattare, ma esitò per il timore che, anche se non più visibile, Hubert potesse essere ancora lì, che si fosse solo coperto il volto. Poi cominciò a correre.

Raggiunsero il punto in cui si trovava Hubert domandandosi dove fosse potuto scomparire in quel modo.

Accesero una lanterna e si guardarono attorno increduli. «Era proprio qui!», esclamarono a turno, uno più stupefatto dell'altro.
Ma non c'era.
Pural era sul punto di rinunciare. Si vedeva costretto a lasciare quei bambini al loro infausto destino. Stava quasi per decidere di tornare indietro, quando Prospero esclamò: «Venite, presto, guardate qui!».
Pural si voltò di scatto verso di lui e lo raggiunse tenendo lo sguardo fisso sul punto del muro che gli stava indicando. E con immenso stupore vide Prospero che indicava Prospero.
Friedrich si avvicinò a testa alta. «Avete visto? Cosa vi avevo detto?»
«Le mie scuse, professore». Prospero fece il gesto di togliersi il cappello.
Pural si concentrò sul piccolo specchio incastonato nel muro. «Friedrich, vieni qui e fammi luce per cortesia».
Cercarono qualcosa da aprire, o da premere.
«Ma allora lo specchio a cosa serve?», domandò Prospero.
«Non lo so, forse è solo un segnale per uomini luminescenti», disse Pural. «Forse indica solo un punto della galleria». E come se avesse capito qualcosa alzò lentamente lo sguardo. «Ecco perché era scomparso così all'improvviso», esultò. «È entrato lì dentro!».
Un'apertura nel soffitto si spalancava sulle loro teste, come un'enorme bocca senza denti.
Friedrich guardò il buco sulla volta della galleria e scosse ripetutamente la testa, mentre Pural vi si infilava senza esitare, aggrappandosi a due apposite maniglie, e anche Prospero si lasciava inghiottire con un agile balzo.
Sentì la voce di Pural che lo chiamava da su.
«Friedrich, dammi la mano».
Non c'era scelta. Alzò il braccio, afferrò la mano di Pural e cominciò a dimenarsi nello sforzo di salire. Puntò i piedi contro il muro, tastò alla cieca e finalmente riuscì ad aggrapparsi a una protuberanza ferrosa.
«Forza!», gemette Prospero afferrandolo per il cappotto.
Con la forza della disperazione, Friedrich trovò un appoggio per il piede, diede un colpo di reni, e si ritrovò in cima non seppe come, all'interno di uno stretto cunicolo.
Dentro un budello.

Mancava l'aria.

Pural cominciò a strisciare sulle ginocchia decidendo di imboccare il cunicolo di destra, molto probabilmente quello sbagliato, sapendo che più avanti avrebbero potuto esserci altre diramazioni.

Erano sul punto di tornare indietro quando Prospero esclamò: «È passato da qui ne sono certo!».

Una schiuma putrida e luminosa bagnava i palmi delle loro mani.

58

Un filo di Arianna benedetto, perfettamente visibile al buio, li condusse dove volevano, e allo stesso tempo dove non avrebbero mai voluto trovarsi, e a vedere cose che avrebbero preferito continuare a credere delle semplici dicerie.

Friedrich riusciva a percepire solo una chiazza confusa. «Dimmi cosa vedi».

«Vedo», lo aiutò Prospero, «un'immensa grotta, ricolma dello splendore di migliaia di candele frementi, e torce ovunque. Ci sono due statue di uomini nudi, che hanno le braccia tese al cielo e il membro virile volto in alto. C'è un'area circolare disegnata con grosse pietre, al centro arde un grande fuoco, e tutt'intorno al fuoco c'è un pentacolo». Guardò meglio, contò. «Sì, è un pentacolo tracciato a terra con della vernice brillante».

«Non è vernice, è sangue», disse Pural. Per dare sfogo alla rabbia, cercò ancora una volta la rivoltella.

«Il pentacolo rappresenta Abraxàs...». Friedrich cercava di attribuire un significato agli elementi della scena che avevano di fronte. «Abraxàs è il sommo Eone che discende dal Regno di Luce per salvare le particelle di luce imprigionate nei corpi degli uomini spirituali, gli gnostici, e per condannare i seguaci di Sem, vale a dire gli ebrei adoratori del Dio creatore, il demiurgo maligno». Le orecchie di Pural e Prospero si abbeveravano a quel mormorio pensante. «Questi folli ritengono di doversi sottrarre alla creazione e alla materia di cui è fatta. Ecco perché sono qui sotto».

«Perché?», sussurrò Pural, gli occhi fissi sui celebranti.

«Per sfuggire all'occhio di Yahweh, il sole; e alla vista degli arconti, le stelle».

«Non ti capisco». Pural si faceva sempre più irrequieto. Aveva voglia di scendere.

«Secondo alcuni», continuò a sussurrare Friedrich, «Abraxàs non sarebbe il sommo Eone, ma addirittura lo stesso Dio di Luce al quale gli gnostici anelano ricongiungersi. Sommando i valori numerici delle lettere A, B, R e così via, si ottiene il numero 365, i giorni dell'anno. Gli ofiti sfuggono alla Creazione, si sottraggono al ciclo solare materiale, per adorare il vero Dio di Luce».

«Continuo a non capirti». Pural scosse la testa, sbuffò.

Friedrich diede una gomitata a Prospero. «Cos'altro vedi?»

«Sta entrando un sacerdote con la barba lunga e un lungo camice bianco, stretto in vita da una cordicella. Sul camice gli cade una larga stola rossa. È cucita sul davanti e forma una croce capovolta. Sta sistemando degli oggetti su un altare».

«Li cerco da più di un anno», soffiò rabbioso Pural. Gli sarebbero brillati gli occhi anche senza quella moltitudine di fuochi ardenti.

«Ora sta entrando una donna. Porta una maschera sul volto e nient'altro indosso. Ci sono un bel po' di persone che dormono per terra. Sono tutti nudi. C'è un cane nero che si aggira tra i resti di un banchetto...».

«Deve essersi tenuta un'agape», concluse Friedrich. «E ora sta per cominciare la messa gnostica. E se qui si sta tenendo un concilio gnostico, come sembra, magari indetto in seguito al ritrovamento di quella mummia, i riti si staranno susseguendo da molti giorni, ininterrottamente: staranno di sicuro eleggendo nuovi vescovi per la nuova *ecclesia*, iniziando gli adepti, facendo orge e banchetti rituali ogni giorno».

«Agape, messa gnostica...». Pural cercava solo di individuare un modo per scendere. Gli era appena parso di intravedere delle fessure nella parete, ma doveva sporgersi con prudenza, per non essere visto.

«C'è una croce piantata per terra, con molti serpenti aggrovigliati sopra. Si muovono», disse Prospero inorridito. «Ce ne sono dappertutto».

«E poi?»

«C'è un bambino morto accanto al falò».

«Io scendo», disse Pural digrignando i denti.

Friedrich lo fermò. «Aspetta».

«Dovrei aspettare che uccidano anche gli altri?». La rabbia gli dava fuoco al cervello. Respirò. Tese l'orecchio. Erano distinguibili i lamenti di alcuni neonati provenienti da una grotta più piccola alle spalle dell'altare, un'apertura stretta, bassa, sfavillante di luce.

In quell'istante comparve una seconda donna con in braccio un bambino.

Il sacerdote suonò una campanella e gli adepti si risvegliarono, riavendosi con lentezza da un profondo torpore.

Ripeté il richiamo a intervalli regolari, finché non si furono tutti rivestiti.

Gli aspidi si muovevano lenti sul terreno e sulla croce.

Il sacerdote prese in consegna il neonato dalle mani della donna e lo adagiò sul ventre della seconda, distesa sull'altare e coperta solo da una maschera nera di panno con i fori per gli occhi e per il naso.

«Devo intervenire». Pural mise fuori un piede e si preparò a scendere.

«A te, Lucifero!», proruppe il sacerdote sollevando il bambino, «accogli la Luce di questo nostro figlio, accompagnala in alto nei cieli proteggendola dagli Arconti, portala con te nell'Altrove a ricongiungersi in Abraxàs!».

«Cosa vi dicevo?», sibilò Friedrich.

«Riconosco un bel po' di gente là in mezzo». Pural era pronto a calarsi, i muscoli tesi come un grilletto, il corpo in procinto di esplodere. «Ci sono alcuni esponenti della Corte, altri del Parlamento…». Sorreggendosi sulle braccia, tenuto per la giacca da Prospero e da Friedrich, trovò una fessura nel muro, vi infilò un piede, poi un'altra più in basso per l'altro piede, e infine le sue mani si trovarono a scorrere lungo due sbarre verticali che offrivano una presa sicura per la discesa.

Arrivato a terra, guardò in alto e fece segno di tacere e di non muoversi. Sarebbe tornato presto a dare indicazioni sul da farsi.

Il pianto del bambino tra le mani del sacerdote, quello degli altri che rispondevano dalla nicchia, il brusio e i colpi di tosse degli adepti, il continuo scuotimento delle fiamme: Pural avanzava mettendo il piede a terra nei momenti in cui il rumore era più intenso. Gli stivali di cuoio che portava, alti fino al ginocchio, lo avrebbero protetto dal morso dei serpenti, in caso fossero stati velenosi.

Prospero lo seguiva dall'alto dando conto a Friedrich di quel che stava succedendo e di quel che faceva il colonnello. Il cuore di entrambi martellava sulla pietra gelida contro cui avevano poggiato il petto.

«Ci sono delle grandi svastiche».

«Le vedo. La svastica è un simbolo molto antico e diffuso in tutta la Terra. La parola deriva dal sanscrito e vuol dire prosperità. Rappresenta il ciclo solare. È stata ritrovata dipinta sulle pareti delle caverne da uomini del Paleolitico e ancora oggi è un simbolo sacro per i buddisti, gli induisti e altre religioni asiatiche. I volkisch si sono messi in testa che sia una runa». Sogghignò.

«Ora ci vedo meglio», disse Prospero. «Riesco persino a riconoscerne alcuni. Quello lì, ad esempio». Indicò il gruppo di fedeli. «E anche quell'altro. Li ho visti al Caffè».

59

Da dove si trovava Pural, Friedrich e Prospero non erano visibili, e questo lo tranquillizzò.

La luce irradiata dal fuoco e dalle torce era intensa, ma si stendeva sulle cose in modo irregolare, disomogenea, lasciando molte chiazze di oscurità ovunque. L'interno della grotta sembrava un immenso manto di tigre. Lui si trovava tra i peli più scuri, nel punto più buio, nascosto da ombre che fluttuavano minacciose, accovacciato dietro uno dei cinque menhir itifallici che segnavano e iscrivevano in circolo la parte più sacra del tempio.

Studiò la situazione.

Il bambino nelle mani del sacerdote piangeva.

Il cane nero, pelo ispido, orecchie a punta, rosicchiava un osso accanto al fuoco senza curarsi di quel che gli accadeva attorno.

I serpenti, adesso, erano del tutto inerti.

Oltre i celebranti, che gli davano le spalle, una delle due donne era supina sull'altare, l'altra guardava in direzione del sacrificio che si stava per compiere.

Il sacerdote smetteva di guardare davanti a sé solo quando innalzava la piccola vittima per offrirla a Lucifero.

Il bambino tacque. Le piccole braccia pencolavano quasi senza vita dalle mani del suo carnefice.

Pural fremeva. Un intero cervello, un corpo intero per rispondere a una sola domanda: che fare?

Se solo avesse avuto la rivoltella…

Dalla piccola grotta infuocata alle spalle dell'altare veniva un pianto strozzato, nervoso, sfinito e disperato, ma non poteva vedere dentro e non riusciva a capire quanti fossero i bambini.

Tutto era così ripugnante, insopportabile.

Respirò per soffiarsi dentro aria fresca a raffreddare il magma che gli ribolliva nel petto. Attese che il cuore attenuasse la sua furia, poi, con molta cautela, testa bassa e occhi in su, decise di aggirare l'assemblea.

Per stabilire la prima mossa cercò di avere una visione d'insieme, osservando la scena come fosse un campo di battaglia o una scacchiera infernale, ma un luccicare per terra gli punzecchiava l'occhio.

Una moneta?

Una perla?

Un gioiello perduto?

Che importanza poteva avere? Gli sembrò così assurdo avere simili pensieri in un momento come quello. Si rimproverò di essersi fatto distrarre da un così futile dettaglio. Un brivido di disappunto gli fece scuotere la testa come un cane che esce dall'acqua. Doveva calmarsi e pensare.

Il luccichio, però, tornava ad ammaliare la sua attenzione ogni qual volta la penombra si stendeva in quel punto.

"Hubert!", pensò colpendosi ripetutamente la testa.

E non dovette faticare per trovarlo: gli fu sufficiente seguire con lo sguardo le macchie luminescenti per vederlo poco più in là, sul limitare della grotta, riverso per terra come un'ombra, tossicchiava, cercando senza riuscirci di trascinarsi con le braccia e di respirare, soffocato com'era dalla schiuma brillante che gli inondava la bocca e gli fuoriusciva dalle narici.

Senza pensare, Pural lo raggiunse, lo afferrò per i piedi e lo tirò verso un punto più buio.

«Aiuto», mormorò Hubert con l'ultimo fiato che gli restava. «Aiuto».

In risposta, Pural gli frugò nelle tasche.

«Sei Pural?»

«Sì sono io», disse prendendo l'unica rivoltella che gli trovò addosso e accertandosi che fosse ancora carica, lo sguardo costantemente rivolto all'altare.

«Aiutami».

«Troppo tardi, ormai».

Il corpo di Hubert si irrigidiva velocemente tra sussulti e scosse.

Mentre lo perquisiva, l'officiante depositò ancora una volta il neonato sul ventre della donna distesa sull'altare, si sollevò le maniche della veste, prese un calice e lo porse alla seconda donna.

Lo scosse. «Dove sono le foto? Chi ti ha ridotto così?».

Hubert era aggrappato agli ultimi, scivolosi, appigli alla vita. Forse, come pare accada prima del trapasso, una voce limpida gli parlò dentro, la vita gli scorse tutta intera davanti agli occhi rivelandogli un senso finora nascosto; forse la nube tossica di fosforo si diradò per un istante. Pural non poteva saperlo. Ma nel corpo gracile che stringeva tra le mani era cessato il tremore e si affievoliva il bagliore sulla pelle, rivelando il colore plumbeo della morte.

«Coretti», disse nell'ultimo respiro. E finalmente poté sorridere, stretto nel suo primo e ultimo abbraccio.

A quel punto Pural scattò in piedi. Si volse alla cerimonia e sparò in aria. Il colpo esplose assordante.

«Fermi tutti!». L'angolo della bocca gli si inarcò in un ghigno compiaciuto, ma fulmineo. La sua faccia si raggrumò all'istante per fronteggiare gli sguardi della congrega, che nel frattempo si era voltata verso di lui come un unico essere vivente.

«Carabinieri Reali! Siete in arresto! Faccia a terra!». La canna della rivoltella indicò il da farsi, poi puntò il sacerdote. «Allontanatevi dal bambino. Faccia a terra, qui con gli altri». Tutti lo fissavano inespressivi.

«Prospero!», gridò. «Prendi in consegna quel bambino».

Immediatamente un'ombra colò sul muro fino a terra e corse veloce all'altare.

Poi Pural urlò: «Friedrich, scendi anche tu!».

Ormai rattrappito, ma con il cuore lanciato in una corsa irrefrenabile, Friedrich non vedeva l'ora di poter discendere il muro perforato e portarsi al fianco della rivoltella.

«Aiuta Prospero a mettere in salvo i bambini. Copriteli con le vesti di questi signori. Qui ci penso io».

Non se lo fece ripetere e si affrettò ad avvolgere il primo nel suo cappotto.

Prospero, dal canto suo, si precipitò nella grotta e ne uscì esultante, eccitato: i bambini erano tutti vivi.

«Faccia a terra e mani sulla nuca!», intimò ancora una volta Pural.

Di nuovo nessuno ubbidì.

Si mosse solo il cane, che sollevò le orecchie, lanciò un'occhiata annoiata e si rimise a lavorare sull'osso.

«Lei è il signor Carlo Adam?», domandò Pural al sacerdote.

«Sì, sono io», gli rispose fiero.

«Sospettavo che ci fosse lei dietro questa pagliacciata criminale».

«Mi congratulo per la sua intelligenza». Il tono era sprezzante. «Però ormai è troppo tardi per averne la certezza».

Ignorò la subdola minaccia. «Lei era un uomo ricco, stimato, aveva una splendida figlia...».

«Mia figlia non era dalla mia parte».

«Per questo l'ha fatta uccidere?».

Il signor Adam fece un passo avanti. «Non le pare un motivo sufficiente?»

«Nessun motivo mi parrebbe tale, signor sacerdote».

«Eppure, lei dovrebbe capirmi». Ridacchiò. «Lei non è migliore di me».

«Mi lasci portare in salvo i bambini e le consegnerò le fotografie che voleva dal generale Linzi. Ordini ai suoi amici di fare come dico». Attese. «Lo faccia, altrimenti sarò costretto a sparare».

«Mettetevi a terra», ordinò subito il sacerdote.

A quel comando si prostrarono tutti.

Prospero, intanto, prese in braccio il bambino sanguinante, che gli parve subito in fin di vita.

«Colonnello, non può farci paura con quell'arma», disse fiacco il signor Adam.

«Paura no, ma un buco in fronte sì».

«Sta mentendo, non sparerebbe mai».

«Lo vedremo».

Il desiderio di freddarlo era così forte che gli serrava l'indice sul grilletto. «Il suo fido Hubert è morto. Guardi lei stesso. Io ho preso le fotografie. Se le rivuole, sono qui per fare uno scambio».

Il signor Adam guardò dove indicava Pural e vide il corpo senza luce di Hubert riverso nell'ombra di un menhir. Emise un lungo soffio di rabbia. Rivolse il suo profondo rancore verso Yahweh, che lo aveva sconfitto, o verso il suo amato Lucifero, che non lo aveva aiutato. Stette a lungo immobile e in silenzio, sembrava pregare. Poi disse: «Potete uscire anche da lì». Puntò un dito alle spalle di Pural. «C'è un passaggio oltre quel muro, e una scala che conduce alle cantine del mio palazzo».

«Ora si faccia da parte», ordinò Pural. «Qui, a terra con gli altri».

In quel momento echeggiò un boato, e dal novero degli "altri" ne fu sottratto uno.

Pural ebbe un sussulto, si voltò. Un fiotto di fumo si levava soddisfatto da una canna di fucile.

Prima di esalare l'ultimo respiro, Hubert era stato sincero.

60

Coretti.

«Tu qui?». Lo raggiunse e gli sfiorò la tempia con l'estremità della rivoltella: «Perché lo hai ucciso?».

Il tenente dischiuse un sorriso continuando a tenere la canna puntata sui corpi proni degli adepti: altri due uomini al suo seguito controllavano ogni uscita. Uno teneva Pural sotto tiro.

«Stia tranquillo, colonnello, sono loro il nemico, io sono dalla sua parte e sono qui per aiutarla».

Pural annuì con rapidi e impercettibili movimenti del capo, gli occhi stretti e infuocati. «Chi vi manda?»

«Se proprio vuole saperlo, prima ancora di essere un carabiniere, sono un prete», confessò senza esitazioni. «Sono stato infiltrato nell'arma dei carabinieri e assegnato al suo comando per seguire le sue indagini da vicino».

«I preti non hanno famiglia», obiettò Pural.

«Infatti lei, colonnello, ha sempre e solo incontrato delle comparse. Mia moglie e i miei bambini non sono affatto tali».

«E loro chi sono?». Indicò i due uomini fermi davanti alle vie d'uscita.

«Li consideri i miei chierichetti, armati».

Prete, chierichetti... Friedrich, che stava cullando un neonato tenendoselo stretto, indietreggiò, mosso da un ribrezzo istintivo.

La terra tacque, restò solo il crepitìo delle fiamme che inondavano di luce l'oscura cattedrale suburbana.

Lo sguardo attonito di Pural si incrociò a lungo con quello fiero e irremovibile di Coretti.

Una spia del Vaticano, dunque.

Non poteva crederci. Non poteva, perché l'essersi fatto ingannare era imperdonabile. E c'era un'aggravante: lo aveva sospettato. Troppo zelante, il tenente, sempre impeccabile e, soprattutto, sempre presente. Ma accettare che fosse un prete...

«Colonnello, questa è una faccenda che non le compete. Portate via i bambini e lasciate che qui ci pensi la Santa Chiesa».

«Non mi risulta che i preti vadano in giro a sparare alla gente». Pural non lo guardava mentre gli parlava; teneva gli occhi fissi sul signor Adam accanto all'altare.

Coretti dischiuse le labbra, sogghignò. «Ogni mezzo è lecito per combattere l'Anticristo».

«Anche uccidere?»

«La Chiesa contempla da sempre la possibilità. I cavalieri templari, ad esempio».

«Sei qui per la mummia, non è vero?»

«Anche».

«Per cos'altro?»

«Per consegnare all'inferno gli adoratori di Satana».

Pural cacciò via quelle affermazioni come fossero mosche moleste. «Ma non ti rendi conto? Sei una spia, un traditore. Dici di essere un religioso, ma uccidi senza pietà. Non sei qui per salvare l'anima di qualcuno, tanto meno è la vita di questi poveri bambini a starti a cuore. Sei qui solo per impossessarti di un reperto archeologico che potrebbe mettere in discussione la dottrina della tua Chiesa. Sei un fanatico come gli altri». Indicò il corpo di Hubert. «Lo hai ucciso tu per sottrargli le fotografie della mummia».

«La sua perspicacia suscita ogni volta la mia ammirazione».

«Cosa gli avete fatto?», domandò Pural indicando gli adepti al signor Adam, il quale se ne stava ancora fermo e muto accanto all'altare.

«Sono in mio pieno controllo», rispose tonante e muovendosi con uno scatto improvviso. «Non le piacerebbe poter fare altrettanto con i suoi uomini, colonnello Pural?»

«Preferisco farmi rispettare».

«Loro mi rispettano», si schermì il signor Adam facendo vibrare la sua voce sonora e potente da sommo sacerdote. «E io rispetto loro. Siamo fratelli».

«Anche gli operai che lascia morire per intossicazione da fosforo nella sua fabbrica di fiammiferi sono suoi fratelli?»

«Non possiedo più alcuna fabbrica».

«In giro si sente dire che è sempre lei a muovere i fili».

«Leggende urbane. La verità è che non m'importa del mondo, l'ho abbandonato molto tempo fa e non ne ho affatto nostalgia. Io ambisco a tornare al Regno di Luce».

«Ambisce anche allo sterminio dei cattolici e degli ebrei», disse Coretti.

«Noi siamo i veri cristiani!», oppose Adam. «Noi seguiamo il vero credo delle origini!».

«Va bene», tagliò corto Pural. «Non mi interessa chi di voi possiede la verità. Io voglio solo portare in ospedale questi poveri bambini».

«E io voglio la mummia». Coretti alzò il fucile, ma Pural glielo riabbassò.

Il signor Carlo Adam, alto sacerdote e Grande Mago del Sacro Ordine del Serpente di Luce, avanzò con fare maliardo. «Se la Chiesa entrasse in possesso del corpo di Cristo lo occulterebbe di certo. Lo distruggerebbe pur di non essere distrutta essa stessa dalla verità».

Coretti minacciò di puntargli contro il fucile, ma ubbidì allo sguardo furente di Pural.

«Dove custodisce questa incredibile reliquia? È davvero la mummia di Gesù Cristo?»

«Lo è davvero», rispose il signor Adam. «Ma morirei senza esitare, piuttosto che rivelarvi dove si trova».

«La mummia è qui nel tempio», disse Coretti irremovibile. «Ne sono sicuro. L'hanno rubata loro. Mi hanno preceduto di tanto così». Lasciò un millimetro tra il pollice e l'indice.

«No, non è qui», insistette il signor Adam. «Il suo tenente, il prete, la spia, sta mentendo».

«Questi maiali», disse Coretti, «sono dei pervertiti, dei criminali. Meritano di morire e andare all'inferno».

«Saranno giustiziati secondo la legge», disse fermo Pural.

«La legge di Dio», rilanciò Coretti.

Pural tagliò corto e si diresse deciso verso l'altare. «Coretti!», gridò afferrando il signor Adam da dietro. «Credo di aver capito dov'è la mummia che cerchi». Lo perquisì fin sotto alla lunga e spessa barba. «E siccome hai già le fotografie...». Gli tolse la cordicella che gli stringeva la veste e la usò per legargli i polsi. «Potremmo fare un accordo, che ne dici?»

«Proponga, colonnello». Coretti mise il fucile in spalla e incrociò le braccia.

«Li arrestiamo tutti e tu puoi tenerti le anticaglie, ci stai?». Lo vide oltre il calore del fuoco vibrare come un miraggio, scuotere il capo, fermarsi a riflettere, poi di nuovo dissentire con decisione. «Allora, sei d'accordo?», gridò.

Coretti era indeciso.

Prospero, intanto, finì di spogliare alcuni accoliti e tornò ad avvolgere i bambini in quello spesso strato di cotone caldo e profumato. Ne consegnò un altro a Friedrich e due se li prese in braccio. Ne restavano altri due, ancora in grado di piangere. Corsero fuori dal tempio gridandosi a vicenda di fare in fretta.

Friedrich volava su una nuvola. Quarantaquattro anni e già in disfacimento; giovane e già in pensione; senza una moglie e privo della speranza di averne una; senza figli, e ormai certo di non averne in futuro. Lo sguardo deluso di sua madre, quello odioso e pieno di biasimo di sua sorella, sempre lì a scrutare con disprezzo i suoi imperdonabili fallimenti... Ma ora Friedrich correva con i bambini stretti al petto. I loro cuori gli battevano tra le mani.

E non era mai stato così felice.

61

Il signor Adam accostò le labbra all'orecchio di Pural: «Posso farti diventare l'uomo più potente della Terra. Hai avuto quel che volevi, i bambini sono in salvo adesso…».

«Non tutti». Gli afferrò la nuca e gli girò la testa costringendolo a guardare accanto al fuoco il corpo nudo e bruciato di un bambino. E la tenne così a lungo, perché potesse osservare nei dettagli quel che aveva fatto. «Quanti altri ne avete uccisi?»

«Non li abbiamo uccisi: li abbiamo salvati».

«Quanti?», gridò stritolandogli il cranio con le dita.

«Quanti bastano per scatenare potenze magiche inaudite».

«Lei è un povero pazzo».

«Un povero pazzo io?». Ancora quella fredda risata risuonò nel petto del signor Adam. «Se fossi pazzo sarei in una clinica come sua moglie!».

Il calcio della rivoltella di Pural si abbatté sulle sue labbra.

«Posso indicarle la via per la salvezza. Li guardi». Indicò con un cenno del mento insanguinato i suoi fedeli. «Non ne riconosce qualcuno? Muovono i fili di mezza Europa!».

«Dica loro di uscire ordinatamente da qui». Pural lo strattonò.

Il signor Adam non fece nulla, ma mormorò qualcosa, e gli adepti risposero a quell'ordine incomprensibile mettendosi in piedi e voltandosi minacciosi, ora verso Pural ora verso Coretti, il quale imbracciò all'istante il fucile.

«Non sparare!», gli intimò Pural puntando a sua volta la rivoltella sul gruppo, che lanciava occhiate oblique con occhi socchiusi, ancora rigonfi di un sonno innaturale, ma già iniettati di veleno.

«Basta che non si muovano!». Il tono pacato e voluttuoso di Coretti era un chiaro invito a farlo.

Ogni cosa attendeva immobile l'esplosione.

Poi, al battito di mani del signor Adam, gli uomini e le donne del gruppo si ridestarono all'improvviso. D'un tratto le loro facce si domandavano dove si trovassero, i loro sguardi si colmarono di imbarazzo.

«Cosa succede?», domandò un uomo con aria smarrita.

«Non vi muovete e state tranquilli». Pural mostrò loro il palmo della mano sinistra come fosse un distintivo. «Nessuno vi farà del male».

Il ghigno di Coretti prometteva il contrario.

62

Prospero fu subito di ritorno, segno che il passaggio per l'uscita indicato dal signor Adam, forse lo stesso usato da Coretti per entrare, era più breve e più facile da percorrere rispetto a quello che li aveva condotti lì. Incurante di quanto stava accadendo, si precipitò risoluto sugli ultimi due neonati dicendo che se la sarebbero cavata tutti.

Gioia fluì sulle guance di Pural, gocce salate si fermarono agli angoli della sua bocca.

«Barone von Hermann», esclamò Carlo Adam invitandolo a venire avanti. «Forse lei è in grado di fare ragionare i nostri amici».

Pural non sapeva se crederci.

Il barone uscì dal gruppo tenendosi le mani sulle pudenda. «Vorrei parlare con il professor Nietzsche in privato, se possibile».

«No, non è possibile». Pural ordinò alle labbra di sorridere, ma non agli occhi, che, imperturbabili, riflettevano il grande fuoco al centro del pentacolo. Rosse lingue di fiamma gli blandivano le pupille. «Parlate pure qui», disse, «siamo tra amici».

Il buio premeva dall'alto.

«Ho sentito parlare di lei, colonnello».

Pural si tolse la giacca e gliela cedette.

«Ecco, è esattamente questo che si dice sul suo conto: che è un magnanimo», disse legandosi la giacca in vita.

«Si dice questo?»

«Colonnello, è incappato in una faccenda più grande di lei, lo sa?».

«Non ascoltarlo», disse Friedrich, «appena la gente là fuori verrà a sapere cosa stava facendo qui sotto non avrà più alcun potere. È un uomo finito, non conta più nulla, ormai. E così tutti gli altri».

«Confermo che si tratta di un uomo finito», disse Coretti con il fucile spianato.

«Lasciatemi parlare!», insistette il barone.

Ma Friedrich non sentì. «C'è per caso mia sorella tra i presenti?».

Silenzio.
«No?».
Nessuna risposta.
«Barone von Hermann!». Friedrich andò fiero verso di lui. «Barone...», facendosi vicino al suo corpo nudo. Ridacchiò. «Barone, ma lei...».
Il barone corrugò la fronte e agitò i pugni. «Cosa ci fa lei qui?»
«Perché non lo spiega lei a me?», ribatté Friedrich.
Il barone non rispose, gli occhi rigati dal sangue.
«Ma no, ma no», proseguì Friedrich strizzando un occhio a Pural. «Non si disturbi: noi lo sappiamo benissimo». E continuò gesticolando: «Hanno scoperto l'occultismo, lo gnosticismo... ma che bravi!».
«Lasciatemi parlare, ho detto!».
«...E poi gli è venuta l'idea di fare un piccolo sacrificio umano in spregio alla materia, al fine di scatenare una meritata dose di potenza magica contro gli Arconti e i demoni del Dio della Bibbia...».
«Lei è pazzo!», sbraitò il barone, furioso.
«...Sennò, quanto sarebbe noioso il vivere di lor signorie...».
«La smetta!».
«...E si sono detti anche: "E se un giorno facessimo un immenso sacrificio umano con tutti gli ebrei del mondo, i servi di Yahweh?". Si sono detti questo e sono andati fino in Sud America a coltivare le loro idee. Lontani, "così non ci sente né vede nessuno, poi quando i tempi saranno maturi, chissà"...».
«Qualcuno lo faccia tacere!».
Pural stette a guardare. La sua faccia era cambiata da quando non gli giungeva più il pianto straziante dei bambini.
Erano in salvo, adesso.
Ce l'aveva fatta.
Il resto non aveva poi molta importanza. Era quasi divertito dall'atteggiamento improvvisamente spavaldo di Friedrich e dalla sua coraggiosa messa in scena.
«...Il grande mago!». Friedrich indicò Carlo Adam. «Gli ha fatto bere della mescalina e li ha mesmerizzati. E questi gran signori dai nomi, immagino, tanto altisonanti si lasciano condurre come agnellini. Ecco dove porta la stupidità! Alla magia sessuale. All'astrologia. Alla fantasia religiosa. All'antisemitismo. A mia sorella! E ai suoi

amici». A questo punto Friedrich si esibì in una fragorosa risata diabolica.

«Sua sorella, Herr Nietzsche, verrà informata immediatamente del suo comportamento. Lei è malato, dovrebbe essere ricoverato in una clinica per insani di mente».

«Io sono malato? È quello che sperate tutti, non è vero? Non mi stupirei di scoprire che avete sacrificato uno di quei poverini per maledirmi, per farmi smettere di scrivere e di pensare. Confessatelo: lo avete fatto, vero? Così da avermi fuori gioco. Ma non sarà così facile. Non siete altro che vili decadenti».

«Noi non offriamo sacrifici a Dio, noi non siamo ebrei!», insistette con veemenza il barone von Hermann.

«Allora?», intervenne Coretti sempre più spazientito, «la vogliamo finire con questa commedia?». Mandò chiari messaggi con i riflessi del fucile. «Colonnello, troviamo la mummia, o non esce vivo nessuno da qui. Non ho niente da perdere. Ho fatto piazzare delle cariche di esplosivo per seppellire tutta questa faccenda. Tra non molto salteremo tutti per aria. Sta a lei scegliere».

Decise di credergli. Non era il caso di rischiare tante vite per un anonimo quanto datato cadavere. «Va bene», disse. «Cerchiamo la mummia».

«Non è necessario», esclamò Friedrich fermandolo. «Prospero l'ha vista». Mosse gli occhi verso la grotta alle spalle dell'altare.

In un attimo Pural era lì.

Coretti fece un cenno ai suoi, i quali, come se fosse giunto il momento di mettere in atto un piano prestabilito, ubbidirono, l'uno spianando il fucile sul gruppo, l'altro dileguandosi. Poi raggiunse il colonnello nella grotta.

Lo trovò immobile, accanto a Friedrich, con le mani nei capelli.

In fondo, al centro di una seconda camera, più ampia, su un catafalco si ergeva un sarcofago di marmo. La luce delle torce permetteva di leggere con chiarezza le iscrizioni incise sulla pietra: 'Ιησους Χριστός Θεῦ Υιός Σωτήρ. E più sotto: ΙΧΘΥΣ, racchiuso in un simbolo a forma di pesce.

«È greco. Significa: Gesù Cristo Figlio di Dio Salvatore», spiegò Friedrich, che si era avvicinato alla reliquia per poter leggere. «La parola greca ΙΧΘΥΣ inscritta nel simbolo significa pesce. Era il simbolo del cristianesimo originario, prima che venisse soppiantato dalla croce».

«E queste?», domandò Pural.

Friedrich si chinò per leggere le parole incise sul fianco del sarcofago. Si scostò per non ostacolare la luce. «C'è scritto...». Si aiutò con il tatto, facendo scorrere le dita sulla pietra. «Qui c'è scritto: "Kaulakau, Saulasau, Zeesar"». Si rimise in posizione eretta e, stupefatto, cercò gli occhi di Pural. Li trovò e vide che tremavano. «Sono le tre parole misteriose e segrete degli gnostici naasseni», disse. «Ne parla Ippolito, un vescovo cattolico del terzo secolo, in un'opera che si intitola *Confutazioni di tutte le eresie*».

«Naasseni?», domandò Coretti facendosi avanti con decisione, come a voler ricordare a tutti, se stesso compreso, che era lui il padrone della mummia.

«Ha a che fare con gli ofiti di cui mi hai parlato?», chiese Pural, il volto teso dallo stupore.

Friedrich annuì. «In ebraico *naas* significa serpente. Naasseni è l'equivalente ebraico del greco ofiti. Se qui dentro ci fosse davvero quel che sembrerebbe...». Pensava ad alta voce, incredulo. «Allora Gesù era un...».

All'improvviso, il mormorio attonito di Friedrich fu sovrastato dal vociare pieno di furore del signor Adam: «E Gesù prese Tomaso in disparte e gli disse tre parole. Se vi dicessi una delle parole che Gesù mi ha detto, voi dareste mano alle pietre per lapidarmi. E dalle pietre uscirebbe fuoco e vi brucerebbe!».

«Apriamola», disse Pural a Coretti. «Non vorrai negarmi il privilegio di vedere cosa contiene? Parola d'onore che non rivelerò mai a nessuno quel che sto per vedere e che dopo ti consegnerò tutto. Non vuoi essere sicuro di seppellire il cadavere giusto?»

«D'accordo», disse il falso tenente mettendosi il fucile in spalla. «Apriamolo». E cominciò a spingere il coperchio.

«Non fatelo», ammonì il signor Adam. «Vi scongiuro, non fatelo».

Gli altri arretrarono.

«Colonnello, commette un grave errore consegnando questi oggetti alla Chiesa. La prego, non lo faccia».

Spinsero con più forza.
«Sei ancora sicuro che sia un falso?».
Friedrich muggiva nello sforzo. «Non ho mai detto che sia un falso. Ho solo visto delle fotografie».
«E ora?», domandò Pural, la voce compressa. «L'iscrizione sul sarcofago dice che qui dentro c'è Gesù».
«Non è una prova», disse Friedrich continuando a spingere e a muggire. «Però l'ipotesi è affascinante».
«Sei stato tu a dire: Dio è morto».
«Sì, ma non intendevo questo».
«Forse, Friedrich, hai ragione tu: il caso non esiste».
Vinto dalla forza dei tre, il pesante coperchio di pietra finì col muoversi, contro voglia, prima cedendo un'intercapedine, poi un triangolo di oscurità, fino a lasciare che la luce delle torce entrasse nel sarcofago. Apparvero i piedi, poi le gambe, il busto, il volto, e infine si poté vedere l'intero corpo placido di un uomo, che nei secoli era divenuto cuoio.

63

Aveva barba e capelli lunghi.

La fronte cosparsa di piccoli fori.

Il volto deformato.

Un foro su ogni polso e uno su ogni piede.

Uno squarcio ovale nel costato.

Accorsero tutti a guardare. Solo il barone von Hermann restò in disparte, avvilito e afflitto.

«L'autentico pensiero del Cristo è gnostico», disse Adam. «Nostro fratello Gesù è stato crocifisso perché era un oppositore. Non era un Dio, ma un uomo spirituale, un Perfetto, un illuminato dalla Sapienza e dalla conoscenza del Padre. La sua luce è ritornata a casa. La sua luce si è impressa sulla Sindone. E questo», indicò la mummia, «questo involucro immondo, è la prova che Egli è morto sulla croce e non è risorto. Quel che state vedendo dimostra che la Chiesa di Roma è un'immensa impostura ispirata da Yahweh. Noi seguiamo il vero insegnamento del Cristo!».

«E il pazzo sarei io», disse Friedrich guardando con sprezzo il barone von Hermann.

Coretti mise una mano sulla spalla della mummia e le mormorò nell'orecchio: «Chi avrebbe mai detto che anche tu saresti salito sul rogo per ordine della Chiesa?»

«Aiutami a portare tutti fuori di qui sani e salvi», gli disse Pural. «E poi fai ciò che vuoi».

Ci pensò. «Va bene». Imbracciò il fucile e si rivolse al prete armato che era rimasto con lui. «Alimenta il fuoco». Poi, agli altri: «Che nessuno si muova se ci tiene alla pelle». Si mise in spalla la mummia e la portò fuori dalla grotta.

Pural provò a farlo ragionare. «Dove la stai portando? Cos'hai intenzione di fare?»

«Lavare questa ferita», rispose Coretti avvicinandosi al fuoco, che pian piano cominciò ad ardere rinvigorito al centro del pentacolo.

«Non farlo. Non puoi commettere un simile peccato».

Ma Coretti era fuori di sé.

«No!». Con un lungo grido disperato, il barone von Hermann si scagliò contro Coretti; una rosa di pallettoni intagliò un fiore di sangue sul suo petto, all'altezza del cuore. Cadde dimenando le gambe. Provò a rialzarsi. Cadde.

Coretti prese a ridere, ma non un ridere divertito, un ridere nervoso, convulso. Aveva gli occhi sbarrati, lucidi, un tremito accompagnava i suoi gesti. «Andate via, se riuscite!». Rise più forte. «Colonnello Pural, il salvatore! Si salvi!».

Per impedirgli di bruciare la mummia, Pural avrebbe dovuto spargli, ma gli altri due che erano con lui avrebbero di certo aperto il fuoco. Sarebbe stata la fine per tutti. Li cercò, ne vide uno solo. Ricordò che Coretti aveva detto di aver piazzato dell'esplosivo per seppellire tutto e tutti là sotto. Cercò Friedrich.

«Sono qui».

«Dov'è Prospero?»

«Dev'essere fuori con i bambini... Non l'ho più visto».

«Devi uscire immediatamente da qui. Ma passa da dove siamo entrati. Segui le frecce di vernice. Corri!».

Coretti sembrava completamente impazzito. Si muoveva a scatti, un filo di saliva gli scendeva dagli angoli della bocca, si era messo in testa qualcosa. Aveva posato a terra la mummia, rigida e leggera come un manichino di balsa. Stava cercando di staccare la croce dal suolo, dopo averla liberata dai serpenti che vi dormivano aggrovigliati.

«Fuori tutti!», sbottò Pural. «Da quella parte!». Indicò la parete sulla quale ancora si poteva intravedere l'ombra di Friedrich salire verso l'apertura da cui erano venuti e li incitò a seguirlo, e a fare in fretta. Ma nessuno lo ascoltò. Si radunavano attorno al signor Adam che li stava chiamando a sé.

Le parole gli frullavano nella testa come uno stormo di uccelli spaventati. Con gli occhi cercò ancora i due uomini di Coretti. Ora era sparito anche il secondo.

Spie del Vaticano, pensò. Non era affatto da escludere che fossero preti votati al martirio e che avessero intenzione di fare brillare la dinamite seppellendo anche se stessi. Lo stesso valeva per Coretti.

Era un inferno.
Coretti aveva iniziato a cantare a squarcia gola e si sfilava la cintura dai pantaloni.
Il signor Adam finiva di bere da una coppa e subito si accasciava al suolo. Altri accanto a lui bevevano dalla stessa coppa e cadevano a loro volta.
I bambini erano in salvo, probabilmente Prospero era rimasto fuori con loro; Friedrich doveva essere già in superficie. Qualcosa gli diceva che stava per saltare tutto in aria e che era l'ultima occasione per scappare.
Iniziò a correre verso l'uscita, più veloce che poteva, voltandosi in continuazione, come a voler chiedere tempo all'esplosivo.
Si voltò.
Coretti cantava. Stava usando la cinghia dei pantaloni per legare la mummia alla croce.
Ansimando per l'eccitazione, inciampando nel buio, raggiunse la parete, trovò l'appiglio per salire, mise le mani nelle fessure ai lati e si tirò su con uno scatto di reni.
Si voltò.
Coretti stava mettendo sul fuoco la mummia crocifissa. Cantava in latino, in modo sguaiato, una melodia monotona.
«*O ignis spiritus, o ignis caritatis…*».
Quando fu in cima, nel cunicolo, si voltò un'ultima volta.
La mummia ardeva nel mezzo del falò. Coretti, abbagliato dalle fiamme, ammirava estatico il suo disfacimento.
«*O ignis, sanctus es tergendo fetida vulnera!*».

64

Com'era immensa e sconfinata la città in superficie, dove suoni e profumi potevano giungere da luoghi lontani, portati da un maestoso oceano di vento.

Il signor Fino, con i suoi occhi a mandorla sempre strizzati in un involontario sorriso, scrutava dietro ogni vetrina appannata dei tanti caffè del centro alla ricerca del professor Federico, che non era tornato a casa a dormire.

Entrò in ognuno e domandò a chiunque conoscesse, anche solo di vista, se per caso lo avesse notato, ma nessuno aveva notizie utili da dargli.

Il proprietario del Caffè Giardino, invece, gli rispose lanciando le mani per aria. «Certo, l'ho visto ieri sera, è venuto al Caffè con un signore distinto».

«Non ha una vaga idea di dove potrebbe essere andato?».

Il padrone del Caffè si fece scorrere le dita sulle guance. «Non lo so. Non lo so! È scomparso anche Prospero, il ragazzo che lavora qui. Non ho idea di dove si sia cacciato neppure lui. Confesso che sono molto preoccupato. Quel ragazzo ha la tendenza a mettersi nei guai. È un gran ficcanaso! Io glielo avevo detto che prima o poi ne avrebbe pagato le conseguenze».

Non era esattamente un'informazione, ma ne conteneva delle tracce. Innanzitutto, Prospero conosceva Federico, e il fatto che anche lui fosse scomparso poteva significare che fossero insieme. Il signor Fino considerò questa eventualità come una notizia positiva – se non altro Federico non era solo – e ne fu sollevato.

«Posso offrirle qualcosa da bere?»

«No, grazie, devo tornare a casa», disse stropicciando il cappello. «Se per caso avesse notizie, potrebbe informarmi immediatamente? Gliene sarei molto grato».

«Beva almeno un dito di grappa!». Prese una bottiglia, gli posò una mano sulla spalla e lo sospinse fuori dalla cucina verso un tavolino della sala. «Offre la casa».

«No, davvero, devo andare», provò a insistere mentre si sedeva. «Posso contare sulla sua generosità anche riguardo al professor Nietzsche?»

«Ci può contare». Il padrone del Caffè tolse il tappo. «Se avrò sue notizie le manderò immediatamente qualcuno a dargliene conto, può starne certo». La bottiglia fece un profondo inchino al bicchiere e lo rabboccò di lava trasparente.

Restò a fissarlo in attesa che bevesse, e Fino dovette accontentarlo.

«Mi dia il suo indirizzo, monsieur».

«Mi trova alla rivendita di giornali accanto all'ufficio postale, in piazza Carlo Alberto».

«Ah, ecco!». Si batté un colpo sulla fronte. «Ero sicuro di averla già vista da qualche parte. Lei è uno dei nostri!».

Fino arrossì, ma per il calore improvviso della grappa. «Qui in zona mi conoscono tutti, in effetti», disse. Sorseggiò pensoso. «Sono preoccupato per il professore».

«Cosa dovrei dire io del ragazzo, allora?»

«Il professore è più fragile e sprovveduto del suo ragazzo, non c'è dubbio. È malato, non ci vede bene...».

«Monsieur, direi che è quasi cieco».

«E col passare dei giorni quel "quasi" sbiadisce inesorabilmente».

Il proprietario del Caffè guardò soddisfatto il signor Fino che si rilasciava sotto l'influsso affettuoso della grappa e inumidiva appena le labbra con quel poco che era rimasto nel bicchiere. Ebbe l'impressione che volesse prolungare la conversazione. «Gli siete affezionati a tal punto?», gli domandò piegando il capo in un sorriso amichevole.

«Vive in casa nostra da alcuni mesi».

«Capisco». Poggiò un gomito sullo schienale della sedia e si voltò con un dito alzato. «Porta un bicchiere anche per me».

Il cameriere, che era stato chiamato per sostituire temporaneamente Prospero, scattò sull'attenti e, nel tempo che servì al padrone per volgersi nuovamente verso il signor Fino, era già di ritorno con un bicchiere lindo e strofinato sulla punta delle dita.

La bottiglia si prostrò.

«Li troveremo, vedrà».

Bevvero, un colpo di gomito in simultanea, guardandosi negli occhi.

«Ha provato al Caffè Fratelli Fiorio? So che il professore tedesco va spesso a scrivere lì».

Fino annuì. «Non lo vedono dai primi del mese».

Il suo interlocutore lo fissava con un'espressione vacua e intensa allo stesso tempo, come se stesse guardando attraverso il suo corpo qualcosa che si trovava oltre. Poi ammirò i riflessi di luce nel bicchiere vuoto e divenne più serio. «Prospero è un tipo strano, un gran ficcanaso».

Fino provò simpatia per quel ragazzo, bizzarro quanto il loro comune amico. «Ora capisco perché il professor Nietzsche ha stretto amicizia con lui», disse sorridendo. «Come si dice: Dio li fa...».

«Meglio non nominare Dio davanti a uno di quei due!», disse il proprietario del Caffè ricambiando il sorriso da dietro il vetro sempre più asciutto del bicchiere.

«E noi la pensiamo allo stesso modo», disse il signor Fino.

L'altro gli diede la mano. «Democrazia, uguaglianza, libertà, ragione, scienza, progresso!».

Fino gliela strinse. «Sottoscrivo».

«Il professor Nietzsche sarebbe d'accordo?»

«Non con l'uguaglianza e neppure con la democrazia, temo, ma per il resto... È una polveriera sotto la Chiesa. Un filosofo di prima grandezza. E presto il mondo intero si accorgerà di lui. Mi sento in qualche modo partecipe della sua opera. E responsabile per la sua salute».

«Le ha mai esposto la sua filosofia?»

«Certo, più volte. Ma confesso di non essere all'altezza di capire tutto».

«E cosa ha capito, se non chiedo troppo?».

Questa volta fu il signor Fino a porgere il bicchiere. «Solo un goccio, grazie».

«Allora?». Il suo ospite mise da parte la bottiglia, salutò l'ultimo cliente che lasciava il Caffè, prossimo alla chiusura, e si dispose all'ascolto.

«Il perno del suo pensiero è una visione ciclica e circolare del tempo, contrapposta alla visione, dominante qui in occidente, del tempo come linea retta che tende a un fine ultimo. Lui lo chiama l'eterno ritorno dell'uguale».

«Non sono un luminare, ma non mi pare una trovata così originale».

«Ha ragione, non lo è. Però, l'eterno ritorno di Nietszche è una provocazione per i codardi: non potete scappare; non vi piace questo mondo? Ebbene, sappiate che non ce n'è un altro e che tutto ciò che state vivendo lo rivivrete tale e quale infinite volte».

«Accidenti!», disse l'altro spalancando gli occhi.

«Nietzsche sostiene che Dio sia morto, e ha persino scritto un libro dal titolo *L'Anticristo*».

«Accidenti».

Il signor Fino proseguì: «È un darwinista. Ma a differenza di Darwin, sostiene che alla base di tutto ci sia la volontà della vita di affermarsi anche sulla vita stessa (egli la chiama volontà di potenza). Secondo questa impostazione, non necessariamente la selezione porta con sé dei miglioramenti, perché la vita ha una tale brama di affermarsi su tutto (ripeto, anche su di sé) che si concede il lusso della distruzione».

«Accidenti».

«Da qui Nietzsche trae un'analisi dell'uomo attuale, che egli vede codardo nei confronti della vita. Invita tutti a superare quest'uomo e a favorire, in primo luogo dentro se stessi, un uomo nuovo che dice sì con entusiasmo alla vita ed è fedele alla terra, all'aldiqua, e che di fronte alle difficoltà pensa: "È questo che fa la vita? Ancora, ancora!". Lo chiama Il "superuomo"».

«Accidenti».

65

«Un anno è come una clessidra in cui fluiscono le ore». La signorina Irene volse gli occhi tristi alla finestra e sospirò, il riflesso del suo viso scomparve sotto un disco di vapore.

Sua madre, la signora Bianca, alzò gli occhi dal ricamo e si fermò a guardare il volto della figlia che riappariva lentamente sul vetro. «Pochi granelli ancora, figlia mia».

«Sono preoccupata».

«Lo sono anch'io, cara. Siamo tutti molto affezionati al professor Nietzsche. Tutti, anche tuo fratello, sebbene non lo dia a vedere».

«Ernesto lo considera l'usurpatore della sua amata camera».

«Però anche lui gli vuole bene. Tuo padre, poi, lo sta cercando a quest'ora, nonostante sia la vigilia di Natale. E Giulia, tua sorella, mi è sembrato di vederla piangere». Piegò il capo sul ricamo e, come comandato dallo sguardo, l'ago apparve sulla tela nel punto giusto. «Tuttavia Federico è grande abbastanza da sapere quel che fa, almeno lo spero. E tu sei una donna, non dovresti mostrare tanta apprensione per un uomo che non sia tuo marito o che non sia destinato a diventarlo».

«Non c'è niente di male nel voler bene a qualcuno».

Dalle labbra sottili della signora Bianca venne un soffio di sarcasmo. «Non negherai che siamo rimasti in pochi a preoccuparci per lui».

«Federico riceve molte lettere», obiettò Irene, sapendo quanto fosse inutile.

«La verità è che non lo sopporta più nessuno. Non uno di quelli che hanno ricevuto il suo invito si è deciso a venire a trovarlo».

«Non è come credi, mamma. Riceve solo lettere ferme in posta, nessuno conosce il suo indirizzo. L'isolamento è necessario allo sviluppo della sua filosofia».

Il ricamo della signora Bianca si faceva meno preciso, il tratto del filo perdeva la sua pacatezza. «La bestia ferita che si ritira nella tana...».

«Lui dice così».

«Io dubito che sua sorella Elisabeth e i suoi amici più intimi, quel Pietro Gasti e il signor Overbeck, non sappiano che abita qui con noi».

«Adorano i suoi libri, ma vorrebbero che li avesse scritti un altro. Lo odiano. Non accettano la sua totale libertà di pensiero, le sue contraddizioni, e soprattutto hanno molto timore che Federico possa metterle in discussione: chi sarebbe più autorevole di Nietzsche nel confutare Nietzsche? E in verità lui lo fa continuamente».

«Hai letto i suoi ultimi scritti?».

Irene scosse dolcemente il capo. «Le sue lettere».

D'un tratto, la fotografia di una donna che cuce, seduta in poltrona, l'espressione perplessa. «Hai letto le sue lettere?»

«Sì».

Sporse la testa in avanti e parlò sottovoce: «Non si fa».

«Me le ha fatte leggere lui».

L'ago riprese a scorrere nella trama. «E cosa dice in queste lettere?»

«Dice che i tedeschi sono degli idioti – è una provocazione intollerabile per chi teorizza la supremazia razziale dei germani e auspica il pangermanismo. Lui li chiama volkisch e ne dice un gran male. Poi condanna l'antisemitismo, scrive di voler stringere un'alleanza con gli ebrei, e anche questo è insopportabile per gli antisemiti come sua sorella».

Ancora un'istantanea di una donna che cuce, un sorriso incredulo le schiude le labbra. «Un'alleanza con gli ebrei?».

Lo sguardo di Irene seguì il profilo delle montagne dove i suoi occhi vaporosi vedevano refrigerio. Prese un fazzoletto dalla manica, lo spiegò e soffiò delicatamente il naso cominciando ad annuire. «Sì, un'alleanza».

«E perché mai uno come lui dovrebbe fare una cosa del genere?»

«Perché gli ebrei sono nemici giurati del cristianesimo e poi perché hanno i soldi necessari alla pubblicazione dei suoi libri, ora che ha voltato le spalle ai tedeschi e agli antisemiti. È anche per questo che ho paura».

«A te pare che stia bene?». Si toccò la tempia, poi riprese a cucire in attesa della risposta, anche se era chiaro che lo scopo della domanda era nella domanda stessa.

«Non avrei motivo di stare tanto in apprensione se lo sapessi nel pieno controllo di sé. Ma non è malato. È un ingenuo, un intellettuale fuori dal mondo, sempre con la testa altrove. Non sa vivere nella realtà, sebbene la esalti e la ponga sopra ogni cosa. È una delle sue tante, apparenti, contraddizioni».

«Parli come un'innamorata», disse col tono consono a una madre severa.

«Non lo sono affatto», ribatté la figlia con il tono dettato dal rispetto. «Il signor Federico ha sofferto molto».

«Un'altra contraddizione: proprio lui, il predicatore della salute degli uomini e persino dei popoli!».

Oltre il vetro appannato dai continui sospiri di Irene, in lontananza, la luna pareva volerle ricordare la condizione di Friedrich mentre si applicava nell'ardua ascesa in un cielo così terso da non fornire appigli, così liscio e uniforme da risultare scivoloso.

«Lui è dinamite», mormorò Irene.

E fu come se l'avesse evocata.

La signora Bianca sollevò il capo. Stava per chiedere alla figlia cosa avesse appena detto, perché aveva parlato troppo a bassa voce e non aveva sentito, quando un boato squassò il palazzo dalle fondamenta.

Fu un istante dilatato dal terrore.

«Irene!», gridò. La vide mentre veniva scaraventata via dall'onda d'urto, e la finestra, tramutata in una nube di frammenti di vetro acuminati, le andava incontro al viso.

Il riverbero del tuono frustò e percosse l'aria, si abbatté su ogni oggetto della casa.

Non poteva essere un temporale. Le stelle regnavano indisturbate nel cielo limpido.

«O mio Dio!», esclamò la signora Bianca correndo ad abbracciare la figlia. «Sei ferita?».

Irene sollevò la testa mostrando il viso immacolato. Aveva un sibilo nelle orecchie, ma stava bene.

«Grazie al cielo!».

Il cielo, adesso, era screziato da lingue di fumo nero.

66

In strada si schiudeva ogni bocca.

«Ma cosa è successo?».

I cocchieri cercavano di tenere fermi i cavalli impauriti, dai finestrini delle loro carrozze spuntavano facce attonite.

«Una bomba!», disse un passante.

I signori sul marciapiede puntavano i bastoni da passeggio in direzione della Mole Antonelliana.

«Un'esplosione da quella parte», disse uno.

«Sarà stato mica un attentato anarchico?», si chiese un altro.

Guardavano tutti verso la Mole, da dove si levava una colonna di fumo spargendo ovunque l'odore inconfondibile della polvere da sparo.

Solo uno guardava in direzione opposta, il signor Fino. «Tutto bene?», gridò alla moglie e alla figlia che guardavano giù in strada.

«Sì», gli risposero. «Cos'è successo?»

«Non lo so. Un'esplosione dalle parti della Mole, non si capisce da qui. Ora vado a vedere!».

«Fai attenzione!».

Corse voltandosi indietro sventolando il cappello. «Torno subito!».

Giunto sul luogo dell'esplosione andò ad aggiungersi ai tanti a cui veniva impedito di avvicinarsi. Si fece largo tra la folla di nasi all'insù, e sgomitando e chiedendo permesso riuscì ad arrivare fino al cordone di carabinieri che faceva da guardia.

«Non c'è niente da vedere!», gli grugnì quello che si trovò di fronte.

«Cos'è successo?», domandò Fino ansimando mentre era spinto da ogni lato.

«Niente. Circolare!».

Era fin troppo evidente che, invece, qualcosa era accaduto. Ma non era possibile andare oltre. Si vedevano già arrivare i rinforzi di carabinieri a cavallo che avrebbero disperso i curiosi senza fare troppi complimenti.

Si sfilò dalla calca camminando a ritroso e si allontanò.
«È riuscito a vedere qualcosa?», gli domandò uno.
«No, non fanno avvicinare». Volse uno sguardo preoccupato verso casa. «Deve essere saltato un tubo del gas».
«O forse», ipotizzò l'altro con fare diffidente, «nelle cantine di qualche facoltoso signore si conservava della dinamite al posto delle bottiglie».
«Non mi stupisco più di nulla», ribatté Fino.
«Non sente anche lei odore di polvere da sparo?».
Protese il naso. «Sì, non c'è dubbio».
«In che mondo viviamo!».
Volarono via i rispettivi cappelli.
E Fino affrettò il passo.
Risalì via Po sbuffando nuvole bianche e, spingendo sulle gambe come una locomotiva, arrivò in via Carlo Alberto con lo sguardo rivolto alle finestre di casa.

67

Incredulo, felice, Fino si lasciò abbracciare. «Dove sei stato, Federico?»

«Ero lì».

«Lì dove?»

«Lì, dove c'è stata l'esplosione».

«Hai visto cos'è successo?»

«Molti morti».

«Cosa dici?»

«Mi stanno cercando».

«Chi ti sta cercando?»

«Le spie della Chiesa».

«Perché mai dovrebbero?»

«Perché ho visto».

«Calmatevi, signor Federico». Irene gli porse un bicchiere e due occhi colmi d'acqua.

«Grazie, signorina». Si sedette e ingollò avidamente. «Ancora, ancora!».

Gli fu rabboccato il bicchiere.

Fino strinse a sé la moglie e le figlie, e smise di fare domande. Era tornato anche Ernesto che si unì nell'abbraccio.

Erano tutti in fremente attesa.

«Prospero, il ragazzo del Caffè…».

«Era con te? Sai dov'è?»

«Ho paura che possa essere morto nell'esplosione». La testa di Friedrich cadde ripetutamente. «L'ho perso di vista… Non lo so, non lo so».

Fino prese una sedia e gli si sedette davanti. Gli posò una mano sulla spalla. «Federico, sei sicuro di quanto stai dicendo?»

«Io non mi sento tanto bene». Si toccò la fronte. Sotto il velo di terra che gli ricopriva il volto si potevano scorgere le guance pallide.

Gli occhi lucidi e gonfi supplicavano di potersi chiudere per riposare.

«Signorina Irene, sareste così gentile da suonare per me?», disse.

Lei scoccò un'occhiata al padre, il quale assentì, e si diresse in punta di piedi verso il pianoforte. Sistemò il sedile, piegò la gonna e si sedette.

«Suonate, vi prego».

Giulia, su richiesta del padre, andò a farle da volta pagine.

Ora che non sentivano, poteva parlare. Non voleva turbarle con il suo racconto.

«Signorino Ernesto, vuole essere così gentile da tenere sott'occhio la strada?».

Il signor Fino lo guardò annuendo e gli indicò la finestra. «Stai lì. Se vedi qualche movimento sospetto avvisaci immediatamente». Poi si volse verso Friedrich. «Chi c'era? Cos'altro hai visto là sotto?»

«Non mi crederesti».

«Proviamo. Comincia dall'inizio».

«Hai mai sentito parlare di Carlo Adam?»

«Certo», fece Fino, «è scomparso con la moglie qualche anno fa...».

«No», lo interruppe Friedrich, «non era scomparso. Si era nascosto. Aveva fondato una setta gnostica che aveva il suo tempio nei sotterranei della città, proprio sotto la Mole. A quanto pare era entrato in possesso da tempo di un vangelo sconosciuto e di altri testi gnostici, grazie ai quali aveva reclutato un numero enorme di adepti, tra cui molte persone potenti e persino una parte consistente della Chiesa cattolica. Gli ultimi della lunga lista di aderenti alla setta sono stati i volkisch, che hanno visto nello gnosticismo un cristianesimo antisemita perfetto per la nuova Germania a venire». Fece una lunga pausa per mostrare il suo sconcerto, poi continuò: «I bambini rapiti erano il frutto di orge sacre, destinati alla morte fin dal concepimento. Venivano sottratti alle madri, per lo più belle e giovani serve reclutate per le orge, poi battezzati con un marchio sotto l'orecchio, e in seguito usati per stabilire le gerarchie interne alla nuova chiesa gnostica». Lesse la domanda sul volto esangue della signora Bianca e con dolore specificò: «Dopo una lunga agonia, il povero bambino moriva nelle braccia del predestinato».

La signora non volle capire di più e abbassò lo sguardo. Le note del pianoforte suonato da Irene ribollirono sotto un lacerante silenzio.

«Nel Museo Egizio era custodita la mummia di Gesù Nazareno», continuò Friedrich davanti a quelle facce perplesse. «I massoni, che gestiscono il museo, l'avevano appena scoperta. A quanto pare, però, non hanno fatto in tempo a trasferire la mummia in un altro museo, e così sono stati preceduti dal signor Adam e dagli amici di Elisabeth».

«L'oggetto rubato al museo è una mummia?», domandò Fino esterrefatto.

«Non una semplice mummia. Io l'ho vista. Era l'uomo della Sindone, ne sono sicuro».

Non potevano credergli.

«Il cardinale Martini ha cercato di trattare con i volkisch per impossessarsene, perché quell'oggetto ha il potere di annientare la Chiesa di Roma. Ma è stato ucciso. Il colonnello ha trovato nel suo occhio un biglietto con scritto Ecce Homo e ha pensato a me, invece con quel messaggio l'assassino si riferiva alla mummia. Una parte deviata della Chiesa ha alimentato fin dall'inizio la follia di Carlo Adam, e progettava di epurare il cattolicesimo dall'Antico Testamento, per un ritorno alla Chiesa cristiana primitiva e al vero insegnamento del Cristo. Posso assicurare che, a meno di una contraffazione, sul sarcofago che conteneva la mummia vi erano incise parole inequivocabilmente gnostiche».

Credergli risultava sempre più impossibile.

«Prospero», continuò Friedrich, «aveva trovato uno degli aiutanti di Carlo Adam mezzo morto nell'androne del palazzo in cui vive. Gli aveva trovato addosso oggetti che hanno aiutato il colonnello e il sottoscritto a capire cosa stava succedendo, tra cui delle fotografie molto compromettenti per il Vaticano. Dopo aver rubato la mummia, infatti, l'hanno subito fotografata, forse con l'intenzione di ricattare la Chiesa, o per mostrarla a qualcuno che non poteva recarsi qui a Torino a vederla di persona». Si fermò. «Ho visto uomini illustri praticare un rituale di magia nera, un bambino morire, un uomo con la pelle luminescente...». Si fermò ancora.

«Calmati», disse il signor Fino fermandogli la mano. Rivolse alla moglie un'espressione indefinibile, ancora indecisa se divenire quella di chi ascolta le farneticazioni di un folle o quella di chi è sinceramente preoccupato per un pericolo imminente.

Friedrich aspirò una gran quantità d'aria, prima di riprendere a parlare, a bassa voce, cercando di mantenere il controllo di sé. «La Chiesa si sta adoperando per cancellare ogni traccia di quel che sta accadendo qui a Torino. Un prete, che si era infiltrato nei carabinieri come tenente, rispondente al nome di Coretti, aveva il compito di tenere sotto controllo il colonnello Pural».

«Anche il colonnello è morto là sotto?», domandò Fino.

«Non lo so. Gli devo la mia stessa vita. E anche quei bambini… sono vivi per merito suo. Un uomo esemplare, il colonnello Pural».

Intanto Irene iniziava una nuova esecuzione dello stesso brano, più a tempo della precedente.

Friedrich approvò con un'occhiata languida.

Il signor Fino nutriva qualche dubbio circa la grandezza di Pural, perché non riusciva a spiegarsi come avesse potuto portare con sé in un'impresa tanto rischiosa un professore sprovveduto e un ragazzo.

«Non sarebbe mai riuscito a trovare quei bambini senza il mio aiuto», oppose Friedrich. «E senza il suo aiuto io adesso sarei sepolto laggiù. Pural mi ha suggerito di scappare al momento giusto. Avevamo scoperto un passaggio, e avevamo fatto dei segni sui muri per ritrovare l'uscita… l'esplosione non mi ha raggiunto, se fossi passato dalle cantine sarei stato sepolto. Invece mi sono ritrovato in superficie, salvo». Andò alla finestra e guardò in strada. «Finché sono in questa casa non corro pericoli».

I padroni di casa si guardarono intorno come alla ricerca dei motivi di una simile affermazione.

«La Chiesa deve agire nell'ombra», spiegò Friedrich, «e qui, adesso, sono troppo in luce. Devo lasciare Torino al più presto. Partirò domani stesso».

«Prima ti devi rimettere in forze, Federico. Hai una brutta cera. Riposati. Nel frattempo penserò io a organizzarti la partenza per la Germania. Scriverò al tuo amico, il signor Overbeck, e ti verrà a prendere. Ma ora tu non stai affatto bene. Sei sicuro di quello che ci hai appena raccontato?»

«Devo ammettere che c'è una possibilità che io non sia del tutto in me». Si indicò la fronte. «Ma il colonnello Pural, se è vivo, potrà confermare quello che dico». D'un tratto, Friedrich si rabbuiò. Divenne grave e tetro in volto. Parlò con tono funereo. «Mi accadrà come a Gesù Nazareno, come alle sue parole dimenticate. Io sono già un apocrifo. Voi mi siete testimoni che io non sono un antisemita. Io amo la vita. Sono un ateo, un antimoralista, sono l'Anticristo!». Agitò il pugno. «L'Anticristo crocifisso! Cristo l'Anticristo!».

«Basta così, Federico». Fino gli sfiorò la guancia, era gelida. «Sei molto stanco. Sarà meglio che ti riposi un po'. Prendi un paio di capsule di Dover e vai a dormire. Vedrai che dopo ti sembrerà tutto più leggero».

«Hai ragione», disse Friedrich toccandogli la mano. «Mi ci vuole una dormita». Prese due capsule dal palmo della signora Bianca. Le mandò giù. «Dopo preparerò i bagagli».

«Dopo farai un bagno caldo e ci penseremo, Federico. Ora stenditi».

Volse un sorriso al pianoforte sfiorandosi le mani in un applauso silenzioso. «Brava!», sussurrò con forza.

La signorina Irene gli fece un inchino col capo, mentre suo padre lo aiutava ad alzarsi e lo accompagnava alla sua camera.

Friederich percorse il corridoio canticchiando a bassa voce, poi si staccò dalla presa amorevole, ringraziò e si lasciò cadere sul materasso dicendo: «Tutto è perduto, amico mio. Tutto. E lo sarà in eterno».

68

Mercoledì 26 dicembre 1888

Oggi Matilde non guardava le colline con la solita malinconia. Sorrideva. Dondolava uno dei suoi grappoli di vetro facendone persino tintinnare gli acini. Si bagnava il viso dei riverberi di luce che ne fuoriuscivano. Indossava i vestiti eleganti, i guanti e il cappello con i quali era entrata nella clinica. Nell'attesa, accoglieva con voluttà i raggi del sole sulle guance. Sembrava appena tornata da chissà dove, reduce da un altrove inconfessabile, da un incubo al cospetto del quale la realtà appariva meravigliosa.

Era trasfigurata, come improvvisamente libera da un male oscuro che non riusciva a ricordare.

La sua presenza altera generava stupore sulle facce degli infermieri, confusione su quella del dottor Turina, muta indifferenza sui volti pallidi dei pazienti.

Anche solo immaginarla così, come adesso si presentava a tutti, sarebbe stato impossibile.

Eppure il suo sguardo, presente e penetrante, toglieva ogni dubbio.

Era un miracolo?

In assenza di una risposta certa, nessuno fiatava.

Anche se era passato più di un anno da quando la sua anima aveva iniziato a spegnersi un po' ogni giorno così come le speranze di rivederla guarita, Pural non si era arreso e aveva dato ascolto a ogni speranza, anche all'ultima, la più irragionevole.

Lei gli corse incontro volando leggera sulle punte, piena di emozione. Il contesto giusto per il suo comportamento sarebbe stato piuttosto quello di una stazione ferroviaria, lei appena scesa da un treno, di ritorno, dopo una lunga assenza. Forse per questo il dottore e gli infermieri si guardavano intorno come alla ricerca del treno che dall'aldilà l'aveva condotta qui, nel mondo dei vivi.

«Amore mio!», furono le sue prime parole.

Pural la strinse forte a sé e pianse. «Ora ti porto fuori da qui», le sussurrò nell'orecchio.

Il suo respiro, così caldo e vicino, le provocò un brivido e la fece ridere per un istante, ma divenne subito seria. «Non so cosa mi sia accaduto», disse. «Hai sofferto a causa mia?»

«Io ti amo, non posso soffrire a causa tua».

Lei adagiò la testa sulla sua spalla, gli afferrò il braccio e si lasciò condurre all'esterno. Li attendeva una carrozza, l'aria fresca medicava la terra.

«Dove andiamo, colonnello?», domandò il cocchiere guardando in basso e sollevandosi il cappello in segno di omaggio alla signora.

«A casa», rispose Pural. «Ma passiamo davanti al circo La Fleur».

«Il circo?», domandò perplesso il cocchiere.

«Sì», disse Pural, «sai dov'è?»

«Ci ho portato i bambini prima di Natale, signore».

«Allora andiamo».

L'uomo scrollò le spalle e impugnò la frusta.

I cavalli, a quel gesto, si accinsero a tirare, e quando lo sportello si richiuse la carrozza si mosse.

«Ho aspettato tanto questo momento, sai. Non ho mai smesso di crederci».

«Dov'ero, Giorgio?».

Le prese la mano. «So solo che ora sei qui». Gliela cosparse di baci. «Non importa dov'eri, ma che sei tornata».

Matilde abbassò gli occhi e non parlò per un lungo tratto di strada. Di tanto in tanto guardava fuori dal finestrino la città che si condensava lentamente: lo sterrato che mutava in selciato, i cespugli in alberi, le piccole abitazioni di periferia in palazzi.

L'idea di tornare a casa e affrontare il vuoto lasciato da Lidia non le piaceva. Ma non se la sentiva di protestare.

La carrozza accostò e si fermò mentre la voce del cocchiere fischiava nel tubo: «Ci siamo, signore».

«Vieni con me. Devo salutare un'amica». La prese per mano e l'aiutò a scendere.

Ma il circo non c'era più. Al suo posto, il silenzio che aleggiava sopra il piccolo campo brullo con al centro un disco senza erba.

Dove era stato il carrozzone di madame La Fleur, ora sedeva immobile una donna ricurva. Accanto a lei, un uomo ingannava il tempo affilando la punta di un ramo con un coltello.

«Aspettaci qui», disse Pural al cocchiere.

I cavalli annuirono.

La donna aveva capelli mossi e scuri, legati dietro con un fazzoletto colorato, lunghi orecchini con fiori d'argento le cadevano ai lati del collo a sfiorarle le spalle coperte da uno scialle che, più giù, le si afflosciava sugli avambracci posati su una gonna larga.

L'uomo salutava già facendo lampeggiare gli occhi neri. Da sotto i folti baffi, che potevano reggere il confronto con quelli di Friedrich, venne una voce rasposa. «Lei deve essere il colonnello Pural».

«Sono io».

«Madame la Fleur aveva detto che sareste venuto. Lei partita. Saluta voi. Mia gente ringrazia e benedice».

Per Matilde, l'accento zingaro dell'uomo fu una conferma superflua.

«Sono io che ringrazio voi», disse Pural depositando una discreta somma di denaro nel cappellino in mano alla donna. «Le porterete i miei saluti?».

Lo zingaro mostrò l'oro che aveva in bocca. «Tutto quello che il colonnello desidera».

«Ditele che mia moglie è guarita come aveva detto».

A Matilde venne spontaneo di ringraziare, anche se non capiva.

«Siete un grande uomo», disse lo zingaro stringendogli la mano. «Siete un grande uomo. Noi non rubato bambini. Non qui, non adesso».

«Lo so».

Lo zingaro spalancò un altro sorriso dorato, si baciò la punta delle dita tenendosi una mano sul petto. «Tanta fortuna e vita. Voi tanta fortuna».

Pural e Matilde ringraziarono ancora e tornarono verso la carrozza accompagnati dalle benedizioni dello zingaro. Salirono a bordo sotto lo sguardo interdetto del cocchiere e ripartirono diretti verso casa.

«Che io ci creda o no, non ha alcuna importanza».

Matilde ascoltò con attenzione.

«Durante la tua convalescenza alla clinica, sono accaduti fatti molto gravi in città. Tra questi, molti rapimenti di neonati. I primi sospettati sono stati gli zingari, naturalmente. Però, fin da subito qualcosa mi diceva che loro non c'entravano. Per tagliar corto, mi hanno proposto un accordo e l'ho accettato».

«Quale accordo?».

Pural chiuse gli occhi e scosse il capo.

«Quale accordo?», insistette lei.

«Mi sono impegnato ad aiutare molti di loro a lasciare la città finché la faccenda dei bambini non fosse stata risolta. Ho protetto i pochi che sono rimasti. Ad esempio non ho fornito alla stampa certe notizie. In cambio mi hanno rivelato un segreto». Fece una pausa, poi continuò rispondendo alla domanda che si era stampata sul viso di Matilde. «Madame è una veggente. Secondo lei, quando ho iniziato a condurre le indagini su queste persone, io, tu e nostra figlia siamo stati oggetto di una maledizione. Mi aveva giurato che quando avrei salvato quei bambini tu saresti guarita».

«Ti sei rivolto a una maga zingara?». Il volto di Matilde si increspò.

Nella mente di Pural tornarono i suoni dell'organo Calliope. «Una notte. Per caso. Ho incontrato madame La Fleur. Ora il suo circo starà ricevendo applausi altrove». Fece una lunga pausa. «Non so neanch'io come sia accaduto. Camminavo e mi sono trovato lì. Lei conosceva il mio nome. Mi ha chiamato. Sembrava che mi stesse aspettando. Proprio come adesso quei due». Indicò con la testa lo spiazzo vuoto, ormai lontano alle loro spalle. La guardò negli occhi. «Non avevo altro a cui aggrapparmi e l'ho ascoltata. Ma ciò che davvero importa adesso è che tu stai di nuovo bene».

Matilde si sentiva così confusa e agitata da avere molti dubbi al riguardo.

«Non voglio dire che ci creda, ma come potrei spiegare questo?». Le misurò le spalle. «Come si può guarire all'improvviso?»

«Sarebbe questa la causa della morte di Lidia e del mio male? Una maledizione?»

«Per prendere sul serio una cosa simile dovrei rinascere», disse Pural. «Forse è bene dimenticare. Forse è solo una coincidenza. Ma quando ho letto il messaggio del dottor Turina, che mi invitava a venire a vedere l'impensabile con i miei occhi, non ho potuto fare a meno di credere alla zingara. Comunque sia, mi sentivo in dovere di venire a ringraziarla».

Matilde sospirò, e si strinse a lui. «Speriamo che sia tutto finito, allora».

«Speriamo».

69

Venerdì 28 dicembre 1888

«Quante volte devo ripeterle che sto bene!». Friedrich non poteva muoversi: il dottore gli era sopra e stava cercando di infilare un occhio gigantesco dentro il suo.

«Guardi da questa parte, per cortesia». Il dottor Turina aveva modi gentili e distaccati. «Guardi la luce, professore». Il suo respiro soffiava dal naso con un fischio, e sapeva di menta.

«*Pas malade, pas malade*!».

Il signor Fino di tanto in tanto si schiariva la voce per ricordare a Friedrich che era lì, con lui, ma era del tutto inutile. Così si limitava a stargli accanto tenendogli la mano sulla spalla e imprimendo una lieve pressione con le dita per rassicurarlo. Era come se il suo amico non si curasse più di nessuno, come se avesse perso qualunque inibizione. Manifestava una foga fuori dal comune, un'ebbrezza furiosa, un entusiasmo straripante. In quel momento, Fino pensò che quelle potessero essere delle espressioni appropriate per Nietzsche. Ma era il solo a pensare cose simili: il dottor Turina storceva il naso, invece, lanciava occhiate preoccupate.

«Lei ha una pupilla più grande dell'altra, Herr Professor. Guardi verso la luce, per favore».

«Oh, sì, la luce…».

«Dorme oppure è sveglio quando pratica queste danze notturne, nudo, nella sua camera?»

«Sono sveglio», rispose Friedrich. «Non lo farò più».

«Ha mai fatto uso di cloralio?»

«No, solo polvere di Dover».

«Non dovrebbe».

«La tua è una mente preziosa», gli disse Fino con tono affettuoso. «Il dottore la rimetterà in sesto».

Da alcuni mesi Fino aveva accolto Friedrich nella sua casa e in questo tempo l'affetto per quello strano professore tedesco era cresciuto giorno dopo giorno, nonostante le difficoltà che quella presenza in casa comportava. Il professor Nietzsche era burbero ma gentile, autorevole ma docile, estraneo ma amichevole, era dentro la sua casa ma nessuno era più lontano di lui.

Ricordò il giorno in cui si era presentato al chiosco dei giornali, con l'aria sperduta del viandante che non ha idea di dove sia capitato.

«Mi scusi», gli aveva domandato sfilandosi un paio di occhialini dorati. «Cerco una camera da affittare. Sa di qualcuno che...».

Gi occhi di Fino non erano riusciti a staccarsi dal volto baffuto di quel forestiero che parlava un francese discreto misto a qualche parola italiana pronunciata male. Il suo accento, con la effe che prendeva il posto della vu, era inequivocabilmente tedesco.

«Cerca una camera in affitto, signore?».

Ovviamente non era stata una vera e propria domanda: Fino aveva capito perfettamente cosa gli aveva chiesto quell'uomo. Era stato solo un modo per guadagnare il tempo necessario a osservarlo da cima a fondo, incuriosito dal fatto che avesse baffi ovunque, sopracciglia ovunque, occhi che con tutta evidenza faticavano a vedere, ma erano penetranti. Il suo sguardo comunicava un che di maligno, di severo; era energico, con una venatura maliarda. I capelli, alquanto radi, erano pettinati all'indietro e lasciavano libertà a una fronte ampia e senza rughe. Qualcosa diceva che non doveva avere superato i quarant'anni da molto, anche se ne dimostrava dieci di più. L'espressione stanca che aveva sul volto e i baffi sovrabbondanti, però, non affievolivano la percezione di un'intelligenza fuori dal comune.

Fino gli aveva chiesto il nome, e al sentirlo fu attraversato da un brivido, ebbe quasi un attimo di deliquio, come una giovane donna in preda alla commozione. Non riusciva a crederci. Lo aveva guardato, mentre, in attesa di ricevere la sua risposta, Friedrich si era acceso un sigaro e aveva cominciato a scorrere i titoli dei giornali esposti. Fino aveva notato che portava un plaid appeso all'avambraccio e che aveva la spalla sinistra più alta e per questo pencolava a destra. Nel complesso avrebbe dovuto risultare buffo, ma non lo era affatto. Anzi, incuteva timore. E, per uno spirito ribelle e colto come il suo, uno smisurato orgoglio di conoscerlo.

Ammaliato, gli aveva detto: «Io ho una stanza da affittare». E gli aveva sorriso.

Anche sua moglie era stata contenta di ospitarlo. Le sue figlie avevano subito apprezzato la presenza del professore in casa, poiché potevano suonare il piano con lui. E comunque, in caso contrario, il signor Fino non avrebbe concesso nessun diritto di contestazione. La sola vera difficoltà che aveva dovuto affrontare era stata chiedere al suo unico figlio maschio di cedere la propria camera a quello strano individuo.

Ma lo aveva fatto e basta.

«*Pas malade, pas malade*!». Friedrich, sempre più seccato dalla situazione, con il dottore che gli stava sopra e lo esaminava, lo strillò ancora una volta.

«Stia calmo, professore, altrimenti non le credo». Il dottor Turina cominciò a sostituire i modi gentili con un tono più imperativo. «Tossisca. Faccia un respiro profondo. Trattenga. Tossisca ancora».

La mano di Friedrich cercò a tastoni quella di Fino sulla sua spalla e quando la trovò la afferrò. «Davide, dì al dottore che sto bene, perché a me non mi sente».

«Certo, Federico. Il dottore è un amico».

Friedrich sbuffò e tacque. Anche se era molto irritato dal trattamento che stava subendo, capì che non era prudente scherzare con il dottore, il quale avrebbe potuto facilmente dichiararlo fuori di senno e trattenerlo nella clinica.

Si dispose ad ascoltare la diagnosi senza dire una parola.

«Non saprei», cominciò a dire il dottore sfilandosi il camice, esitando, pensoso. «Ha avuto casi in famiglia di decadenza cerebrale?»

«No», rispose, sapendo di mentire: suo padre, Karl Ludwig, che era pastore protestante a Röcken, il piccolo villaggio della Sassonia prussiana in cui Friedrich era nato, era morto proprio di quel male. Lui aveva sei anni.

Il dottor Turina si rivolse al signor Fino. «Ha mai manifestato altre stranezze?»

«Be'...». Anche Fino decise di mentire. «No».

Friedrich intervenne: «Non capisco perché si stia accanendo tanto su di me».

«Se sta bene come dice, allora perché siete venuti nella mia clinica?», chiese il dottore estraendo un foglio da una cartellina e cominciando a scrivere.

«Ho acconsentito solo per…».

Il signor Fino lo toccò. «È colpa mia, dottore. Sono stato troppo apprensivo. Credevo che il professore… Ma lasciamo stare». Gli batté la mano sulla spalla. «Su, torniamo a casa, Federico».

Il signor Fino si appartò col dottore. Mentre Friedrich si rivestiva, gli pagò la parcella e gli strinse la mano.

«Lo aiuti a ritornare in Germania prima che venga internato qui in Italia», disse il dottor Turina consegnandogli una prescrizione medica. «Lo terremo calmo con un sedativo fino alla partenza».

70

Domenica 30 dicembre 1888

Gocce d'inchiostro scandivano il passare del tempo verso la Gloria e l'Eternità. Poche gocce per volta: è la dose che fa il veleno[1].

Due righe a un caro amico, Pietro Gasti o Peter Gast, ma vero nome Heinrich Köselitz, musicista, compositore:

Par excellence (sebbene sia nuvoloso)

Vecchio amico,

in questo momento l'orchestra municipale di Torino sta suonando sotto la mia finestra, con tutta la sua potenza, come se io fossi già princeps Taurinorum, Caesar Caesarum e simili.

Poco fa sono passato davanti alla Mole Antonelliana – stranamente non ha ancora un nome –, forse l'edificio più geniale che sia mai stato costruito, per via del suo impulso assoluto verso l'alto. Non ricorda infatti nulla all'infuori del mio Zarathustra. L'ho battezzata *Ecce Homo*, e idealmente l'ho circondata di un enorme spazio libero. Poi mi sono recato al mio palazzo, ora palazzo Madama e poi, con una spavalderia da eroe aristofanesco, ho scritto un proclama a tutte le corti europee perché sia annientata la casa Hohenzollern, questi subnormali scarlatti, questa razza di criminali! Ho nominato Imperatore Vittorio Bonaparte, fratello della nostra Laetitia.

Ho anche partecipato, a novembre, alle esequie del vecchissimo architetto Antonelli. È morto quando è finito *Ecce Homo*, il libro. Il libro e anche l'uomo.

Friedrich Nietzsche

Lunedì 31 dicembre scrisse ancora due parole a Köselitz, o Peter Gast o Pietro Gasti, dopo aver preso coscienza del suo essere multiforme e falso come i suoi tanti nomi.

E c'era ancora del veleno sulla punta del pennino.

[1] Quelle che seguono sono vere lettere di Friedrich Nietzsche, le ultime.

Ad August Strindberg.

Ho riunito i principi a Roma, farò uccidere il giovane imperatore.
Arrivederci, perché noi ci rivedremo. *Une seule condition: Divorçons...*

Nietzsche Caesar

Il 3 gennaio. A Meta von Salis.

Giacché Dio è sulla terra, il mondo è trasfigurato. Tutti i cieli esultano. Non vede? Mi sono appena impossessato del mio regno, farò gettare il papa in prigione e farò fucilare Guglielmo, Bismarck e Stöcker.

Il Crocefisso

Il 4 gennaio. A Heinrich Köselitz.

Canta per me una canzone nuova: il mondo è trasfigurato e tutti i cieli esultano.

Il Crocefisso

A Umberto I re d'Italia.

Al mio amato figlio Umberto.
Che la mia pace sia con te! Martedì sarò a Roma e ti voglio vedere a fianco di Sua Santità il Papa.

Il Crocefisso

A Franz Overbeck.

All'amico Overbeck e signora.
Avete dimostrato poca fiducia nella mia solvibilità, tuttavia spero di potervi dimostrare che sono uno che paga i suoi debiti – ad esempio quello che ho con voi... sto facendo uccidere tutti gli antisemiti.

Dioniso

Il 6 gennaio, un'ultima lettera. Il veleno da donare agli altri è finito; quel che resta è per il proprio oblio.
A Jacob Burckhardt.

Caro signor professore,
mio figlio Umberto arriva domani, insieme alla sua graziosa Margherita, ma li riceverò in camicia, anche qui. Ciò che rimane è per la signora Cosima... Arianna... ogni tanto si fanno dei sortilegi...

Vado dappertutto col mio cappotto da studente, a volte do una pacca sulla spalla a chi incontro e gli dico: siamo contenti? Sono Dio, ho fatto questa caricatura...

Ho fatto arrestare e incatenare Caifa; e l'anno scorso sono stato messo in croce a lungo dai medici tedeschi. Tutti gli antisemiti e Wilhelm Bismarck sono stati annientati.

Faccia di questa lettera l'uso che vuole, purché non mi screditi agli occhi dei Basileesi.

Con cordiale affetto
il suo Nietzsche

E la luce, che fino a quel momento aveva brillato vigorosa nella mente di Friedrich, si spense.

Epilogo

Novembre 1935, Weimar

Solenni funerali di stato.

Arde una fiamma nel grande braciere. Le campane tacciono. I tamburi rullano con rispetto, senza clamore.

Non una lacrima, nonostante il grande dolore, non ancora.

La processione passa davanti a villa Am Silberblick, è un fiume nero, muto, che scorre sotto lo sguardo vigile dell'aquila, al cospetto della svastica. Se ne distaccano solo le donne, una, due per volta, depositano per terra mazzi di fiori tenuti insieme da una coccarda di raso bianco fregiato dalla svastica nera e rilucente. I fiori sono già una montagna davanti alla quale sfilano i tedeschi, infiniti, con la schiena dritta, lo sguardo fiero voltato di tre quarti verso la salma, il braccio destro alzato e la mano tesa.

I volkisch, in abiti cerimoniali da montagna, depongono corone lungo la strada.

Il fiume nero ora sembra un serpente che avanza sinuoso e sibilante. La sua testa è già nella chiesa, dove echeggia la musica solenne di Richard Wagner, e ancora fiamme ardono nei bracieri.

Una cascata di petali odorosi separa l'altare e la bara dalla folla che siede nelle navate e lentamente si accalca. Ci sono i membri del Germanenorden, con in testa Jörg Lanz von Liebenfels, Rudolf von Sebottendorff, Alfred Rosenberg, Anton Drexler. Sono presenti molti gerarchi del Terzo Reich: il numero due Rudolf Hess, il Reichsführer delle SS Heinrich Himmler.

L'alterezza più assoluta non consente lacrime.

Non ancora.

Ma poi uno, solo uno, piange sotto le mani, dalle quali pende un bastone animato con un sole d'oro per pomo e un serpente che lo aggroviglia.

È un regalo della defunta, era appartenuto a suo fratello.

Un regalo speciale per il Führer.

Adolf Hitler si alza tenendo il bastone come uno scettro, conficcando uno sguardo acuminato in ogni cuore, inondando la folla con le sue lacrime, soggiogandola con la sua solenne fierezza. Parla col pensiero e dice: «Ora, Figli della Luce, potete piangere anche voi. È morta Elisabeth Nietzsche!».

«Tutto qui? Non c'è scritto altro?»

«No, signore. È nuovo, lo aveva appena cominciato».

«Ha un nome?»

«Prospero, signore. Prospero Linzi. Sessantaquattro anni». Il sottoufficiale tedesco voltò il documento per farlo vedere al suo superiore. «È arrivato ieri da Torino. Una spia, signore».

«L'albergo in cui ha alloggiato stanotte?»

«Ho già provveduto a cancellare il suo nome dal registro. Non è mai stato a Weimar».

«Molto bene».

«Era da solo, lo abbiamo sorpreso tra la folla durante il funerale mentre prendeva appunti».

L'ufficiale nazista prese in consegna il taccuino, lo sfogliò rapidamente facendo scivolare il pollice sul bordo delle pagine, diede una rapida occhiata alle poche già scritte, ma non capiva l'italiano, quindi lo gettò via con disprezzo.

L'ultimo taccuino di Prospero cadde sul suo petto immobile.

«Ottimo lavoro, camerata. Fai sparire tutto».

«Agli ordini, Signore!». Il sottoufficiale batté i tacchi, il suo braccio destro si tese di scatto come la catena di un cane rabbioso. «Quest'uomo e il suo taccuino non sono mai esistiti!».

Ringraziamenti

È un piacere lavorare con la Newton Compton, sotto lo sguardo esperto della mia squisita editor, Chiara Ferrari, che ringrazio in particolar modo per le sue domande, sempre puntuali e illuminanti. Ringrazio la mia famiglia e il mio primo lettore, Salvatore Sanna, per il loro prezioso incoraggiamento. Un grazie speciale al mio amico e maestro Pirro, e a Rosa, che mi sostiene nel cammino: senza di lei, questo libro non esisterebbe.

Indice